NOUS DEUX

ROMANCE NISHA ET CAETERA

sont éditées par les Éditions de l'**Opportun**
16, rue Dupetit-Thouars
75003 Paris

www.editionsopportun.com

Direction éditoriale : Stéphane Chabenat
Édition : Charlotte Sperber
Conception graphique et mise en pages : Nord Compo
Conception graphique de la couverture : 2Li

SOLINE L. SCHMITT

NOUS DEUX

Avez-vous remarqué le petit symbole sur la quatrième de couverture de ce livre, juste au-dessus du code barres ? En voici la signification :

Sans contenu explicite détaillé

Peu de scènes explicites détaillées

Présence de plusieurs scènes explicites très détaillées

Papy, toi qui étais tellement fier de savoir
que j'allais écrire un livre,
sache que tu seras toujours
le héros de mon histoire.

« Pas une seule cicatrice sur mon cœur
n'a été faite par un ennemi. »

Auteur inconnu

Avertissements

Ce roman est susceptible de contenir certaines scènes qui peuvent perturber la tranquillité d'esprit de certains lecteurs. Il est notamment question de quelques passages de violence, de meurtres, d'insultes ou des scènes à caractère sexuel.

Prologue

Tout est flou autour de moi et mon visage me lance terriblement. J'ai sûrement l'arcade sourcilière droite bien amochée si j'en crois le sang qui ruisselle sur ma joue et qui termine sa longue et pénible course sur le bord de mes lèvres, m'obligeant ainsi à goûter ma propre hémoglobine.

J'essaie de comprendre où je me trouve, mais plus je me concentre, plus ma tête me fait souffrir.

Ma première pensée cohérente est que je vais mourir aujourd'hui.

Étrangement, cette idée ne m'effraie pas autant que je l'aurais cru. Je ne crains pas la mort, je l'ai trop côtoyée pour en avoir peur. Puis, quand je semble résignée à subir le grand fatum, son doux visage juvénile s'infiltre dans mes pensées et la terreur me secoue enfin, reprenant ses droits.

Que va-t-elle devenir sans moi ?

La porte s'ouvre dans un grincement agaçant et la lumière qui jaillit dans la pièce m'aveugle en même temps.

Si l'homme qui venait d'entrer n'avait pas l'air aussi quelconque, j'aurais pu croire que c'était Dieu qui venait me chercher pour mon jugement dernier, ce qui, si vous voulez mon avis, n'aurait pas été une partie de plaisir. Coupable jusqu'à preuve du contraire.

Il y avait une chose importante à savoir sur moi : si je devais mourir aujourd'hui, je l'aurais sincèrement mérité.

— Rosalie, gronde un inconnu.

L'homme a désormais une voix et quand mes yeux se seront habitués à la lumière, il aura également un visage. Et une proposition.

Finalement, je n'allais pas mourir aujourd'hui.

Chapitre 1
Rosalie

Je tapote frénétiquement des mains le volant de ma voiture. Mes doigts recouverts d'encre noire, qui commence au bout de mes dernières phalanges et court se cacher sous la laine de mon pull, se meuvent en rythme. Je m'étais octroyé une ultime musique pour trouver du courage, mais maintenant que les dernières notes de la ballade résonnent dans la cage métallique, je me sens encore plus fébrile.

La maison qui me fait face n'a pourtant rien d'exceptionnel. D'apparence simple, on ne devinerait ni aux briques rouges amochées ni au petit jardin mal entretenu qui la devance, qu'elle représente en cet instant ma dernière chance.

Arracher le pansement d'un coup sec.

J'ouvre la portière et me fais violence pour marcher jusqu'à la porte d'entrée. Une fois devant, je tambourine le bois brut de ma paume pour annoncer mon arrivée. Le vent emmêle mes longs cheveux noirs, je frissonne et tire machinalement sur mes manches pour y cacher mes mains, dans l'espoir de les réchauffer un peu.

Je suis prête à frapper une nouvelle fois, loin de moi l'envie de m'éterniser sur le perron avec ce courant d'air glacial, mais je suis interrompue dans mon élan.

— Rosalie te voilà enfin ! s'exclame un homme que je peine à reconnaître. Entre, il fait froid, dit-il.

Il se décale pour me laisser pénétrer dans la bâtisse et je l'observe d'un œil méfiant. Tout chez lui me semble étranger. De ses petits yeux encadrés de grosses lunettes rondes à ses boucles châtaines jusqu'aux prémices des ridules qui témoignent de ses vingt-cinq ans bien entamés. J'entre dans un long couloir, à l'intérieur il fait aussi froid que dehors et toutes les lumières sont éteintes.

— Les autres ne vont pas tarder à arriver. Ils travaillent encore à cette heure-là. Moi, j'ai raté mes cours pour pouvoir t'accueillir. D'habitude ça ne m'arrive jamais, mais j'ai fait une exception pour toi.

Il débite sans s'arrêter en s'enfonçant dans le corridor et lorsqu'il arrive devant un vieil escalier en bois, il se retourne enfin pour s'assurer que je le suive.

— Tu viens ?

— Mes valises, je montre la porte d'entrée de la main.

— Ne t'inquiète pas, je demanderai à un des gars de te les apporter quand ils seront là.

Il commence à monter les marches et je me décide à le suivre avant de me retrouver seule, sans lui, perdue dans cette maison qui m'est totalement inconnue. L'étage est exigu, le couloir sur lequel débouche le palier est parsemé de chaque côté d'immenses portes. Le parquet grince quand je m'avance vers la pièce qu'il me désigne du doigt.

Je passe ma tête par l'encadrement de la porte et y découvre avec étonnement une pièce beaucoup moins lugubre que le reste de la demeure. La chambre n'est certes pas très grande et un brin vieillotte, mais l'atmosphère y est étrangement chaleureuse. Un lit simple déjà recouvert de coussins aux motifs bariolés occupe le coin gauche, une petite table de nuit trône fièrement à ses côtés et une grande armoire accapare un autre mur. La fenêtre donne sur la route ce qui me permet de voir d'ici ma petite voiture grise.

— Il y a une salle de bains commune juste en face, commence-t-il à me faire visiter.

— Merci Nicolas.

Il me sourit tendrement.

— Je t'ai déjà dit de m'appeler Nic, me sermonne-t-il gentiment.

Je m'apprête à lui sortir une excuse pour éviter cette familiarité qui me met mal à l'aise, mais je suis sauvée par le crissement de pneus qui fait voltiger les graviers. Des rires puissants troublent soudain le calme ambiant. J'attrape la lourde tenture dans ma main et ose un regard vers l'extérieur. Un petit groupe d'individus est sorti d'une voiture de sport étincelante et se dirige vers la maison.

Je me crispe instinctivement. Je ne suis pas la personne la plus sociable que cette terre puisse porter, mais la triste vérité c'est que généralement ce n'est pas moi qui n'aime pas les autres, c'est très souvent l'inverse. Voilà donc l'étrange fardeau des gens qui ont autant de caractère que moi : essayer de se faire aimer sans ne jamais y parvenir.

Des portes s'ouvrent et se referment, le bruit augmente drastiquement, des sacs sont jetés au sol et des voix plus aiguës surplombent les autres. Une vie à laquelle je n'ai jamais eu droit reprend son cours.

Je me détourne de la fenêtre et constate que je suis désormais seule dans la pièce. Il me faut quelques respirations pour descendre et oser affronter la tempête qui s'annonce.

Inspirer, expirer, recommencer.

Mon corps agit à la façon d'un automate et je me retrouve sans vraiment le vouloir sur la dernière marche de l'escalier. Au rez-de-chaussée, le bruit se fait plus fort, mais s'arrête subitement quand j'entre dans ce qui semble être le salon. Les têtes se tournent, les bouches se ferment et les yeux se noircissent. La première impression est toujours importante alors je cherche mes mots, essaie de trouver quelque chose de drôle et intelligent à dire.

— Salut les *losers* !

Intelligent on avait dit Rosalie.

Je suis effarée par la connerie que je viens de dire, mais les mots se sont échappés de ma bouche et à en juger par les regards horrifiés que j'aperçois, tout le monde n'a pas le même sens de l'humour que moi.

Chapitre 2
Alexander

C'est qui cette dinde ?

Je pose discrètement la main sur la crosse du colt qui ne me quitte jamais, bien caché sous mon pull, prêt à toutes éventualités, mais Nicolas bondit à sa rescousse. Mes doigts déjà fermement agrippés à mon arme se déplient lentement. Les mauvaises habitudes ont bel et bien la dent dure.

— Les gars, voici Rosalie. Je vous avais parlé d'elle, elle occupe la chambre vacante.

J'essaie de me rappeler à quel moment j'ai pu donner mon accord pour héberger une nouvelle tête dans notre colocation de jeunes travailleurs déjà bien surchargée. Je devais vraiment être sous influence pour accepter n'importe quelle idée venant de cet idiot.

Personne n'ose bouger. Tout le monde semble attendre mon aval. J'inspecte l'intrus en ne loupant aucun détail. Chez elle, rien ne m'inspire confiance, ni ses yeux couleur océan, ni cette lèvre inférieure sur laquelle elle s'acharne en la mordillant constamment et encore moins ses doigts délicats qu'elle noue et dénoue frénétiquement.

Je devrais la foutre dehors, après tout peu importe ce que j'ai bien pu accepter, Nic fera ce que je lui dirai. Mais elle me fixe fermement, plantant sans aucune gêne ses pupilles dans les miennes, me rendant sans scrupule le regard noir que je lui jette. Elle me défie presque de la mettre à la porte.

Ce genre d'âme rebelle finit soit brisée et bridée, soit mettant le feu aux ruines de notre archaïque humanité. Je veux pourtant ardemment savoir ce qu'il adviendra de son étincelle indocile même si je suis bien conscient que sa lumière risque de brûler mes ombres.

— Elle a intérêt à se faire petite, grogné-je.

Je crois l'entendre vaguement murmurer une connerie sur son mètre soixante, mais déjà Nicolas la présente au reste du groupe, qui n'a pas l'air aussi fermé que moi. Les accolades pleuvent et les langues se délient. Je dois visiblement être le seul à sentir la catastrophe avant même qu'elle ne commence. Ne voient-ils donc pas le ciel noir qu'elle amène et les prémices d'un terrible orage ? Sont-ils tous aveugles ?

À l'intérieur de moi, mon sang se met à bouillir dangereusement lorsque je l'imagine déjà fouiner dans mes affaires et bousculer ma petite routine. Je me lève furibond, la bouscule brusquement d'un coup d'épaule et sort de la pièce à la hâte. Alice me suit à la trace et arrive à s'infiltrer dans ma chambre avant que je claque la porte. Elle attrape mon bras et tente de me tirer vers elle, sans doute dans l'esprit de me calmer, mais je me dégage de son emprise.

— Alex, minaude-t-elle de sa voix aiguë.

Je n'arrive plus à retenir ma colère et l'attrape par la gorge pour la repousser telle une poupée de chiffon. La rage ne fait que croître à l'intérieur de moi, comme toujours quand j'ai l'impression de perdre le contrôle de la situation.

— Dégage Alice, grogné-je.

Lorsque je défais ma prise, elle tangue comme un petit navire sur une mer agitée et porte une main tremblante à son cou. Elle me regarde apeurée. Elle connaît un peu trop bien ma noirceur. Elle ne dit rien, elle n'en a pas besoin : ses grands yeux de biche parlent pour elle.

Je serre et desserre les poings frénétiquement, rongé par l'impérieuse envie d'expulser toute cette frustration qui grandit en moi et risque de me faire imploser.

Moi, je ne suis pas simplement un océan déchaîné ; je suis le déluge qui a failli submerger l'arche de Noé, celui qui a noyé des royaumes entiers. Loin d'être un feu qui crépite ardemment, je suis l'incendie qui ravage des hectares de forêt et qui menace de tout détruire sur son passage.

La bête en moi est fermement muselée, mais certains jours, les murs de la prison qui l'abrite se fendillent et son rugissement fait trembler de peur les vivants. Il semblerait que Rosalie soit, peut-être sans même le vouloir, l'oracle de l'apocalypse qui me guette. Elle porte en elle la prophétie de ma destruction, mais elle la porte foutrement bien.

Alice, elle, ne se fait pas prier et sort précipitamment de la pièce. Elle n'a jamais été de celles qui se brûlaient pour illuminer les ténèbres des autres.

Chapitre 3
Rosalie

Assise à même le sol, au milieu de récipients en plastique blanc contenant la vingtaine de plats mexicains qui se trouvaient sur le menu du restaurant le plus proche, j'essaie de trouver mes marques au sein de cette bande.

Je tente de suivre le fil de la conversation, mais je n'ai même pas la moitié des informations pour y arriver. Alors, je me perds quelques minutes dans la contemplation de ce petit clan si mal assorti.

Éloïse, la petite blonde au visage de poupée, assise juste à côté de moi, est la plus douce du groupe. Ses yeux bruns sont rieurs et elle me parle déjà comme si nous étions amies depuis des années. Elle travaille dans une boutique de fleurs dans le centre de Boston et économise pour s'acheter un petit appartement.

Drake, un grand métis au crâne rasé, taillé comme une armoire à glace, semble le plus féroce. Une longue cicatrice sillonne le côté gauche de son visage et sépare son sourcil en deux. Il ne participe à la conversation que par grognements et paraît prêt à casser la gueule du premier qui oserait lui voler son enchilada.

Mélissa est typée coréenne, a les cheveux coupés comme un garçon et des tatouages multicolores qui remontent jusqu'à son crâne. Ses yeux scrutent tout, comme si elle était perpétuellement sur le qui-vive et, quand elle parle, elle maltraite de ses doigts la dizaine de piercings qui décorent ses oreilles.

Dans cette troupe disparate et, il faut l'avouer, un peu effrayante sur les bords, c'est plutôt Alice qui paradoxalement me semble la moins sympathique. Loin d'avoir un physique hors norme, ce sont plutôt les yeux revolver qu'elle me réserve qui me font froid dans le dos. Cependant, je n'ai jamais été une brebis chétive, alors je lui lance en retour mon meilleur regard hautain.

Je sens que je vais me faire une copine.

Cette fille, aux longs cheveux lilas et aux traits d'eye-liner à en faire jalouser Amy Winehouse, guette nerveusement l'entrée du séjour. Pas besoin d'être devin pour savoir qu'elle attend l'arrivée de celui qui s'est, dès les premières secondes, imposé comme le leader. Cependant, depuis son petit avertissement, milord ne souhaite pas nous honorer de sa présence.

— Et toi Rosalie on ne t'a pas demandé ! s'exclame Éloïse. Tu travailles ou tu veux reprendre des études ?

— Puisque je débarque en milieu d'année, ça semble un peu compromis pour les études, mais peut-être l'année prochaine.

J'enfourne une grosse cuillerée de riz à la tomate dans ma bouche en espérant faire ainsi stopper l'interrogatoire qui commence à pointer le bout de son nez. Cependant, Drake ne veut pas en rester là et continue l'investigation.

— Comment tu connais Nicolas ?

— C'est un ami de longue date, mon papa est mort récemment et je n'avais pas vraiment d'endroit où dormir.

Ce dernier vient à ma rescousse en expliquant en long et en large notre rencontre pour satisfaire les plus curieux, mais évite soigneusement de parler du décès de mon père et je lui en suis reconnaissante.

En vérité, ce n'est pas vraiment la disparition de mon paternel qui est difficile à évoquer, c'était définitivement un sale type qui a mérité son sort. Le plus dur, ce sont tous les événements qui découlaient de cela, les destins brisés et ces cauchemars qui ne voulaient pas me laisser en paix.

Je repousse doucement le récipient à peine entamé devant moi et me relève ; la simple évocation de mon père vient de drastiquement me couper l'appétit. J'utilise l'excuse de la fatigue pour m'éclipser et même si personne n'est dupe, ils sont trop polis pour me faire une remarque. Je rejoins alors ma chambre pour y trouver la solitude dont j'ai terriblement besoin.

Plus les heures passent et plus le sommeil s'éloigne. Ça semble faire une éternité que toute la maisonnée s'est endormie pourtant, moi je ne fais que me retourner dans mon lit. Le vent claque violemment contre les vitres, brisant le silence qui se fait maître dans la bâtisse.

Dans un petit râle de mécontentement, je rejette la couverture qui tombe mollement au bout de ma couchette. Sur la pointe des pieds, pour ne réveiller personne, je me dirige vers la cuisine en espérant qu'une infusion réglera mon problème d'insomnie.

Si tu penses que deux cents millilitres d'eau chaude avec quatre feuilles de menthe peuvent résoudre tous tes problèmes, tu es vraiment une idiote.

Je descends le grand escalier et m'apprête à rejoindre la cuisine, perdue dans mes dialogues intérieurs, quand je suis soudain intriguée par une faible lumière. Une porte, à laquelle je n'avais pas accordé d'importance lors de ma visite quelques heures plus tôt, est entrouverte. J'ose un œil timide par l'entrebâillement et, malgré l'éclairage blafard, j'entrevois une des marches de béton qui semble descendre jusqu'aux abysses.

Une force inconnue referme violemment la porte juste devant moi et je pousse un cri de surprise. Une main sur le cœur pour calmer son rythme effréné, je fais face à la figure d'autorité dans cette maison. Ses mâchoires sont contractées par la fureur que je semble lui inspirer par ma simple présence et ses yeux noisette ne quittent pas les miens. Il me surplombe de toute sa hauteur, ce qui m'oblige à déployer un réel effort pour le regarder dans les yeux. Je ne me laisse pas démonter et je soutiens son regard, comme pour le défier.

— Petite fouineuse, murmure-t-il à quelques centimètres de mon visage.

Son odeur me renvoie à des souvenirs de la côte amalfitaine et j'arrive presque à sentir la chaleur du soleil sur ma peau. Pourtant, celui qui se tient devant moi tient davantage du gros nuage d'orage que du petit rayon de soleil et, à vrai dire, seuls sa peau mate et ses cheveux ébène peuvent me rappeler les vacances en Italie dont je rêve tant.

— Aux dernières nouvelles, j'habite ici.

Il ricane et tire, joueur, sur une de mes mèches de cheveux.

— Pour le moment.

— Qu'est-ce qu'il y a dans cette pièce ?

— La cave, je viens d'y aller.

Il agite sa main et je remarque seulement maintenant qu'il tient une brique de lait. Je me sens presque idiote d'avoir imaginé le pire, déjà prête à découvrir une montagne de cadavres en décomposition en bas de l'escalier.

— J'étais descendue me préparer une infusion.

Je ne sais même pas pourquoi je cherche à me justifier, ça ne me ressemble pas et pourtant les mots sortent de ma bouche sans mon consentement.

— Désolé de t'avoir donné l'impression que j'en avais quelque chose à foutre.

— On n'a pas eu l'occasion d'être vraiment présenté, je tente pour briser la glace entre nous.

— Je n'ai pas envie de te connaître, Rosa.

Le surnom qu'il me donne a l'air mignon en apparence, mais l'intonation qu'il utilise me prouve qu'il se moque de moi ouvertement. Il s'écarte de quelques pas et l'air devient enfin plus respirable, comme si j'avais retenu ma respiration en sa présence sans même m'en rendre compte.

— Comment t'appelles-tu ? dis-je avec insistance.

Ses prunelles, assombries par une colère que j'imagine avoir provoquée bien malgré moi, me transpercent l'âme et me refroidissent le sang. Il me toise un interminable instant et pourtant rien de ce qu'il voit ne semble le convaincre. Sous son regard de glace, j'ai l'impression d'être une indésirable.

— Alexander, lâche-t-il finalement dans un souffle.

Il me tourne le dos et s'éloigne, son corps mangé par la pénombre. Soudain, il tourne légèrement sa tête vers moi. La lune joue sur son visage un spectacle aux ombres macabres et le sourire qui tord sa bouche n'a rien de bienveillant.

— Sois prudente trésor, un malheur est vite arrivé.

Quel idiot !

Chapitre 4
Rosalie

J'ai passé toute la journée de la veille et la matinée, assise sur le sol de ma chambre, à éplucher les petites annonces dans l'espoir de trouver un job pour payer ma part du loyer. En débarquant ici un peu précipitamment, je n'avais aucun plan et commencer l'université en milieu d'année, sans finance, semble assez utopique.

Je repousse le journal en soufflant. Tout le monde est parti vaquer à ses occupations et je commence à trouver le temps long. Je me relève, m'étire et décide d'aller visiter les environs dans l'espoir de trouver un commerce qui aurait besoin de bras en plus.

Mon téléphone s'éclaire d'une notification et je l'éteins sans même regarder.

Je sais trop bien qui c'est.

Je glisse un sac sur mon épaule et sors précipitamment, prête à me perdre dans les rues alambiquées pour que jamais on ne me retrouve. Mais je sais que c'est impossible. *Ils* ne me laisseront jamais tranquille, je leur suis bien trop précieuse.

Je claque la porte derrière moi et m'enfonce dans les allées d'asphalte. Ici, la vie suit son cours, indifférente à la misère humaine qui suinte des murs tagués des bâtisses délabrées.

Ce quartier de la banlieue de Boston est définitivement un des moins bien famés. Les rixes urbaines et règlements de comptes sanguinaires sont monnaie courante à en croire le ballet incessant des sirènes de police. Les habitants, quant à eux, ne doivent sans doute plus compter le nombre de pneus crevés et de voitures incendiées. Le sol est jonché de débris de verre qui crissent quand je marche dessus. Une terrible odeur de caoutchouc cramé se mêle aux reflux des égouts.

La violence y règne en maître et, comme dans la jungle, la loi du plus fort est toujours bien d'actualité. On peut se faire poignarder en plein jour pour un regard malheureux. Loin de la richesse du centre-ville, toute la pègre domine la périphérie.

Je prospecte plusieurs heures dans différents commerces, mais personne ne semble avoir besoin d'un employé supplémentaire, peinant déjà à payer leur personnel. Je termine ma pénible course dans un petit café, déçue par ma recherche peu fructueuse, et commande une boisson chaude pour me réconforter. La brasserie est quasiment vide en cette fin d'après-midi et seuls quelques habitués occupent les tables poisseuses. Accoudée au bar, j'interroge sans grand espoir le tenancier, un cinquantenaire barbu à la carrure imposante, bien que cachée sous un veston en cuir sans manches, sur un poste vacant.

— J'aurais bien besoin d'aide quelques heures sur la semaine.

Il me lorgne, sceptique, tandis que la lumière d'un faible espoir s'allume dans mes yeux. Avec mon long caban en laine grise, mon jean *mom* assez large et mes baskets blanches, je n'ai pas, il faut l'admettre, l'allure d'une serveuse de café. Mes cheveux ondulés sont maîtrisés dans une queue-de-cheval haute, mais des petites boucles rebelles s'échappent de l'élastique, refusant catégoriquement l'ordre que j'essaie d'imposer à mon épaisse crinière.

— Maintenant c'est calme, mais le soir c'est une autre histoire.

Il continue de me jauger du regard, peu convaincu par ce qu'il voit, en essuyant avec un vieux torchon des verres à bière. L'eau savonneuse dégouline sur ses poignets, mais il semble à peine s'en tracasser.

— Je ne suis pas facilement impressionnable, je me défends.

— Ce ne sont pas que les clients qui ont un peu trop bu le problème, petite. Le soir, les rues ne sont pas sûres surtout pour une jolie fille comme toi.

— J'ai vraiment besoin de ce travail, monsieur.

Il plie son chiffon humide et range les verres fraîchement séchés dans l'armoire derrière lui. Son café n'a, à vrai dire, rien d'exceptionnel. La taverne est plongée dans la pénombre suite au cruel manque de fenêtres ; la lumière ne se diffuse dans la pièce que lorsque la porte d'entrée s'ouvre sur un nouveau client, avide de commander un verre pour y noyer les problèmes de sa journée. Les tables et chaises sont faites d'un bois sombre dont le vernis s'écaille çà et là. Sur certaines, des habitués sont avachis ; une bière dans la main, certainement pas la première au compteur, ils parlent très fort pour raconter des histoires d'une banalité affligeante.

Le bar sur lequel je m'appuie colle légèrement au toucher. Les armoires de rangement juste derrière le patron semblent sortir d'un décor de film cliché, cela me ferait presque sourire. Vitrées et vernies, elles sont, d'un côté, remplies de verres et tasses de toutes sortes tandis que de l'autre côté de nombreuses bouteilles d'alcool déjà bien entamées se tiennent fièrement. La poussière sur leurs goulots indique que certaines sont là depuis bien longtemps, l'alcool maturant tranquillement.

— Demain, 19 heures. Ne sois pas en retard.

Perdue dans ma contemplation du décor, je mets quelques secondes à enregistrer ce qu'il vient de me dire.

Je le remercie prestement et dépose près de ma tasse vide, un billet pour régler ma note. Comme j'ai terriblement peur qu'il change d'avis, je saute du tabouret, atterris chancelante sur mes deux pieds et m'exclame avant de sortir :

— Je ne vous décevrai pas !

Même si je suis une déception ambulante pour toutes personnes m'ayant côtoyée plus de quelques secondes.

Dehors, le temps commence déjà à se refroidir et je tire sur ma veste pour m'emmitoufler un peu plus dedans. J'apprends seulement à connaître le quartier dans lequel je vis désormais alors je ne remarque pas immédiatement que mon trajet de retour touche presque à sa fin. Mes écouteurs enfoncés dans mes oreilles, je chantonne innocemment une mélodie entraînante, mais je m'immobilise brusquement, tous mes sens en alerte, à seulement quelques pas de la maison.

Un homme en pleine conversation avec Alexander sort du bâtiment. Entièrement vêtu de noir, de grosses lunettes de soleil fièrement plantées sur son nez et une cigarette fumante au coin des lèvres, tout chez lui m'inspire la méfiance. Son crâne rasé sert de toile à de nombreux tatouages dont l'encre a tourné au gris avec le temps. Il crache une épaisse fumée qui pourrait tout aussi bien être le venin d'un mamba noir vu les émotions négatives qu'il m'inspire par sa simple présence.

Comme les méchants dans les films d'action hollywoodiens, il est subitement secoué d'un rire gras qui dévoile des dents jaunes et difformes. Il fait rudement craquer ses phalanges et jette son mégot au sol avant de faire disparaître une de ses mains sous le pan de son blouson en cuir. Il en extrait une épaisse enveloppe de papier kraft qu'il tend à Alexander. Alors qu'une brise fraîche emmêle quelques mèches de ses cheveux indisciplinés, ce dernier inspecte minutieusement le contenu du paquet. Ce qu'il y voit semble lui convenir parce qu'il se détend immédiatement. Cela se perçoit à la façon dont ses épaules, droites et rigides jusque-là, s'affaissent légèrement. Pour clôturer leur entrevue, il serre avec une chaleur feinte la main de son comparse et lui lance quelques mots que je n'arrive pas à entendre de là où je suis.

Ils s'avancent dans le parking et je me retrouve à devoir me cacher un peu plus derrière la haie de la propriété voisine pour ne pas être aperçue, consciente que je n'étais pas censée être témoin de leur rencontre. Les branches drues des arbustes m'éraflent la joue quand je m'enfonce plus profondément dans les fourrés tandis que la voiture démarre en trombe.

Je reste longtemps immobile, dissimulée dans le hallier, le cœur battant à un rythme effréné, morte de peur à l'idée de me faire repérer. Je ne parviens pas à m'expliquer la scène que je viens de surprendre. Pourtant, même si rien ne fait sens pour le moment, j'ai instantanément compris que c'était quelque chose de louche et que je devais rester sur mes gardes. L'impression que personne ne répondra aux questions que je pourrais poser ne me quitte pas. Si je veux tirer cette histoire au clair, je suis sûre que je vais devoir mener discrètement l'enquête. Il est très rare que des vérités dérangeantes soient grassement offertes ; la vie m'a très vite appris que si je voulais quelque chose, je devrais l'arracher.

Beaucoup plus tard, quand le rugissement du moteur n'est plus qu'un lointain souvenir et que j'arrive de nouveau à respirer normalement, je me redresse doucement. J'étire longuement mes membres, les muscles encore raides d'être restée statique un long moment. Sur mon visage, je me concentre d'abord pour faire disparaître toute trace de suspicion, bien décidée à garder, pour l'instant, ce moment secret. Ce n'est que lorsque j'ai réussi à retrouver mon masque d'indifférence que je gagne la maison.

Plus tard, la soirée déjà bien entamée, le ciel recouvert d'un noir profond et parsemé d'étoiles, je traîne dans la cuisine en attendant que l'eau bouille dans la grande casserole en inox. La pièce est assez étroite ; un îlot en granit trône au centre tandis qu'un côté de la salle est occupé sur tout son long de rangements et, dans l'un d'eux, un évier où s'entassent quelques assiettes sales est imbriqué. Le côté opposé, quant à lui, est paré d'un four moderne surplombé d'une plaque de cuisson et d'un micro-ondes. La cuisine, plus longue que large, est un savant mélange d'ancien et de nouveau. Elle est entièrement peinte en gris avec un sol constitué de carreaux de ciment usés. La longue fenêtre qui donne sur le côté de la maison est légèrement ouverte et je frémis lorsque la brise nocturne se fait plus violente. Mon long T-shirt noir à l'effigie d'un groupe de rock que je n'écoute plus depuis mon adolescence et mon short de pyjama rose à cœurs ne me réchauffent pas vraiment. Je regrette désormais de ne pas avoir enfilé quelque chose de plus couvrant avant de descendre.

Mon téléphone, posé sur le plan de travail, anime la pièce d'une musique entraînante et je remue les hanches en rythme, presque prête à battre la mesure avec une cuillère en bois. Mes petites chaussettes blanches glissent légèrement sur le sol quand je tente quelques pas de danse.

— Plus de pudeur visiblement, marmonne une voix dans mon dos.

Surprise, mon cœur rate un battement et je sursaute avant de me retourner. Je déglutis difficilement quand mon regard rencontre celui déjà ombrageux d'Alexander. Ses sourcils sont froncés et il s'appuie paresseusement d'une main juste à côté de la plaque de cuisson.

Il est habillé d'un jean large qui tombe négligemment sur ses hanches et d'un T-shirt beige *oversize* assez basique. Ses pieds nus et ses cheveux mouillés indiquent qu'il vient de prendre une douche, sûrement pour tenter de se laver des péchés qu'il semble avoir commis quelques heures plus tôt. Je déglutis péniblement alors que des flashs de cette après-midi tournent en boucle dans ma tête. Des gouttes perlent au bout de ses mèches rebelles.

— Plus de retenue non plus, je réplique en haussant les sourcils, agacée.

Il ricane sans joie et s'approche. Son torse frôle mon dos et je me fige ; le contact de nos deux corps résonne en mon for intérieur comme un orage, il grille tous mes neurones et je craindrais presque que cela ne court-circuite quelque chose à l'intérieur de moi, ce qui s'achèverait à n'en pas douter en un indomptable incendie. Son parfum, masculin et puissant, se diffuse dans l'air et, comme l'humain qui le porte, il tente de me dominer par sa simple présence.

Je n'ai jamais été le genre de filles assez idiotes pour s'amouracher d'un garçon en quelques heures. J'ai toujours été pire que cela.

Non seulement je pouvais rêvasser des heures sur un apollon à peine croisé dans la rue, mais j'étais systématiquement attirée par les mauvais garçons ; pas simplement ceux qui vous brisent le cœur, mais aussi ceux qui vous brisent tout entière.

Alexander n'était pas simplement beau, il avait le physique d'un dieu de l'Olympe. Hadès sans aucun doute, la longue barbe en moins. J'étais peut-être une andouille qui frémissait devant une belle gueule, mais j'étais également terriblement réaliste : s'il avait été le personnage d'un conte de fées, il en aurait été le méchant.

L'être humain étant normalement doté d'un instinct de survie, je repoussais cette attirance purement physique dans un coin sombre de mon esprit, amicalement renommé « toutes les bonnes idées de Rosalie ». Après tout, dans le monde réel, une gueule d'ange était souvent synonyme de danger, un peu comme une mignonne petite veuve noire.

Il tend le bras pour attraper quelque chose et je me sens directement emprisonnée par sa carrure imposante. Je retiens ma respiration et serre tellement le plan de travail que mes jointures deviennent blanches et douloureuses sous l'effort. Lui prend tout son temps pour saisir une assiette dans l'armoire au-dessus de moi, je pourrais presque jurer qu'il prolonge ce moment de gêne juste pour m'incommoder. Il replie son membre avec une lenteur feinte. La peau nue de son bras est sillonnée par d'innombrables dessins emmêlés les uns aux autres. Elle frôle ma chair, la laissant brûlante après ce bref contact. Avant de s'éloigner avec son butin, il murmure à mon oreille :

— Attention trésor, on dirait que ton corps m'apprécie énormément.

Son souffle est chaud contre mon lobe, mais ses paroles sont choisies avec soin pour me refroidir et me faire le même effet qu'une douche glacée.

— Ne prends pas tes rêves pour la réalité crétin, grogné-je presque.

Ses lèvres se tordent en un sourire en apparence chaleureux. Pourtant, quand je le fixe, je ne vois au fond de ses iris que de la noirceur. Alexander a certes une belle gueule, mais je n'ai aucune doute sur la pourriture de son âme.

Il trempe nonchalamment son doigt dans la sauce qui brûle sur le feu avant de le porter à ses lèvres.

— Je crois que je vais manger avec toi ce soir, me provoque-t-il.

— Désolée, j'ai raté le moment où je te l'avais proposé.

Je me détourne de lui pour égoutter mes pâtes comme si le nier allait le faire disparaître, malheureusement cela ne fonctionne que dans mes rêves les plus fous parce qu'il me suit comme mon ombre. Quand je me sers à manger, il m'imite et lorsque je m'installe sur un des hauts tabourets qui encadrent l'îlot central, il s'assied juste à côté de moi.

— Tu n'as pas un travail ?

J'essaie de me débarrasser de lui, mais ma tentative est plutôt vaine puisqu'il paraît bien décidé à ne pas me lâcher. À peine les mots ont franchi la barrière de mes lèvres que je les regrette déjà, effarée par leur stupidité.

— À 20 heures ?

Il me jette sans aucune pitié l'incohérence de mes propos au visage, un sourcil levé.

— Il y a plein de gens qui travaillent de nuit.

Plus je tente de me justifier, plus cela semble l'amuser alors je passe rageusement une main dans mes cheveux savamment emmêlés pour essayer de retrouver une contenance. Il suit mon geste du regard, m'étudiant minutieusement comme si j'étais une espèce rare et précieuse. Mal à l'aise d'être ainsi observée, j'en viens à regretter mon apparence si négligée. Je comprends vite qu'il ne compte rien rétorquer et je décide de continuer de moi-même la conversation, l'occasion pour en apprendre un peu plus sur lui étant trop belle. La scène de cette après-midi toujours fermement ancrée dans ma tête, je tente discrètement de grappiller des informations.

— D'ailleurs, tu fais quoi dans la vie ?

Je grignote distraitement quelques pâtes, essayant de ne pas avoir l'air suspicieuse même si je meurs d'envie de lui poser immédiatement la question qui me brûle les lèvres. Avachi sur la chaise, dédaigneux, il triture la nourriture qui lui fait face, son éternel sourire en coin ne lui faisant jamais défaut.

— Je tiens un garage à quelques rues d'ici. J'ai engagé un nouveau mécanicien cet été, du coup maintenant j'y bosse beaucoup moins.

Attentive, je prends le temps de le détailler à mon tour avec minutie, hypnotisée par les tatouages sur ses bras. Un épais serpent s'enroule autour de son poignet, ce dernier protège jalousement une dague qui s'étend sur l'entièreté de son avant-bras. Autour de l'arme, des roses sont dispersées et leurs épines rendent l'œuvre plus sombre. Le dessin est si réaliste que je risquerais de me piquer le doigt si je tentais de le toucher. Son biceps est large et sa peau est tirée par la proéminence de son muscle. Des phrases y sont encrées sans toutefois que je sois en mesure de les déchiffrer. De grandes lettres, un W suivi d'un H et un G, sont comme gravées à même la chair, se rapprochant plus de la cicatrice boursouflée que du délicat tatouage. Il m'est difficile de détourner les yeux de cette hypnotique abréviation ; plus je me perds dans sa contemplation, plus je souhaiterais en capturer le sens.

Je déglutis difficilement et ces maudites initiales me laissent un goût âcre dans la bouche. Je suis persuadée de les avoir déjà vues quelque part sans toutefois réussir à rattraper le souvenir qui semble bien décidé à s'évader. Une main invisible l'extirpe de ma mémoire et j'ai beau tenter de m'y accrocher, rien n'y fait, il m'échappe irrémédiablement.

Frustrée, je hoche alors vaguement la tête pour ne pas le laisser sans réponse et paraître malpolie.

— J'ai souvent des employés qui passent à la maison pour me remettre la caisse ou me faire un bilan de la journée, ajoute-t-il.

Un instant, je crains de m'être fait surprendre ; ses yeux guettent ma réaction et je tente du mieux que je peux de ne rien laisser paraître. Son explication spontanée colle parfaitement à la scène à laquelle j'ai assisté en fin de journée. Pourtant, une petite voix en moi me hurle de rester sur mes gardes, comme si tout glissait un peu trop comme sur des roulettes.

Je termine mon assiette en essayant de ne pas croiser son regard. On peut apprendre beaucoup trop de choses en un seul coup d'œil et je préfère garder jalousement secret les doutes qui me taraudent à son sujet. De son côté, il n'a pas l'air de remarquer la tornade de pensées contradictoires qui fait rage en moi.

— Tu sais je suis parti de rien. Je venais d'acheter à crédit un vieil entrepôt délabré. Purée, je me rappelle que je devais manger des pâtes tous les jours pour tenter de garder la tête hors de l'eau.

Perdu dans ses souvenirs, il agite sa fourchette sous mon nez comme un Italien le ferait avec ses mains.

— Je travaillais dix heures par jour, mais ça a payé. Tu sais qui j'ai embauché en premier ? me demande-t-il.

— Non, mais je parie que tu vas me le dire, dis-je en me payant doucement sa tête.

Il glousse en réponse à ma pique et je suis agréablement surprise de ne pas le voir s'offusquer. Du peu que j'avais pu constater de lui, Alexander soufflait le chaud et le froid sur tout le monde, mais encore plus particulièrement avec moi. La plupart du temps, il était bourru et agressif, toutefois en ce moment même je découvrais un aspect de lui beaucoup plus posé, presque agréable. Il donnait l'impression qu'on ne savait jamais vraiment quelle attitude attendre de lui, aussi imprévisible qu'un animal sauvage.

— C'était Drake et je peux t'assurer que ce mec n'a jamais eu peur des heures supplémentaires.

Il m'observe me frotter délicatement la bouche avec une serviette et ajoute :

— Les gens qui n'ont pas peur de se salir les mains c'est ça que j'aime.

Et boum, prends ça dans tes dents ma cocotte.

Il ricane à son tour et mes yeux menacent de sortir de leurs orbites quand je comprends qu'il a tenté de faire une blague. J'avale un peu d'eau pour éviter de m'étouffer avec ma surprise et il se marre de plus belle.

J'essaie de reprendre contenance en débarrassant mon assiette sale. L'eau froide du robinet coule le long de mes doigts et quelques gouttes éclaboussent mon haut.

— Et ceux qui ne posent pas de problèmes, murmure-t-il en déposant à son tour son assiette sale dans l'évier.

Sa remarque, qui visiblement est loin d'être anodine, me glace le sang en une fraction de seconde, bien loin des blagues échangées quelques minutes plus tôt. Un courant électrique parcourt tout mon corps comme un signal d'alerte. Le semblant de bonne ambiance part instantanément en fumée et je me rappelle amèrement qu'Alexander est cette putain de veuve noire et qu'il cherche à me meurtrir en plantant sur ma peau immaculée ses crocs gorgés de venin. Tout en moi me hurle de me méfier, mon instinct de survie personnifié en un monstre sombre et difforme, tambourine comme un forcené contre ma cage thoracique. Il me crie que quelque chose ne tourne pas rond dans cette maison, qu'un simple garagiste sans histoire ne serait pas prêt à mordre comme un chien enragé et à menacer dès qu'une nouvelle paire d'yeux risque de traîner dans les parages.

L'enfoiré au regard de feu s'apprête à attaquer une nouvelle fois, comme pour achever sa proie, mais une petite tête blonde semble particulièrement bien choisir son moment pour surgir dans l'entrée.

— Je me disais bien que j'avais entendu du bruit par ici ! s'exclame Éloïse.

D'une main agile, elle ouvre une armoire et en sort un large paquet de biscuits d'une de mes marques favorites. Puisqu'un bon voleur prévoit toujours avec minutie son prochain casse, je note mentalement ce détail pour une de mes futures fringales nocturnes.

— On allait lancer un film, vous voulez le regarder avec nous ?

Son regard suspicieux passe d'Alexander à moi, comme si elle n'arrivait pas à savoir si nous étions sur le point de nous entretuer ou de nous jeter l'un sur l'autre dans une accolade torride. Cette inspection de quelques secondes dure pour moi une éternité et je triture mes doigts, mal à l'aise. Elle nous fixe avec insistance et je ne sais pas trop si elle attend une réponse à sa proposition ou une explication sur ce qui se passait entre Alexander et moi.

Je bégaie un instant avant de reprendre contenance, ce qui relève du miracle puisque je sens peser sur moi le poids du regard d'Alexander, et je réponds :

— Oui, j'arrive.

Je feins un enthousiasme qu'on ne connaît qu'aux insouciants.

— J'ai des trucs à faire, mais une prochaine fois, Élo.

Alexander s'éclipse ainsi comme une poussière soufflée par la brise d'avril et je rejoins le salon bras dessus bras dessous avec Éloïse qui paraît enjouée à l'idée que j'accepte de passer ce moment avec elle. Lorsque je fais mon apparition dans le salon, le reste de la bande monopolise déjà les canapés. Ils stoppent immédiatement leur discussion tenue à voix basse quand ils me remarquent. Je tente de ne pas m'en offusquer et colle sur mon visage mon air niais le plus crédible.

La soirée est agréable ; le film est prenant et j'arrive même à nouer petit à petit des liens avec mes différents colocataires. Ce n'est pourtant pas chose facile quand on ne fait que se croiser en coup de vent. Tout se déroule le plus normalement possible et je vais me coucher, le sourire aux lèvres.

Cependant, tout le monde semble oublier quelque chose de primordial : *je ne suis pas insouciante.*

Chapitre 5
Rosalie

Le lendemain, quand je m'éveille, la lumière du jour s'infiltre déjà à travers le rideau que j'ai mal tiré avant d'aller me coucher. Je rouspète contre moi-même en m'extirpant du lit et me traîne jusqu'à la douche en espérant que le jet d'eau froide finira par me réveiller.

Une fois l'effet presque thérapeutique de la douche ressenti, je m'enroule dans une serviette moelleuse et, grâce à une quantité faramineuse de gel et de laque, plaque méticuleusement mes cheveux dans une haute queue-de-cheval. Je tire la langue sur le côté lorsque je me concentre pour tracer un sombre trait d'eye-liner noir sur mes paupières qui papillonnent ; je le loupe deux fois avant d'être pleinement satisfaite et ma serviette, décidément rebelle ce matin, tombe à plusieurs reprises. D'humeur coquette, je choisis avec soin un gros pull gris en laine et une petite jupe de la même couleur qui fait drôlement penser à l'uniforme d'une écolière et regrette immédiatement ma décision lorsque je dois enfiler des bas presque opaques. Après m'être trémoussée de longues secondes en donnant l'impression de créer une parade nuptiale pour les vers de terre, je termine mon œuvre au sol. Passée en mode survie, l'objectif premier de ne pas faire de trou est vite évincé par la simple envie d'en avoir fini avec cet engin de torture. Je me relève ensuite, légèrement transpirante, mais enfin prête.

Encore une belle matinée qui s'annonce, je peste intérieurement.

En descendant l'escalier, je chantonne un vieil air de musique rock. Ma jupe vole lorsque je presse le pas pour rejoindre la cuisine, impatiente d'aller déjeuner. Je me stoppe brusquement quand j'aperçois le corps imposant d'Alexander qui occupe déjà un coin de la pièce. Sourcils froncés, les yeux perdus dans l'abîme de son écran de téléphone, il est tellement absorbé par les pixels de son Smartphone qu'il ne m'a pas encore remarquée. Par peur d'être repérée, je me retiens presque de respirer comme pour observer la beauté d'un ciel quelques secondes avant l'orage.

Je le contemple comme si je pouvais déchiffrer la multitude d'équations qui le compose. Pourtant, je n'arrive même pas à voir le garçon de mon âge sans être effrayée par les secrets qui flottent autour de lui. Parce que j'en suis intimement convaincue : s'il est ainsi prêt à se battre contre moi à coup de griffes à peine voilées, c'est que les secrets que je menace de déterrer sont trop importants.

Mes semelles claquent contre le sol lorsque je change de position et il lève immédiatement les yeux vers moi. L'espace d'un instant, son visage n'exprime pas le dégoût que je lui inspire habituellement et il me lorgne même de haut en bas. S'il me trouve jolie, il n'en laisse rien paraître et replonge, sans un mot à mon égard, dans son Smartphone.

J'avance vers le plan de travail, avise le Thermos encore fumant et me versc une tasse de café. Je trempe directement mes lèvres dans la tasse et le liquide me brûle la langue, mais j'apprécie plus que de raison ce moment de calme.

La première gorgée, même bouillante, est toujours la meilleure et je la savoure le plus possible sachant d'avance que les prochaines n'arriveront pas à la surpasser.

Des picotements dans la nuque me donnent la désagréable impression d'être observée à la dérobée et je me retourne brusquement. Alexander ne fixe plus son téléphone ; c'est moi qu'il étudie maintenant. Lorsque je soutiens son regard, il ouvre la bouche et me lance :

— Rosalie, tu devrais…

Je lui coupe immédiatement la parole, pose violemment ma tasse qui claque contre le meuble. Peut-être parce que je me suis battue contre mon collant ou simplement parce que je refuse de me laisser malmenée par ses sautes d'humeur comme un petit bateau qui combat les flots d'une mer colérique, ce matin je décide de dire non. Je refuse de me complaire dans ma position de victime.

Papa ne m'a pas élevée comme ça.

Déboussolée d'avoir pensé à mon père dans un moment aussi anodin, je crache, animée par toute la hargne que les deux personnages m'inspirent :

— Quoi ? Tu vas me faire des menaces ? Encore ?

Les traits de mon géniteur se confondent un court instant avec ceux de mon colocataire dont les yeux s'arrondissent de stupeur, visiblement surpris par ma part d'obscurité que je n'arrive pas à refouler en moi et qui prend le contrôle de mon être quelques secondes. Il ne pipe mot alors je continue, confiante :

— Écoute-moi bien, l'homme préhistorique. Toutes mes excuses si je t'ai donné l'image d'une faible petite créature que tu peux martyriser à ta guise, mais figure-toi que c'est loin d'être le cas.

Je me rapproche de lui, féline. J'enfouis tellement cette noirceur en moi, l'enfermant spécialement dans ma chair en un Tartare pour la maintenir ensommeillée et sous contrôle, que j'en oublie parfois même son existence. Mais le monstre ne dort jamais vraiment et toute la laideur que j'abrite ne cherche qu'une mince fissure pour briser les barreaux de sa prison fortifiée et s'enfuir.

Je suis à la limite de coller mon visage au sien, dominée par mes ténèbres, lorsque j'aboie :

— J'ai bien compris que ma présence t'insupportait, mais désolée mon grand, je suis ici chez moi maintenant. Il va falloir faire avec parce que moi je compte bien faire ce que bon me chante.

Je le pointe alors d'un doigt rageur.

— Ne t'avise plus jamais d'essayer de m'impressionner et tu serais prié à l'avenir de mettre tes menaces à exécution au lieu de perdre ton temps à jacasser, les mots ont tendance à m'ennuyer.

Le psychopathe qui me fait face se met à rigoler et son odeur s'impose à moi avec force. Il sent la chaleur, le soleil et le bois mouillé ce qui est en totale opposition avec la froideur qu'il dégage perpétuellement.

Une mèche de cheveux glisse devant mes yeux alors que je refuse de les baisser face à lui. Et, alors que je suis persuadée de devoir gagner un quelconque duel de regard pour marquer mon territoire, Alexander me surprend quand, avec une infime douceur, il replace les cheveux rebelles derrière mon oreille. La tendresse de son geste arrive même à sonner le hideux titan qui grondait dans mes entrailles et les petits soldats de mon âme, serviteurs de bonté, en profitent pour le maîtriser et l'enfermer à nouveau.

— Range tes crocs petite louve, murmure-t-il.

Son doigt s'attarde quelques secondes de trop sur le haut de ma pommette et il dessine même de la pulpe de son index le contour de ma mâchoire serrée, réminiscence de la colère qui m'abritait quelques secondes auparavant.

— J'allais te dire de profiter de ton café, car il n'y en a plus dans les placards.

Il se lève souriant et envahit mon espace personnel avec son aura aux couleurs changeantes.

— J'irai en acheter dans la journée, je ne voudrais pas voir en quel monstre tu te changes le matin sans ta dose de caféine.

Il m'adresse un clin d'œil joueur et quitte la pièce, laissant dans son sillage son parfum si particulier et le sentiment d'être estomaquée.

Un peu plus tard, quelques précieuses heures de l'après-midi déjà entièrement grignotées, avachie dans l'un des fauteuils qui garnissent le salon, je perds mon temps à regarder une série dramatique diffusée à la télévision. Je m'ennuie à en mourir et même les péripéties fantasques comme dans les *telenovelas* espagnoles de l'épisode, n'arrivent pas à combler le vide qui s'immisce en moi. C'est probablement à cause de cette lassitude que je suis plus que ravie quand Éloïse se jette dans le sofa pour me proposer de faire un tour au centre commercial. Sautillante et suintant la joie de vivre, elle me tire par les bras et me force à sortir de ma léthargie.

J'ai à peine le temps d'enfiler mon vieux trench beige et de zipper la fermeture Éclair de mes cuissardes dans une matière qui imite à la perfection le daim, que la tornade d'énergie déboule déjà dans le parking privatif devant la maison. Je me précipite pour la rejoindre et la trouve en grande discussion avec Alexander. Quand il la regarde, son sourire laisse apparaître une fossette méconnue jusque-là. Son air rieur contamine l'entièreté de son visage et même son regard, je comprends alors instinctivement qu'ils ne sont pas de simples colocataires. Un lien plus fort les unit visiblement et je me demande s'ils ont été amants avant. Je sais qu'il vit en ce moment une espèce d'histoire d'amour, certainement plus charnelle que sentimentale avec Alice, cette fille aux airs rebelles, mais qui le suit pourtant à la trace comme un chiot apeuré et, je me demande si la jalousie la ronge quand elle est témoin de cette fusion.

Éloïse rigole à gorge déployée et même Alexander émet un son grave proche du rire, bruit qui ressemble plus pour le commun des mortels à un cri de douleur, mais qui doit sûrement signifier un fou rire pour lui. Je m'approche d'eux et Éloïse m'attrape fortement par le bras comme si elle craignait que je m'évapore soudainement. Maligne, elle prévoyait visiblement ma réaction à son annonce qui ne se fait pas attendre :

— Alexander n'a rien à faire du coup, il a gentiment proposé de venir avec nous.

— Comme c'est aimable, je grince des dents.

Il me sourit avec toute la fausseté que ce monde renferme et j'ai une soudaine envie de le frapper d'un coup de pied dans le tibia.

— C'est lui qui conduit, piaille la petite blonde.

Malheureusement, je me fais déjà entraîner contre mon gré dans une voiture de luxe, un 4 x 4 noir mat d'une célèbre marque, et quand le moteur gronde en faisant voltiger les graviers, il est déjà trop tard pour protester. Alors, résignée, j'enfonce mon derrière dans les sièges chauffants en cuir et fusille du regard le propriétaire du véhicule dont les mains enserrent sereinement le volant, en priant pour qu'un regard puisse tuer.

Quand il me fait un clin d'œil moqueur dans le rétroviseur, je comprends qu'un regard ne sera jamais aussi efficace qu'une bonne vieille kalachnikov.

Imbécile !

Chapitre 6
Rosalie

Je me cache dans le rayon café, profitant des quelques secondes de tranquillité que j'ai réussi à grappiller pour me calmer.

J'inspire par le nez et expire par la bouche, mais cette foutue technique ne semble fonctionner que dans les livres de yoga parce que je n'arrive pas à contrôler mon énervement. Chaque fois que j'expulse l'air stocké dans mes poumons, je me rappelle les piques acides qui m'ont été envoyées par Alexander dans la voiture. Certes, l'enfoiré arrive plutôt bien à faire passer son agressivité pour de la maladresse, mais je n'arrive pas à comprendre comment Éloïse a pu rester dans l'insouciance tout le trajet. Notre haine réciproque saturait littéralement le véhicule. Elle a l'air un tantinet naïve, un peu comme Blanche-Neige qui accepte une pomme d'une vieille inconnue, mais pas de là à ne pas comprendre que quand il me disait que j'avais bonne mine il se moquait ouvertement des deux énormes boutons qui culminent fièrement sur mon menton.

Je grince des dents et serre tellement le paquet de café qu'il explose dans mes mains. La poudre se répand sur le carrelage du magasin formant une immense tâche noire juste au moment où un employé traverse l'allée.

L'homme, un grand mince au crâne dégarni, se précipite vers moi, rouge de colère. Il agite les bras comme s'il était attaqué par un millier d'abeilles et me hurle dessus :

— Vous allez payer ce produit, mademoiselle, et également le nettoyage !

Plus il s'énerve, plus il postillonne et je finirai probablement noyée dans sa bave avant que le ménage ne soit effectué. Je recule de quelques pas pour être épargnée par le torrent, mais il me saisit fortement par le poignet.

— Mais vous êtes malade ! je hausse la voix. Lâchez-moi !

— Inutile de vous enfuir petite voleuse, vous allez payer ça directement !

Il répète inlassablement la même phrase et refuse de me lâcher. Je secoue mon bras, mais il enserre plus fermement encore mon articulation. En réaction, je couine comme une souris blessée, choquée par l'ampleur démesurée que semble prendre la situation.

— Lâchez-moi, je vais payer bon sang !

L'employé ne m'écoute même pas, il me voit sans aucun doute comme une vermine prête à lui voler les quelques misérables dollars que coûte le produit.

— Je crois qu'elle vous a demandé de la lâcher.

J'identifie immédiatement la personne à qui appartient la voix qui gronde derrière moi, rauque et menaçante. Cependant, je ne suis visiblement pas la seule à la reconnaître puisque l'employé se calme immédiatement et me relâche sans émettre la moindre objection. Je n'ai pas la prétention de savoir lire dans les yeux des autres leurs émotions les plus intimes pourtant j'ai la solide impression que le quadragénaire a pris peur à la simple vue d'Alexander. Il s'inclinerait presque devant mon terrible colocataire de la même façon qu'un loup oméga se soumettrait à son mâle alpha.

Je fouille dans mon sac à main extrêmement embarrassée par la situation, extirpe mon portefeuille et demande :

— Combien est-ce que je vous dois ?

Dans un retournement de situation incompréhensible, le commerçant secoue sa tête pour refuser mon argent, le même argent pour lequel il était prêt à mordre quelques secondes auparavant.

— Non tout est en ordre les accidents ça arrive, insiste-t-il. Toutes mes excuses, je ne savais pas que vous vous connaissiez.

Le marchand se confond une dernière fois en excuses, tremblant presque dans sa veste sans manches aux couleurs du magasin, puis, sans demander son reste, déguerpit plus vite que son ombre. Dans son sillon, il me laisse déconcertée, les bras ballants, et un air ahuri estampillé sur le visage.

— Qu'est-ce qu'il vient de se passer ?

Je pivote sur moi-même pour interroger Alexander du regard. Il hausse les épaules comme si lui non plus ne comprenait pas la situation, mais ses prunelles ombrageuses et ses sourcils froncés me donnent l'impression qu'il en sait plus que ce qu'il ne me laisse croire. Je fais un pas dans sa direction sans le lâcher du regard et insiste :

— Tu dois bien savoir. Pourquoi cet homme a eu si peur quand il t'a vu ?

— Je n'en sais rien Rosalie, se brusque-t-il.

— Mais enfin, tu as sûrement une idée ! Sa réaction n'était clairement pas normale, il a eu l'air de te reconnaître.

J'ai l'impression de compléter un de ces puzzles au nombre de pièces indécent et de me rendre compte, alors que le jeu est déjà bien entamé, qu'il me manque justement les pièces cruciales. C'est exactement le même sentiment d'agacement qui me gagne à l'instant alors j'insiste un peu lourdement, bercée par l'incohérence de la situation.

Alexander se braque et, comme pour occuper ses mains, attrape sur les étagères un nouveau paquet de café.

— Tu pouvais juste me remercier.

Il marmonne sa phrase rageusement avant de partir se perdre dans le labyrinthe des rayonnages du magasin. Derrière lui, je reste stoïque et muette. Ma machine cérébrale est en ébullition tandis que l'horrible sensation d'être prise pour une idiote me percute de plein fouet.

Je sors ensuite du magasin les mains outrageusement vides et qui pourtant empestent le café à des kilomètres à la ronde, l'odeur est ancrée dans les plus infimes pores de ma peau. J'ai la dérangeante sensation d'être épiée par tout le monde ; des caissières amorphes aux clients pressés, je chavire sous la rudesse de leurs œillades furtives. Je me tortille, me retourne, personne ne me regarde, mais ce sentiment d'être épiée ne me quitte pas. Je détourne le regard et eux en profitent pour continuer de me scruter en catimini. Ma peau me démange et j'ai envie de me l'arracher en me grattant jusqu'au sang comme si cela allait suffire pour qu'ils arrêtent leur inspection.

Tout le monde semble savoir ce que je persiste à méconnaître et je déteste être la seule dans l'ignorance, lassée de jouer un jeu dont on ne m'explique pas les règles. Je voudrais juste avoir toutes les cartes en main. Rien ne va plus dans ma vie depuis que je suis devenue le pantin de secrets qui ne sont pas les miens.

Éloïse me tapote l'épaule et m'extirpe de la vague de morosité qui menaçait de m'engloutir tout entière.

— T'es toute seule ? me demande-t-elle.

— Oui, je pensais qu'Alexander était avec toi, dis-je en mentant éhontément.

C'est parfois effrayant cette facilité que j'ai à mentir de façon si naturelle. Les mots glissent de ma bouche ; mielleux et plaisants, j'arrive sans déployer le moindre effort à les faire sonner juste aux oreilles de mes victimes.

— Il n'est sûrement pas très loin, il nous retrouvera bien à un moment ! Viens, dit-elle en me tirant par le bras, je veux trop manger un donut là-bas.

C'est ainsi que je me retrouve, une poignée de minutes plus tard, attablée avec Éloïse, une pâtisserie chocolatée qui suinte de sucre glace et une boisson chaude en face de moi, à l'écouter se plaindre d'abord de son job et ensuite de l'attitude grincheuse d'Alexander.

Je masque difficilement mon éclat de rire en avalant une gorgée de mon cappuccino beaucoup trop sucré et Éloïse m'interroge de son regard insistant. Je suis alors bien forcée d'avouer :

— C'est comique parce que je pensais qu'il y avait quelque chose entre vous.

Ses yeux s'arrondissent comme d'immenses soucoupes et elle manque de s'étouffer avec un morceau de son donut. Elle toussote en essayant de se reprendre et agrippe la table de ses mains comme si j'étais devenue un phénomène paranormal et que sa réaction oscillait entre la peur et la surprise.

— J'ai dit une connerie ?

Elle bat plusieurs fois des cils et il lui faut décidément un long moment pour assimiler ce que j'ai pu dire. Quand l'information a atteint tant bien que mal son cerveau, sa toux sèche est instantanément remplacée par un rire hystérique et incontrôlable. Elle s'esclaffe en tapant la table et des clients nous jettent des œillades, visiblement ennuyés par le bruit digne d'une fanfare que nous devons faire dans le petit café huppé.

Je croque une bouchée dans ma viennoiserie, commençant à trouver le temps long, lorsque Éloïse revient enfin à elle.

— Désolée c'était hilarant.

Essoufflée, elle essuie ses yeux rouges baignés de larmes et m'explique d'une voix grêle :

— C'est mon grand frère Rosalie. Enfin techniquement c'est mon demi-frère parce qu'on n'a pas le même papa, mais on a toujours été élevé ensemble.

Ma bouche s'ouvre d'elle-même et c'est à mon tour d'être muette de stupéfaction. Je contemple mon amie d'un œil nouveau et toutes ces ressemblances avec Alexander me sautent enfin aux yeux. La forme de sa mâchoire, leurs grands yeux bordés de cils épais et une stature athlétique sont autant de détails auxquels je n'avais pas porté assez d'importance, mais qui maintenant me semblent tellement flagrants que je me trouve idiote de n'avoir rien remarqué avant. Leur lien si étroit m'apparaît alors comme une évidence.

— Tu as l'air surprise, s'amuse-t-elle.

Surprise n'est en réalité qu'un euphémisme par rapport au sentiment d'immense stupéfaction que j'éprouve actuellement. Je n'avais jamais eu l'ego de me trouver particulièrement intelligente ; j'étais loin d'être une idiote sans être un génie notoire et je n'avais jusqu'à présent jamais eu une vie assez normale que pour pouvoir tenter ma chance à l'université. Cependant, j'aimais à croire que j'avais une espèce de don pour deviner certaines petites choses. Un lien de parenté aussi évident aurait dû en faire partie, mais voilà que mon satané don me faisait défaut.

— Tu avais peur que je te le pique.

Elle me fait un clin d'œil complice, visiblement étrangère à toute cette féroce animosité qui nous tenaille Alexander et moi.

— Pas mon style, je mords généreusement dans mon quatre-heures. Les mecs, je les préfère moins problématiques.

— Touché !

Elle glousse, manifestement loin d'être vexée par mes critiques adressées à son frère, au fond d'elle-même, elle est peut-être d'accord, mais n'ose rien dire. Au quotidien, elle ne laisse rien paraître d'un quelconque agacement envers son frangin. Pourtant, je n'arrive pas à me faire à l'idée que ce dernier ne soit un connard qu'avec moi.

Mais bon, je n'avais même pas remarqué qu'ils étaient frère et sœur alors je vais peut-être arrêter de me fier à mes intuitions.

— De toute façon, si je ne suis pas trop rouillée, je crois avoir compris qu'il était dans une espèce de relation avec Alice.

Elle roule des yeux pour exprimer son agacement. Éloïse n'a pas l'air d'être une grande fan de la copine de son frère. Sûrement trop exubérante pour être attachante, le peu que j'ai vu d'elle ne m'a pas fait une grande impression. Alice a l'air assez spéciale, à l'image de sa relation avec Alexander qui semble elle aussi bien bancale.

— Relation mon œil. Ils se fréquentent de temps en temps quand il a besoin d'un petit coup facile.

Elle boit un peu de sa boisson avant d'ajouter :

— Mon frère a peut-être un sacré caractère, mais il faut savoir se la farcir cette fille. Une fois, je l'ai entendue lui faire une crise parce qu'il avait regardé avec insistance une actrice dans un film.

Elle articule ensuite sa phrase comme une orthophoniste qui essaie d'apprendre différents sons à un enfant :

— Une actrice dans un putain de film.

Loin de ressentir une quelconque peine pour Alexander, j'éprouve plutôt une satisfaction malsaine en apprenant que sa prétendue petite amie lui mène la vie dure. Je souris, heureuse de savoir que toute l'aigreur dont il a fait preuve à mon égard n'est pas restée impunie.

Ah le karma, quel fantastique concept ! Je me réjouis intérieurement.

Ma copine ne paraît pas remarquer mon sourire en coin et continue de me raconter quelques anecdotes toutes plus épiques les unes que les autres sur le couple atypique de son frère.

Je la surprends quelquefois à essayer finement de m'extirper quelques informations sur moi, mais j'arrive malicieusement à détourner la conversation sans jamais en dire trop. Je laisse tout de même volontairement fuiter quelques petites choses à mon sujet, bien consciente que je ne peux pas construire une solide amitié avec elle en refusant catégoriquement de me dévoiler. Je lui révèle donc, entre deux gorgées, que mis à part quelques flirts assez brefs, je n'ai jamais eu quelqu'un dans ma vie.

J'évoque aussi, sans rentrer dans les détails, cette mère que je ne connais pas et qui malgré tout signifie tant pour moi. Toujours assez dure, je me suis construite au fil des années une solide carapace pour empêcher la laideur de ce monde se répandre sur moi. Pourtant, quand j'évoque ma mère, j'ai du mal à retenir une larme solitaire au coin de mon œil. Je n'en explique pas la cause à Éloïse, mais moi je sais ; je sais que cette absence a taché de mille et une souillures mon âme de petite fille et que la jeune femme que je suis aujourd'hui n'arrive pas forcément toujours bien à colmater les plaies et à se construire avec la pseudo-famille plutôt bancale que j'ai pu avoir.

Elle aussi m'avoue ne pas avoir connu son père, c'est notamment quelque chose qu'elle partage avec son demi-frère. Elle sourit quand elle me dit qu'elle a été élevée par une super maman même si les papas de l'un et de l'autre semblent faire défaut.

C'est étrange de constater le nombre de petits enfants qui ont manqué d'un papa. J'ai tendance à croire que rien ne blesse plus qu'un papa qui est physiquement là et qui pourtant mentalement se rêve ailleurs ; présent, mais jamais assez, absent, mais pas suffisamment.

Son incroyable maman, me dit-elle, a jonglé entre les deux rôles toute sa vie pour être sûre que ni Éloïse ni Alexander ne manquent de rien et surtout ne souffrent pas de ce manque, mais même les mamans-warriors ne sont pas invincibles et c'est la voix enrouée et le regard perdu qu'elle m'explique qu'elle a dû lui dire adieu quelques années plus tôt après un ultime combat contre une sale maladie.

Éloïse cache en réalité sous ses airs de poupée, une résilience et une force de caractère insoupçonnées. Ces petites révélations, ces histoires amochées racontées autour d'un goûter paradoxalement très doux m'ont permis d'apprivoiser un peu plus le personnage de cette sœur aux allures dociles dans l'ombre de ce frère tout feu tout flamme, et j'ai encore plus de mal à comprendre comment ces opposés peuvent être si étroitement liés.

Je jette un œil furtif à ma montre et mon cœur manque un battement quand je vois l'heure déjà bien avancée. Avec regret, je dois mettre fin à ce moment privilégié ne voulant pas faire mauvaise impression et arriver à mon premier jour de travail déjà bien en retard. Solitaire dans l'âme, sûrement aussi malgré moi, je n'ai pas beaucoup d'occasions de me faire des amies alors cette petite pause-café a été un véritable moment de grâce.

Lorsque je recule ma chaise et qu'elle grince sur le parquet, une horripilante silhouette se matérialise à côté de notre table. Mon corps, ce traître, réagit malgré lui à la présence rapprochée d'Alexander et une vague de chair de poule naît dans mes orteils et remonte de façon désagréable jusqu'au sommet de mon cuir chevelu.

— Te voilà ! s'exclame Éloïse, une pointe d'agacement qui perce dans sa voix. On te cherchait.

Il lorgne d'un œil sceptique les déchets de notre goûter laissés à l'abandon sur la table et ajoute visiblement assez dubitatif :

— Je vois ça.

Il sort ses clefs de voiture de sa poche et les fait tournoyer avec dédain autour de son index comme pour nous inciter à nous dépêcher. Sagement, ce qui est tellement exceptionnel pour moi que ça mérite que je le souligne, je m'exécute sans broncher bien consciente que je dois être dans ses bonnes grâces pour qu'il accepte de me déposer au bar avant de rentrer à la colocation.

Il me regarde et je lui offre un sourire trop parfait et trop étiré pour être vrai. En y pensant bien, c'est triste de se rendre compte que les belles choses ne sont là que pour sauver les apparences. Blanche-Neige était là pour nous prévenir ; pourtant tous les enfants qui chantaient, rêveurs, sur « Un jour, mon prince viendra[1] » sont devenus des adultes avides de croquer dans la pomme empoisonnée simplement parce qu'elle semble éclatante.

Et, puisque je ne vaux pas mieux que tous ces gens, j'utilise ma moue la plus charmeuse pour amadouer ma cible.

---

1. Musique composée par Frank Churchill grâce aux paroles de Larry Morey, utilisée par les studios Walt Disney.

Chapitre 7
Rosalie

Mes premières heures de travail au bar ont été tellement éreintantes que mes jambes flageolantes menacent de céder sous le poids de mon corps, incapables de courir encore d'un coin à l'autre du bar et de slalomer entre les tables bondées. Mon cerveau ne parvient toujours pas à retenir plus de trois boissons à la fois ou même à associer un numéro de table à une commande et mes mains n'arrivent pas à se coordonner pour porter un plateau rempli de verres bien chargés, me laissant de nombreuses taches malodorantes de bière et d'alcool en tout genre sur mon chemisier et quelques gros doutes quant au niveau actuel de ma psychomotricité.

C'est pourtant fièrement que je claque derrière moi la porte du bar aux aurores après un dernier signe de main à Hector, qui est visiblement mon nouveau patron.

Il a certes grogné, voire insulté toute ma future descendance dans sa barbe, quand j'ai renversé une quantité astronomique de verres mais il a presque semblé content de moi lorsque j'ai gracieusement ignoré un ivrogne aux blagues salaces au lieu de lui coller mon pied au cul pour le foutre dehors. Heureusement, tous les clients ne sont pas de vieux cons misogynes ayant de sérieux soucis d'alcool et j'ai même été agréablement surprise de recevoir quelques pourboires.

Je repars donc du bar lessivée, mais presque, *je dis bien presque*, impatiente d'y retourner. Après l'heure de fermeture officielle, quelques habitués restent encore boire un dernier verre en compagnie d'Hector, qui ne paraît pas ressentir la fatigue. Une fois le bar vidé de tous ses clients, il faut seulement nettoyer le parquet collant ainsi que les tables poisseuses et, avec les dernières étincelles de force vitale qu'il me reste, laver les quelques verres négligemment délaissés sur le bar. Mon patron est assez gentleman pour récurer lui-même les toilettes et je lui sauterais bien au cou pour le remercier.

Enfin dehors, les premiers rayons du soleil peinent, au vu des températures pré-automnales, à réchauffer le bout de mon nez gelé et rouge écarlate. J'en profite pour m'arrêter sur le trottoir quelques secondes et savourer pleinement leur lumière sur mon visage. Les rues sont encore désertes à cette heure-ci, rares sont les courageux qui doivent déjà se rendre au travail. Dans cet entre-deux, lorsqu'il ne fait plus vraiment nuit, mais pas encore tout à fait jour, quand mon cerveau ralentit sa cadence effrénée et que mon rythme cardiaque s'apaise également, je me sens si paisible que je voudrais capturer cet instant pour le revivre mille fois. Sans m'en rendre compte, mes pieds ont continué leur route et je me retrouve, trop vite à mon goût, devant ma presque maison. La magie de ces minutes, volées au temps qui file, se dissipe et m'échappe comme du sable entre les doigts d'une main et c'est avec nostalgie que j'enfonce ma clef dans la serrure pour aller me mettre au lit.

Exténuée après cette éreintante première journée, je n'ai même pas eu la force de me démaquiller avant d'aller dormir. Lorsque je me réveille le lendemain en début de matinée, j'ai la désagréable surprise de découvrir des trainées de mascara sur ma taie d'oreiller et je regrette immédiatement ma fainéantise.

Je soupire en la retirant et me dirige d'un pas gauche, mon esprit encore embué par le profond sommeil dans lequel j'ai été plongée, vers mon armoire. J'essaie de trouver de quoi changer mes draps mais lorsque je constate malheureusement que je n'ai pas de parure de lit de rechange, je referme rageusement ma penderie. De façon théâtrale, je me laisse alors tomber sur mon matelas.

Je vais devoir prendre mon courage à deux mains et partir en exploration dans le centre-ville pour faire du shopping. *J'avais juste envie de traîner au lit toute la journée.*

Une vingtaine de minutes plus tard, je me suis habillée d'un simple pantalon et d'un chemisier blanc ; j'ai même pris le temps de me maquiller et de dompter ma crinière en une jolie coiffure agrémentée de quelques pinces dorées. Je suis plutôt satisfaite du reflet que me renvoie le miroir et, puisque je suis mieux réveillée à présent, je me réjouis finalement de cette sortie en ville. Une fois ma veste en jeans enfilée, je me dirige d'un pas léger vers ma petite voiture qui n'a pas bougé du parking depuis mon arrivée. J'allume la radio et fais ronronner le moteur tout en fredonnant les paroles d'une musique bien connue en ce moment.

Après de longues heures passées dans le centre commercial le plus populaire de la ville selon Internet, j'ai enfin trouvé ce que j'étais venue chercher et je me suis même octroyé une pause déjeuner dans un petit restaurant de la galerie marchande. Le cœur léger, je décide donc de clôturer cette sortie et de rentrer à la colocation. Cependant, alors que tout avait si bien commencé et que j'avais vécu jusque-là une journée plus qu'idyllique, la malchance me foudroie soudainement et je me retrouve à enchaîner les contrariétés.

Je sors du shopping sous une pluie diluvienne qui me trempe jusqu'à l'os et il m'est tout bonnement impossible de me rappeler où j'ai garé ma voiture. Je tourne en rond et peste à voix haute. Même si les températures sont assez clémentes aujourd'hui, je commence à avoir terriblement froid, mes vêtements complètement trempés ne m'aident absolument pas à me réchauffer. L'averse double encore en intensité et je commence à désespérer quand je repère enfin ma voiture au loin. Je me précipite à l'intérieur du véhicule pour m'y abriter. Je prends d'abord quelques secondes pour reprendre mon souffle et tenter de maîtriser les tremblements qui secouent mon corps frigorifié. Lorsque je réussis à retrouver mes esprits, je tente de démarrer ma voiture mais un signal lumineux s'allume sur mon tableau de bord : le pictogramme indique un pneu complètement dégonflé. Exaspérée, je me retiens de fondre en larmes face à cette situation cauchemardesque. Je laisse lourdement tomber mon front contre mon volant et un petit cri de rage m'échappe.

Tout ça pour une taie d'oreiller, je gémis épuisée.

Je fouille dans mon sac à la recherche de mon Smartphone, il n'a presque plus de batterie mais j'arrive tout de même à téléphoner à Éloïse. Cette dernière décroche au bout de trois sonneries :

— Allô ?

Sa voix est suspicieuse et je comprends, non sans un pincement au cœur, qu'elle n'a probablement pas sauvegardé mon numéro dans son répertoire.

— Éloïse ! C'est Rosalie. J'ai un pneu crevé et je ne sais pas comment rentrer.

Comme elle ne répond pas directement, j'ajoute misérablement :

— Je suis vraiment désespérée.

— Tu es où ? me demande-t-elle.

Je l'entends assez mal, sa voix est noyée par le bruit ambiant et je comprends immédiatement que j'ai dû l'interrompre au travail.

— Je ne sais pas trop, je suis dans le centre de Boston. J'ai garé ma voiture dans une ruelle aux alentours du centre commercial, je bégaie.

Une voix l'accoste à l'autre bout du fil et elle doit éloigner le téléphone de son visage parce que je n'entends pas leur conversation.

— Ne bouge pas, me répond-t-elle enfin, je vais envoyer quelqu'un te chercher. Tu peux…

Avant qu'elle ne puisse finir sa phrase, ma batterie me lâche brusquement et je grogne de frustration.

Une éternité plus tard, alors que je suis perdue dans mes pensées, une personne tape violemment contre le carreau de ma voiture et me fait hurler de peur.

— Putain, je m'exclame une main sur le cœur.

Alexander me fait face de l'autre côté de la vitre. Ses cheveux trempés s'étalent négligemment sur son front ; la tempête s'est quelque peu calmée mais une fine pluie rebelle continue de tomber. Il n'est visiblement pas très heureux de me porter secours à en croire sa mine renfrognée.

— Allez princesse ne fait pas attendre ton carrosse, rage-t-il en m'indiquant du doigt sa voiture dont le moteur tourne encore.

Je récupère mes affaires en vitesse et me précipite jusqu'à son véhicule. Une fois réfugiée sur le siège passager, je réalise que je suis toujours aussi trempée et que je dégouline sur le cuir flambant neuf. Du coin de l'œil, je le vois m'examiner les sourcils froncés mais, à mon grand étonnement, il ne fait aucune remarque.

Il roule en silence sans dénier m'accorder un seul regard. Son corps est tendu à l'extrême et les articulations de ses mains blanchissent tant il les serre contre le volant. Je peux comprendre qu'il ne soit pas ravi d'être venu me chercher mais sa réaction me semble tout de même excessive. Boudeuse, je croise lcs bras.

— Merde ! Tu ne sais pas enfiler quelque chosc de décent ? grogne-t-il de frustration.

Je sursaute, surprise, et mets quelques secondes à réaliser qu'il parle de mon chemisier devenu complètement transparent à cause de la pluie. Mon haut laisse entrevoir le contour de mon soutien-gorge en dentelle et le rouge me monte instantanément aux joues. J'essaie maladroitement de tirer les pans de ma veste pour camoufler ma quasi-nudité mais cette dernière, adaptée aux températures estivales, n'est pas faite pour s'emmitoufler dedans.

— Il y a un pull à l'arrière, m'indique-t-il, agacé.

Je me tortille sur mon siège pour essayer de l'attraper mais cela ne fait que m'exposer davantage à son regard. Déjà embarrassée, mon visage vire encore plus au cramoisi ; Alexander a le culot de me jeter une dernière œillade, un sourire moqueur au coin des lèvres, avant de détourner les yeux et j'en profite pour enfiler prestement son sweat à capuche, tout en priant pour que le reste du trajet passe rapidement.

— Obsédé, me plains-je d'une voix faible.

Le ricanement qu'il ne parvient pas à maîtriser le rend encore plus détestable.

Plus tard dans la journée, puisque je ne travaille pas et que la maison semble déserte, je décide de m'octroyer une petite soirée tranquille. Je profite d'abord d'une longue douche chaude et m'étale ensuite sur le corps toute une série de produits aux odeurs exotiques, avant de descendre pour regarder le nouveau blockbuster qui fait sensation en ce moment.

Avachie dans le canapé, je me presse pour ouvrir la porte lorsque la sonnette se fait entendre. Un jeune livreur me tend un carton de pizza fumant, commandée un peu plus tôt, et je lui souris en lui donnant un pourboire. Je retourne dans le salon le sourire aux lèvres mais, au moment d'allumer le grand écran plat, une désagréable présence se matérialise à mes côtés.

Alexander se tient beaucoup trop près, j'arrive à sentir son souffle mentholé contre mon visage et mon corps tout entier se tend.

— Je voulais justement me regarder un petit film, me tourmente-t-il.

Je souffle d'exaspération lorsque je le vois prendre ses aises dans le fauteuil bien décidé à m'importuner.

— Ne touche pas à ma pizza, je le mets en garde.

D'une tape de la main, je lui intime de bouger ses jambes qu'il avait allongées pour m'empêcher de m'asseoir. En apparence, nos chamailleries sont enfantines mais elles n'arrivent pas à camoufler complètement la tension entre nous. Alexander est constamment en train de me chercher et de tester mes limites. Tout au long du film, il tente quelques rapprochements, non pas pour me séduire mais simplement pour me mettre mal à l'aise. Il réussit d'ailleurs plus d'une fois ; notamment lorsqu'il évoque, l'air de rien, mon problème de T-shirt survenu un peu plus tôt.

La soirée va être longue.

Alors que je somnolais, prête à m'endormir, le générique de fin me surprend. Je peste intérieurement de ne pas avoir suivi le dénouement du film. J'entreprends d'aller me faire une petite tisane pour me calmer mais mon plan semble mis à mal par Alexander qui décide de me suivre comme mon ombre.

— Si ton but est de me coller jusqu'à ce que je déménage, laisse tomber c'est peine perdue, dis-je, agacée.

Il ne prend même pas la peine de me répondre et je m'efforce de le nier du mieux que je peux. J'essaye d'attraper les sachets d'infusion, bien cachés au fond d'une armoire. Sur la pointe des pieds, j'étire mon corps au maximum mais j'arrive à peine à frôler du bout des doigts mon butin. Résignée, je me retourne pour lui faire face. Adossé au mur, un peu plus loin dans la pièce, Alexander m'observe, une moue amusée sur le visage. Lui n'a pas pris le temps de se changer, il porte toujours le même jeans que cette après-midi et un T-shirt noir *oversize*. Ses cheveux ont visiblement du mal à se remettre de la pluie ; emmêlés, ils lui donnent un aspect négligé qui rend pourtant diaboliquement bien sur lui.

— Tu saurais m'aider ?

D'un pas lent, il s'avance vers moi. Sa proximité réchauffe instantanément mon épiderme. Nos prunelles se scellent et il se rapproche encore un peu plus. Nos corps sont maintenant presque emboîtés et ma respiration s'affole. Il pose sa main sur le plan de travail, juste à côté de ma hanche, et tend la deuxième pour attraper la petite boîte en carton. Son torse ferme appuie contre ma poitrine et la chaleur continue d'irradier de plus belle dans tout mon corps. Il ne m'a toujours pas quitté des yeux et notre bataille de regard devient un peu trop intime.

Je déglutis difficilement, bien trop consciente de sa bouche à seulement quelques centimètres de la mienne qu'il humidifie comme pour me provoquer. La tension entre nous est à son paroxysme. Mal à l'aise, je gesticule ce qui a pour effet de me coller encore un peu plus à lui. Visiblement, je ne suis pas la seule à être affectée par notre proximité puisque Alexander semble retenir sa respiration. Ses lèvres sont dangereusement proches et je ferme les yeux prête à les sentir se sceller aux miennes. L'attente est interminable et mon excitation monte en flèche.

— Tu vas la prendre ta boîte ? me demande-t-il rudement.

Je réouvre les yeux immédiatement. Je suis surprise de constater que la flamme qui crépitait dans ses iris encore quelques secondes auparavant a été remplacée par un odieux masque de froideur. Il ne me regarde désormais comme si j'étais une indésirable et je subis son brusque changement d'attitude comme une violente gifle. Je me sens terriblement idiote lorsque je saisis le paquet qu'il me tend nonchalamment.

Il ne s'éternise pas et quitte la pièce dès que je n'ai plus besoin de lui en me laissant affreusement honteuse.

Le lendemain, j'émerge en plein milieu de l'après-midi. Je me suis couchée tard la veille, trop occupée à ruminer ce qu'il s'était passé avec Alexander. Le sentiment d'être une belle idiote ne m'a pas quitté de la nuit, ce qui explique sans doute mon sommeil chaotique. Je me réveille alors complètement déboussolée, extirpée d'un sommeil rempli de sinistres cauchemars. Mon corps est entièrement recouvert d'une fine pellicule de transpiration et mes draps humides collent à ma peau. La nuit a été agitée et je mets du temps à me rendre compte que je ne suis plus propulsée dans ce monde imaginaire tellement macabre. Quand je ferme les paupières, je ne vois qu'une étendue de sang et des cris déchirants qui brisent mes tympans. J'en tremble encore quand je rentre dans la cabine de douche.

Du sang, beaucoup trop.

Mes doigts tremblent. Je suis entièrement transportée dans la projection mentale de ce monde cauchemardesque.

Des corps inanimés.

Même l'eau glacée qui jaillit sur mon corps en transe peine à me faire reprendre pied. Elle sillonne mon visage figé en un masque de terreur et les gouttelettes qui tombent à mes pieds ont, l'espace d'un instant, une couleur rubis.

Il me faut de longues et terrifiantes minutes pour redevenir maître de moi-même et calmer mon cœur galopant.

Je me sèche à peine et enfile à l'aveugle une tenue aussi sobre que sombre. Je plaque avec une minutie obsessionnelle mes cheveux encore trempés en un chignon bas et ce sont des yeux brumeux, l'âme hagarde, que je maquille d'une épaisse couche de mascara.

Les escaliers ainsi que l'ensemble du premier étage sont plongés dans les ténèbres et je m'y sens si bien que je n'allume aucune lumière. La vieille horloge de la cuisine pointe bientôt sur 17 heures et, après que mon estomac a gémi de faim, je décide de me faire quelque chose à manger. N'ayant ni l'énergie ni la patience, je me prépare un repas assez rapide grâce aux ingrédients que j'ai chapardés de façon aléatoire dans le frigo.

Lorsque je fais glisser avec adresse mon omelette quasiment pas cramée dans une assiette au design vintage, j'entends la porte d'entrée claquer et la tranquillité des lieux se brise sous les conversations bruyantes et les rires gras.

— Purée l'ambiance ici, s'exclame Éloïse quand elle me distingue dans l'obscurité.

— Tu sais que tu payes l'électricité ? rigole Drake.

Le tas de muscles ambulant arrive à m'arracher un sourire amusé et le groupe de colocataires en profite pour s'établir dans la cuisine. Ils allument les lumières, tirent les chaises et leurs bavardages reprennent plus intensément encore.

Adieu calme apaisant.

— Non attendez-moi, je ne serai jamais de retour à cette heure-là ! s'exclame Mélissa.

Elle agite la tête en signe de mécontentement et les anneaux qu'elle porte aux oreilles tintent comme des clochettes infernales.

— On peut bien t'attendre un peu, mais dépêche-toi quand même, tempère Nicolas.

Ses grosses lunettes rondes tombent sur son nez et, quand il les remonte, son regard croise le mien.

— Tu veux venir avec nous ? me demande-t-il.

— Oh oui ! Il faut que tu viennes !

Éloïse se réjouit et tapote la table des mains, sûrement dans le but d'essayer de canaliser son engouement débordant.

Alice, debout et en retrait, me toise de son regard le plus noir lorsque je tire une chaise pour m'attabler avec les autres.

— Venir où ? dis-je en les interrogeant.

— On sort en ville ce soir. Certainement dans une boîte huppée donc il faudra bien s'habiller. Ça va être trop bien !

Son enthousiasme est tellement contagieux que je suis prête à accepter, mais la femme raisonnable en moi, celle qui m'oblige à ne pas manger de chocolat après m'être brossé les dents, me rappelle fermement que je suis censée travailler au bar ce soir.

— Désolée, je bosse ce soir.

Le visage de mon amie se peint d'une moue particulière, mi-déçue, mi-résignée.

— Trop dommage, se moque Alice.

Elle rejette son épaisse chevelure domptée au fer à lisser derrière son épaule d'un geste prétentieux et me sourit, le plus faussement possible. Cette fille me donne de désagréables frissons et je lui jette une froide œillade.

Le groupe reprend sa conversation là où ils l'avaient abandonnée, en se disputant sur l'adresse de la meilleure boîte et en négociant comme de terribles brocanteurs sur l'heure de rendez-vous.

Je me perds dans leurs échanges et quand chacun part vaquer à ses occupations, j'ai la tête qui menace d'exploser d'une seconde à l'autre.

J'ai toujours été très solitaire, une grande amoureuse du silence et de la tranquillité. Petite, je ne vivais qu'avec mon père et ce dernier n'a jamais réellement voulu jouer ce rôle-là auprès de moi. La majorité du temps, il était absent et le peu de fois où il restait à la maison, je m'enfermais dans ma chambre de longues heures en priant pour ne pas le croiser lui ou ses invités tous plus terrifiants les uns que les autres. Scolarisée à la maison, je n'ai jamais mis un seul pied dans une école publique même si j'en rêvais.

Depuis toujours, je suis ma meilleure amie, la seule également. Vivre dans une colocation s'avère alors être un changement de vie plus que drastique pour moi et à certains moments, comme maintenant, mon cerveau surchauffe, empoisonné par une surdose de contacts humains. Je me réfugie alors dans ma chambre, mais je m'y ennuie tellement que je me retrouve devant le bar avec plus d'une demi-heure d'avance. Je suis immédiatement frappée par les débris de verre au sol ; le trottoir en est tellement rempli qu'il scintille de mille feux reflétant la lumière du coucher de soleil. J'en oublie un instant que tout cela n'est pas normal, et probablement l'œuvre de vandales, et contemple, éblouie, la multitude d'arcs-en-ciel qui se forment au sol. Le capharnaüm pourrait presque être confondu, un divin instant, avec un de ces lustres inestimables du très prestigieux Versailles. La rêverie s'estompe vite lorsque je dois faire attention de ne pas marcher sur un bout de verre pour ne pas abîmer mes chaussures avant de rentrer dans le bar. J'y trouve un Hector à la mine sévère qui passe silencieusement le balai. Quand il m'aperçoit, il me hèle :

— Retourne chez toi petite, le bar est fermé aujourd'hui.

La grande vitrine de la devanture a été brisée et, si le trottoir de devant ressemble à une Ressourcerie pour les verres usagés, l'intérieur du bar n'a rien à lui envier. Je me dirige avec précaution jusqu'à l'arrière-salle dans l'espoir de dénicher de quoi nettoyer. Victorieuse, je trouve une vieille raclette. L'embout en silicone semble avoir mal vécu, mais elle fera l'affaire pour cette fois.

En silence, je rejoins mon patron et l'aide à remettre en ordre son commerce. Il nous a fallu plus de temps que ce que j'aurais pensé pour tout ranger et redonner une allure plus ou moins correcte à l'établissement.

— Merci gamine, tu m'as bien aidé finalement.

Il me regarde, appuyé sur le manche de son balai, son ton est bourru, mais je commence à le connaître assez bien pour distinguer la chaleur dans sa voix. Cet ancien *biker* à la large carrure et aux bras imposants n'a pas le physique d'un tendre, pourtant il ne m'a pas fallu bien longtemps pour comprendre que derrière ce masque d'ours mal léché se cachait une réelle gentillesse, un peu maladroite tout de même.

— Tu sais qui a fait ça ? demandé-je.

Il hausse les épaules, résigné. Hector transpire le calme ce qui, au vu de la situation, est à peine croyable. Si mon commerce avait été saccagé de la sorte, je me serais transformée en une bombe à retardement dont le tic-tac aurait été le seul signe annonciateur de l'apocalypse que j'aurais déchaîné pour retrouver et punir les responsables.

— Des nouveaux membres de gangs pour je ne sais quel rite d'initiation à la con. Je n'en sais foutrement rien.

C'est la première fois que je remarque les gros cernes creusés sous ses yeux sombres et les ridules qui s'étirent de chaque côté. Il semble réellement épuisé, un sentiment de profonde injustice naît alors dans le fond de mes tripes. Pourquoi lui, pourquoi tout ça et surtout pourquoi ce monde est-il d'une laideur à ce point écœurante. C'est dans ce genre de situation, quand des personnes comme Hector sont touchées personnellement par la méchanceté des autres, que je me demande encore plus à quelle sorte de loterie pourrie Dieu est-il en train de jouer pour que ce soit constamment les belles âmes qui souffrent.

— C'est déjà arrivé ? demandé-je, inquiète.

— Depuis que je tiens ce café ? dit-il en ricanant. Oh oui, beaucoup trop souvent même ! Ça ressemble à ça la vie dans ce genre de banlieue pourrie.

Sans me regarder, comme s'il était gêné d'être dans ce genre de situation, mon patron ramasse un dernier tas de détritus et quand il les a fait disparaître dans la poubelle, il s'éponge le front avec la manche de son pull.

— Ce coin est merdique, gamine. Je ne sais pas ce qui t'a poussée à venir ici ni ce que tu fuis, mais je vais te donner un conseil parce que je t'apprécie et que tu es une gentille fille : ne t'attarde pas ici, tu vaux mieux que ça.

Je le fixe, muette. Estomaquée, je n'arrive pas à répliquer. Hector fait partie de ceux qui parlent peu, mais qui choisissent leurs mots avec soin, ceux qui, dès qu'ils ouvrent la bouche, laissent tout le monde stupéfait. Mes cils battent la mesure et je me mure dans le silence. De toute façon, qu'aurais-je bien pu répondre à ça ?

— Tu peux rentrer, je me charge de fermer la boutique.

Je hoche la tête et récupère ma veste abandonnée sur le dos d'une chaise au fond de la salle qui a déjà plus fière allure que quelques heures plus tôt.

— Rosalie ! s'exclame-t-il pour me retenir.

Je m'arrête sur le seuil de la porte, les mains dans les poches.

— Je n'ouvrirai pas demain, je vais devoir racheter pas mal de trucs et faire quelques rénovations pour rendre ça de nouveau présentable. Je t'enverrai un message quand j'aurai besoin de toi.

Je lui souris ne sachant pas trop quoi répondre et sors du bar. La nuit est déjà tombée sur la banlieue et, moi qui commence à m'habituer à faire le chemin éclairé par la lumière d'un soleil naissant, je suis déstabilisée par le changement d'ambiance.

À l'aube, les rues sont désertes et je ne croise qu'une poignée de courageux travailleurs qui font chauffer leur moteur, prêts à affronter une longue et pénible journée de travail. Le reste du monde est endormi et profite encore un peu de la chaleur d'un lit douillet.

En soirée, c'est un tout autre monde qui déambule dans les rues mal éclairées : une bande de filles habillées pour sortir qui grelottent à cause du vent et regrettent certainement de ne pas avoir pris de veste, quelques quinquagénaires le visage rouge à cause de l'alcool qui titubent sur le trottoir, mais ceux qui me font le plus froid dans le dos sont ces quelques jeunes de mon âge, les épaules et le cou recouverts de tatouages, qui arrivent à peine à dissimuler les armes blanches qu'ils portent à leurs ceintures. C'est affolant comme cela peut sembler banal ici à Boston.

Je croise les bras pour me sentir un peu plus en sécurité et presse le pas pour rentrer. Je n'arrive pas à m'apaiser et, lorsque j'ouvre la porte de la colocation, les mains un peu tremblantes, je sursaute et retiens de justesse un cri aigu quand Mélissa apparaît dans mon champ de vision.

Je porte la main à ma poitrine pour ralentir ce cœur qui bat trop vite.

— Mince qu'est-ce que tu m'as fait peur ! Je pensais que vous seriez tous sortis.

Elle se tient sur un pied et essaie tant bien que mal de remonter la fermeture de sa bottine cloutée à talons.

— Je suis en retard, je comptais justement rejoindre les autres.

Elle m'explique cela en courant à droite et à gauche pour trouver des accessoires laissés à l'abandon sur certains meubles du hall d'entrée pour finaliser sa tenue, puis se stoppe subitement pour déclarer d'une voix enjouée :

— Mais du coup comme tu es là tu peux te joindre à nous.

— Ça aurait été avec plaisir, mais je ne veux pas te retarder et je ne suis pas du tout habillée pour aller en boîte.

Je lui montre d'un signe de main ma tenue, choisie avec empressement quelques heures plus tôt et composée d'un morne pantalon noir large aux bords effilochés, d'un col roulé de la même couleur et de derbies vernis flambant neufs.

Elle roule des yeux comme si mon argument n'avait pas de poids avant d'ajouter :

— Allez, ne perds pas de temps et cours te préparer, on part dans un quart d'heure beauté !

Elle se désintéresse aussitôt de moi parce qu'elle sait déjà que toutes mes protestations seront vaines. Je n'ai pas eu le temps de réellement apprendre à connaître Mélissa, mais j'ai déjà compris que cette « super nana » au caractère tout feu tout flamme était difficile à contredire ou à faire changer d'avis. Je me précipite dans les escaliers, manque de louper une marche, et me rue dans ma chambre. Le cerveau en ébullition, je passe mentalement au crible ma garde-robe à la recherche d'une tenue appropriée.

J'ouvre avec force les portes de mon placard et pille mes propres affaires ; des cintres sont jetés sans ménagement sur mon petit lit, des piles de vêtements jusque-là bien pliés sont dérangées, mais je mets finalement la main sur la tenue parfaite.

J'enfile prestement une petite robe bordeaux très près du corps en essayant toutefois de ne pas faire craquer les coutures et chausse des sandales noires à talons assez basiques. Ma robe bustier n'a pas de manches alors je sors également de ma penderie mon légendaire Perfecto en cuir noir très *oversize*. J'accessoirise ma tenue d'une paire de grosses créoles dorées, me vaporise dessus une quantité indécente de parfum aux notes fleuries, prends le premier sac à main noir que je trouve et, pendant que je dévale les escaliers pour ne pas perdre une seule seconde, je maquille ma bouche d'un rouge à lèvres de la même couleur que ma robe.

Le temps imparti bien respecté, je retrouve Mélissa qui m'attend enfin prête devant la porte d'entrée. Même si nous avons deux styles vestimentaires complètement différents, elle me gâte d'une moue passablement impressionnée comme pour valider mon choix de tenue.

Nous nous dirigeons prestement vers sa voiture ; une fois les portières claquées et une musique de *heavy metal* lancée à fond, elle fait rugir le moteur et roule sans hésitation. Elle doit sans doute être une habituée de l'endroit où nous allons. Fort heureusement, elle s'est proposée comme pilote ; je suis déjà en train de canaliser une crise d'angoisse naissante rien qu'à l'idée de m'imaginer derrière le volant, transpirant à grosses gouttes, perdue dans ce dédale de petites rues qui se ressemblent toutes. Le trajet jusqu'à la boîte de nuit n'est pas aussi long qu'il y paraît, mais nous permet tout de même de papoter un peu. La compagnie de Mélissa est étrangement agréable et, même si de prime abord son franc-parler peut faire peur, je commence à l'apprécier grandement. Je trouve cela rafraîchissant : cette honnêteté brute qui la caractérise dans ce monde de faux-semblants où personne ne trouve le courage d'assumer ce qu'il pense. Mélissa, elle, n'a pas peur de détonner : que ce soit par ses idées, ses goûts fort prononcés ou même son style vestimentaire très loin de la bru idéale.

En digne folle du volant, Mélissa effectue un dérapage à quatre-vingts à l'heure pour faire rentrer sa voiture dans une place exiguë, beaucoup trop petite pour le véhicule, mais très proche de notre destination. De ce côté de la ville, le monde ne désemplit pas ; les trottoirs sont bondés et nous devons jouer des coudes pour nous frayer un chemin dans la masse humaine. Chacun semble avoir sorti sa plus belle tenue, un brin aguicheuse pour certaines, dans l'espoir de rentrer dans un des clubs les plus sélects de Boston. La grande enseigne lumineuse tente de faire concurrence à la lune et elle éclaire la rue par sa centaine de néons multicolores. La file pour rentrer est interminable et s'étend si loin sur le bitume que, même en plissant les yeux et en cherchant bien, je n'en vois pas la fin. Mélissa, quant à elle, ne semble pas du tout impressionnée par la foule. Elle m'attrape fermement le poignet et me guide jusqu'à l'entrée du club. Discrètement, elle murmure quelque chose à l'attention du videur qui nous laisse très vite rentrer dans la boîte sans émettre la moindre objection, ce qui n'est pas le cas de certaines personnes dans la file dont les protestations m'arrivent aux oreilles. Les malheureux doivent très certainement attendre depuis des heures, en bravant le froid et le vent en tenue de soirée, dans l'espoir de mettre les pieds dans la boîte de nuit. Je me sens presque mal lorsque je dépasse tout ce beau monde même si une part de moi se réjouit de ne pas devoir passer ma soirée à faire la queue.

Lorsque nous nous engouffrons dans la discothèque, une chaleur étouffante m'englobe et m'aspire tout entière. J'ai l'impression de ne pas parvenir à bien respirer et je panique d'autant plus lorsque je perds ma colocataire des yeux. Elle, dont le look n'est pourtant pas si passe-partout, disparaît en un éclair dans la foule dense et disparate. La terrible sensation de me noyer dans cet immense océan, non pas d'eau, mais de corps déchaînés qui ondulent au rythme de la musique, ne me quitte pas et mon pouls s'affole de manière incontrôlable. Mon instinct de survie me pousse à trouver une issue de secours pour m'extirper de la foule : quand j'arrive à rejoindre le bar, qui est fréquenté sans être surpeuplé, je reprends enfin mon souffle.

Je retire ma veste que je garde à la main. Rien n'y fait : je meurs de chaud. Je décide donc de me commander une boisson pour tenter de me rafraîchir et, après un petit signe de main qui passe inaperçu, je hèle le barman à plusieurs reprises avant d'arriver à capter son attention.

Quand ses yeux bleus perçants se posent sur moi, il vient directement à ma rencontre comme s'il avait perçu ma détresse. Ce genre de sentiments doit s'inscrire en grosses lettres sur mon front pour qu'un parfait inconnu me prenne en pitié comme ça.

— Qu'est-ce que je te sers beauté ? m'interroge-t-il.

Son T-shirt lui colle à la peau à cause de la transpiration ; en dévoilant de la sorte son corps parfaitement sculpté, le vêtement ne laisse donc que très peu de place à l'imagination. Aux fines ridules naissantes sur son visage, je devine qu'il doit être de quelques années mon aîné. Son début de trentaine ainsi que son sourire aussi blanc que contagieux lui donnent un petit charme non négligeable.

Je me penche légèrement sur le bar pour éviter de devoir crier ma réponse :

— Ton meilleur cocktail !

Il passe négligemment sa main dans ses cheveux blonds et attrape un shaker gradué fraîchement lavé à en croire les gouttelettes d'eau qui dégoulinent de la paroi en verre.

— Ce n'est pas du jeu ça, rouspète-t-il la mine boudeuse. Donne-moi au moins un ingrédient.

Je porte mon index à ma bouche en faisant mine de réfléchir avant d'ajouter :

— J'aime tellement la rose. En fleur ou en saveur.

Je ponctue ma phrase d'un clin d'œil aguicheur qui semble faire son petit effet puisque le parfait prototype du surfeur qui me fait face me sourit, séducteur.

Il ne lui faut pas plus d'indications : il se met tout de suite en action. En quelques secondes, plusieurs bouteilles de sirop, de liqueur et même d'alcool ont été sorties des placards. De son œil visiblement expert, il mesure les justes doses, secoue le tout dans son mixeur magique et place finalement devant moi, dans un somptueux verre garni d'une paille et d'un petit parasol à apéro, un liquide rose pailleté surplombé d'une fine mousse blanche.

— Waouh ! dis-je émerveillée. Je ne savais pas qu'un cocktail pouvait être aussi beau.

— Il fallait bien qu'il soit à ta hauteur.

J'apprécie la réplique et lui fais savoir d'un petit rire charmé avant de porter la boisson à mes lèvres. Il me regarde, fasciné et attend mon verdict. Si le bonheur avait une saveur, ce serait sans nul doute celle-là.

— Incroyable, je m'exclame en détachant chaque syllabe. Combien je te dois ?

Il s'essuie les mains avec un chiffon qui se trouvait justement là et me répond :

— Cadeau de la maison !

Un bras musclé, appartenant visiblement à quelqu'un qui se trouve derrière moi, claque alors un billet sur le comptoir. Je sursaute, violemment extirpée de ce moment enchanteur, et me retourne d'un bond pour faire face au torse d'Alexander, beaucoup trop proche de moi.

— Rien n'est gratuit, surtout pas avec toi Adam. Je paye pour elle, grogne-t-il, comme à son habitude.

Les deux garçons se regardent en chiens de faïence : ce n'est pas la première fois qu'ils se rencontrent et je n'ai pas besoin d'être devin pour comprendre qu'ils ne s'apprécient guère. Rien d'étonnant cependant du côté d'Alexander qui n'aime que lui-même. Le fameux Adam quant à lui me semblait plutôt sympathique, évidemment un brin charmeur, mais c'est ce qui caractérise tout bon barman.

— On est à l'étage.

Alexander me regarde à peine lorsqu'il me parle. Il se fraie un chemin dans la foule qui s'écarte d'elle-même sur son passage comme si Moïse était en train de couper une nouvelle fois la mer en deux. Il se retourne plusieurs fois comme pour être certain que je le suis bien, ce qu'évidemment je fais comme une idiote pour ne pas me retrouver de nouveau seule. Même si le fameux Adam était bien sympathique, je pense que l'arrivée et la nonchalance de mon colocataire ont dû jeter un froid.

Adieu cocktail magique à la rose, je m'apitoie mentalement sur mon sort.

Il me guide à un étage que je n'aurais jamais pensé à explorer seule, je ne l'avais, pour dire vrai, même pas remarqué jusqu'à présent. Un colosse en costard noir surveille les allées et venues, visiblement tout le monde n'est pas le bienvenu à l'étage. Cependant, lorsqu'il voit Alexander, il se décale immédiatement pour nous laisser passer. La situation me donne l'impression d'être une starlette qui privatise un carré VIP, ce qui n'est pas franchement désagréable.

Pourquoi ne suis-je pas née riche et célèbre ? m'interrogé-je, plaintive.

Les marches de l'escalier en fer sont étroites et, lorsqu'on a bu un verre de trop, excessivement dangereuses ; je regarde donc minutieusement où je marche et Alexander ralentit de lui-même son rythme pour que je puisse le rattraper. Je tiens fermement mon verre à la main pour ne pas renverser une seule goutte de ce liquide pailleté.

Une fois en haut, je constate avec plaisir qu'il y a beaucoup moins de monde. Des tables rondes bordées de fauteuils en cuir noir sont dispersées. Quelques privilégiés sont confortablement installés pour déguster des bouteilles aux prix terriblement indécents. La musique est un peu moins forte ici, ce qui contribue grandement à rendre l'endroit nettement plus agréable. Jusqu'alors je ne m'étais pas vraiment rendu compte que les décibels auxquels j'avais été soumise, même un bref instant, m'avaient provoqué un mal de crâne aussi carabiné qu'instantané.

Je remarque très rapidement le groupe attablé au fond de la pièce. Ils sont visiblement en grande conversation : des voix animées fusent de tous les côtés et de nombreux verres vides sont laissés à l'abandon sur la table ronde. Cette fois-ci, Alex ne m'a pas attendue pour rejoindre les autres. Arrivée à leur hauteur, Éloïse déjà bien éméchée crie d'une façon drôlement aiguë pour manifester sa joie de me voir là. J'ai également droit à quelques checks de mains pour me saluer. J'essaie d'intercaler mes fesses dans une place microscopique entre Drake, que je connais bien mal, et Alice qui roule des yeux tout en m'ignorant royalement quand je lui demande de se décaler un peu.

Un peu de courage ma grande, la soirée risque d'être longue.

Discrètement, même si en réalité personne ne prête attention à moi, je prends une grande gorgée de mon verre pour me donner un peu de témérité. La discussion continue de battre son plein et je m'ennuie à mourir. J'en viens presque à terriblement regretter le moment où j'étais seule, perdue dans la foule. Quand la bande de filles propose d'aller danser en bas, je n'y réfléchis pas à deux fois. Je vide d'une traite le peu de liquide rose restant dans mon verre et me lève aussitôt.

Éloïse titube jusqu'à l'escalier. Mélissa, qui est arrivée en même temps que moi, semble encore sobre et attrape sa copine par le bras pour éviter tout incident majeur.

Nous arrivons toutes en un seul morceau dans la salle principale, ce qui constitue en soi un petit miracle. Nous devons encore jouer des coudes pour nous trouver une place dans la foule survoltée et je suis la cible de quelques bousculades malheureuses qui me rappellent pourquoi je ne suis pas spécialement fan de ce genre de grands rassemblements. Malgré toute la bonne volonté dont je peux faire preuve, un ronchonnement s'échappe par mégarde de mes lèvres. J'essaie malgré tout de me trémousser au rythme de la musique pour faire comme les autres et personne n'a besoin de me forcer la main pour que j'accepte un verre offert gracieusement par Éloïse, que l'alcool rend excessivement généreuse. Je le vide d'une traite, grimace quand le liquide transparent me brûle la gorge, et me sépare immédiatement du récipient lorsqu'une serveuse passe avec son plateau vide.

Il ne me faut même pas quelques secondes pour que déjà je ressente les effets de ce qui, au vu de l'odeur âcre, devait être de la vodka. Plus les verres s'enchaînent, moins mes mouvements sont coordonnés et j'arrive même petit à petit à apprécier la soirée. Mes paupières se font terriblement lourdes et se ferment toutes seules lorsque je décide d'arrêter de lutter. Les yeux mi-clos, je continue à esquisser quelques pas de danse désarticulés. L'alcool qui se répand dans mes veines me donne l'étrange sensation d'être séparée de mon corps et de ne plus en être totalement maître. Les basses de la musique résonnent durement en moi, elles pulsent frénétiquement dans ma tête qui promet déjà d'être douloureuse le lendemain. J'essaie de bouger les bras en rythme, mais j'ai l'impression que ces derniers pèsent une bonne centaine de kilos ; pour les lever un tant soit peu je dois fournir un effort titanesque.

Après ce qui paraît à la fois d'une éternité et d'une brièveté affolante, je réouvre les yeux, non sans une certaine difficulté et me rends compte que mes copines ont disparu. J'aperçois cependant au loin Éloïse qui fait la queue pour les toilettes, mais la distance à parcourir pour la rejoindre est, dans mon état, beaucoup trop grande. La même serveuse que tout à l'heure repasse, elle doit avoir énormément de courage pour constamment traverser cette masse humaine, et je profite de son inattention pour lui chaparder un verre bien rempli. Je rigole toute seule comme une idiote, visiblement très fière de ma bêtise. J'en aurais probablement honte demain, mais pour l'instant je m'amuse comme une folle.

Je mets du temps à ressentir qu'un corps chaud vient de se coller bien trop proche de moi. J'essaie de comprendre ce qu'il se passe et je suis d'autant plus déboussolée quand je réalise que ce torse contre lequel je me presse appartient à Alexander. Je le détaille, désorientée, pendant qu'il scrute la salle des yeux, probablement à la recherche de sa sœur.

— Tu ne devrais pas rester seule dans cet état-là, me réprimande-t-il.

— Je ne suis pas seule, je suis avec toi, je réplique en ricanant comme une imbécile.

J'essaie de lui tapoter l'épaule, mais mon bras mou n'arrive pas à effectuer le mouvement que mon cerveau souhaiterait et mon membre atterrit mollement contre la hanche d'Alexander. Je n'arrive pas à comprendre à quel moment l'idée de l'enrouler autour de sa taille me paraît bonne ; c'est pourtant bel et bien ce que je fais.

Encore quelque chose que je préférerai sûrement oublier demain.

Je suis si proche de lui que son parfum, une senteur à mi-chemin entre l'Orient et un champ printanier en fleurs, se diffuse jusqu'à mon nez. Je trouve cela tellement honteux qu'une crapule comme lui sente aussi divinement bon ! Il devrait plutôt fouetter l'aigreur et la rigidité ! J'ai la folle envie de poser ma tête contre son thorax, mais j'arrive à me rappeler au dernier instant à quel point je préférerais me faire grignoter par des rats affamés plutôt que de me reposer sur lui.

— Rosalie, commence-t-il, je pense que tu ne sais pas à quel point être avec moi peut être dangereux.

Je relève ma caboche et notre étonnante proximité me surprend. Nos visages ne sont qu'à une poignée de centimètres l'un de l'autre. Pour la première fois, je peux voir tous ces petits détails qui m'étaient alors inconnus ; de ce grain de beauté sur sa joue gauche à ces épais et multiples cils noirs, rien ne m'échappe. Son souffle mentholé est chaud contre mon visage. Je dois avoir sacrément bu pour que mon estomac se retourne comme ça. Est-ce que c'est sa présence rapprochée qui provoque ces agréables loopings dans mon ventre ?

Derrière moi, une fille à la crinière d'un rouge flamboyant s'aventure à reproduire d'étranges pas de danse, qui nécessitent d'immenses gestes, et elle me pousse par ceux-ci à me rapprocher encore plus d'Alex.

Quand est-il devenu Alex pour moi ?

Il enroule ses bras de façon protectrice autour de mon corps en flammes. Nos souffles s'emmêleraient presque. Le mien sent encore légèrement l'alcool, mais je n'en ressens plus que les effets positifs. Adieu nausée et maux de crâne, me voilà simplement plus audacieuse. Beaucoup de gens trouvent dans l'alcool mille excuses, expliquent par leur ébriété leurs paroles blessantes ou leurs gestes indécents. Ils ont tort. Ils se cachent derrière le verre de trop comme s'il pouvait tout justifier. La vérité c'est que l'alcool ne te rend pas pleurnichard ou violent ; l'alcool te donne simplement le courage d'être toi-même, de faire et de dire toutes ces choses que tu muselles en toi lorsque tu es sobre. Ce n'est pas à cause de l'alcool que je me colle encore un peu plus contre Alexander, ce n'est pas non plus l'alcool qui m'oblige à murmurer, hardie :

— J'ai toujours aimé le danger, ça tombe bien.

Une lumière s'allume dans ses prunelles sombres. Quelques mèches de cheveux tombent nonchalamment devant ses yeux qui pourtant, pour la première fois, ne semblent voir que moi. Ce n'est définitivement pas l'alcool qui me pousse à me mettre sur la pointe des pieds pour poser timidement mes lèvres contre les siennes. À partir de cet instant, tout part en vrille dans notre petite bulle d'intimité ; il me colle férocement à lui, si près, que je peux sentir son cœur s'emballer dans sa poitrine en harmonie avec le mien, et m'embrasse fiévreusement, comme si le lendemain nous ne nous détesterions plus. J'accuserai quand même l'alcool quand tout me sera revenu en pleine face demain matin et que la réalité nous rattrapera. Pour l'instant, je me contente d'exploser quand il mord doucement ma lèvre inférieure et d'apprécier le feu d'artifice qui fuse dans mes entrailles quand nos langues se mélangent langoureusement.

La musique qui, quelques minutes auparavant bourdonnait considérablement à mes oreilles, n'est maintenant plus qu'un maigre bruit de fond. Détachée de mon propre corps, un merveilleux sentiment de dépersonnalisation s'impose à moi. Le monde extérieur ne compte plus, plus rien n'existe mis à part nos deux corps qui fusionnent tendrement. Mes sensations sont démultipliées ; sa main au creux de mes reins, la chaleur de notre embrassade, rien ne m'échappe. Il m'attrape par la nuque, de façon aussi possessive qu'excitante, comme si lui aussi en voulait plus.

Nous nous détachons pour reprendre notre souffle.

— Merde, pourquoi je trouve ça si bon ? grogne-t-il.

Sa voix est rauque de désir et ses yeux pétillent probablement en écho aux miens. Tout comme moi,

Alexander reste impuissant face à la passion qui nous brûle soudainement, sûrement enfouie depuis le début. L'amour et la haine ne sont que les faces d'une même pièce, l'un ne va pas sans l'autre et nous en sommes, en cet instant, le parfait exemple. Le monde s'est évertué à nous apprendre à distinguer ces deux émotions, les voir comme deux opposés à la façon d'aimants qui ne peuvent jamais se toucher. Voilà ce que nous semblons en faire de cet apprentissage bancal où tout est blanc ou noir, jamais gris. Je devrais sans doute avoir honte de me sentir aussi bien, d'apprécier autant le moment, mais je n'y arrive pas et me voilà maintenant en train d'espérer qu'il m'embrasse à nouveau avec toute l'avidité dont il est capable.

La chanteuse qui fait actuellement surchauffer les enceintes crie au monde la toxicité de son amour et le cœur brisé que cela lui a laissé. Je retiens un rire presque nerveux devant cette chanson sûrement prémonitoire. Entre Alex et moi, rien ne tourne rond, tout est bancal, et pourtant, quand il s'approche de nouveau de moi pour me quémander un autre baiser, je laisse toutes mes peurs de côté. J'éteins mon impitoyable cerveau qui tente de m'ouvrir les yeux sur les problèmes que je me crée, le sourire aux lèvres.

De toute façon, j'ai toujours été une belle idiote.

Au bord d'une incendiaire fusion, nous nous décollons juste à temps pour ne pas nous faire surprendre par Drake qui fonce droit vers nous ; il trimballe une Éloïse plus qu'éméchée qui se laisse tirer tel un pantin désarticulé. Cette fille a beau faire une taille 34, Drake, malgré sa carrure de body-builder, sue à grosses gouttes et semble en difficulté.

— Vous êtes là ! nous apostrophe-t-il.

De sa voix empâtée, Éloïse tente de nous parler, mais aucune phrase cohérente ne sort de sa bouche. Son mascara a coulé en dessous de ses yeux et forme de morbides larmes noires. Transpirante, ses cheveux lui collent au front. Elle essaie d'un geste vague de faire tenir quelques mèches rebelles derrière son oreille et peine trop à lever son bras pour y arriver.

— Je l'ai trouvée en train de vomir. Je pense que la fête est finie, se plaint-il.

Alexander me regarde en coin, lui aussi a visiblement bien compris que notre bulle de tranquillité venait d'exploser. Toutes les belles choses sont éphémères.

Drake, qui intercepte notre œillade, comprend quelque chose qui nous échappe. On doit visiblement donner l'impression qu'il vient d'interrompre quelque chose parce que sa large posture jusqu'alors confiante se teinte d'embarras. Soudainement mal à l'aise, il ajoute sans arriver à masquer sa gêne :

— J'ai mes clefs, je peux la ramener à la maison. Ne vous dérangez pas pour ça.

— Non pas de souci c'est bon, je réplique aussitôt. Je suis un peu fatiguée de toute façon.

Alex approuve ma tirade dans un hochement de tête, mais souffle tout de même lorsque sa sœur manque de tomber. Malgré son agacement apparent, il se précipite pour la rattraper. Éloïse, entourée de ces deux montagnes de muscles, retient un relent de vomi et je m'écarte avec automatisme de sa trajectoire.

— Je... désolée, balbutie-t-elle avec grande difficulté.

Notre groupe se fraie un chemin dans la foule pour tenter de sortir au plus vite, abandonnant derrière nous le reste de la bande sûrement éparpillée aux quatre coins de la boîte de nuit. Dehors, l'air me fouette les jambes et je resserre contre mon corps les pans de ma veste, vaine tentative pour me réchauffer quelque peu. Je suis ahurie de voir que, devant le club, certaines personnes font encore la queue. Nous les dépassons sans perdre de temps pour rejoindre dans la précipitation la voiture de Drake qui, fort heureusement, n'est pas garée bien loin. Il faut bel et bien la force de deux hommes pour faire rentrer Éloïse dans l'immense SUV. La voiture étant assez haute, il leur faut d'abord soulever son corps quasiment inerte pour ensuite l'installer sur le siège arrière. Cette dernière s'est grassement endormie et le sommeil dans lequel elle est plongée est si profond que rien ne peut l'en tirer. Je m'assieds à côté d'elle et boucle sa ceinture. Alex, qui occupe le siège passager, fouille dans la boîte à gants en suivant les instructions de Drake, à la recherche d'un sachet en papier kraft. Une fois trouvé, il se retourne pour me le donner et nos mains s'effleurent en répandant immédiatement dans nos corps des décharges électriques qu'il semble également ressentir. Il lève les yeux et me fixe une fraction de seconde, comme si lui aussi regrettait la façon dont nous avons été abruptement interrompus.

Éloïse m'en doit une belle, ronchonné-je mentalement.

La voiture part alors en trombe et nous éloigne de ce qui devient un paradis perdu.

Chapitre 8
Rosalie

Le lendemain, le réveil est atrocement difficile. Un millier de marteaux se déchaîne dans ma tête comme si cette dernière était le lieu d'un immense chantier municipal. Un bras me cogne l'estomac et le choc me donne une terrible envie de vomir.

Il me faut quelques instants pour reprendre mes esprits, comprendre où je suis et à qui appartient le membre lourdement posé contre mon ventre.

Finalement, tout me revient en mémoire ; le trajet brumeux de retour jusqu'à la maison, la terrible difficulté pour monter Éloïse dans son lit et, pour finir, mon corps qui cède à la fatigue, tenté par le lit double et extrêmement moelleux de mon amie.

La légende racontera que j'ai dormi ici pour la surveiller et non pas pour profiter de son gigantesque lit qui sent bon la lessive.

Je rejette d'un mouvement brusque le bras qui pèse sur mon corps. Éloïse, qui ne semble plus réellement plonger dans un solide sommeil, émet un grognement bestial. L'esprit affreusement embué par tout l'alcool ingurgité la veille, je frotte mes yeux pour tenter de me réveiller et un bâillement m'échappe quand je m'étire. Je n'ai pas besoin de passer une main dans mes cheveux pour savoir que ma crinière est fichtrement emmêlée. Il va me falloir une bonne demi-heure, beaucoup de patience et de soin démêlant pour arriver à lui redonner un aspect plus ou moins présentable. À côté de moi, Éloïse est étalée sur le ventre, la tête aplatie contre l'oreiller gorgé de bave. Sa position n'a certes rien de très digne, mais elle réussit néanmoins à m'arracher un sourire : visiblement, quelqu'un est dans un état pire que le mien.

— Envie de mourir, grince-t-elle d'une voix rendue pâteuse à cause de l'alcool.

— Ça va aller, je tente de l'encourager.

Je rigole et cela déclenche dans ma caboche un douloureux mal de crâne qui me fait silencieusement bénir l'inventeur des médicaments.

Je cherche le courage de me lever et, lorsque je comprends qu'il n'arrivera probablement jamais, j'arrive à me sortir du lit au prix d'un effort quasiment surhumain.

Chaque partie de mon corps me lance terriblement. J'ai l'impression de m'être fait rouler dessus par un camion, aucun antidouleur au monde ne pourrait alors être assez puissant. Derrière moi, Éloïse grogne pitoyablement. Si j'en bave déjà aujourd'hui à cause de mes quelques verres engloutis, la malheureuse doit avoir l'impression de décéder.

Mon ventre hurle sans que je puisse distinguer si c'est de douleur ou de faim. Soucieuse de mon apparence, je me regarde sur le grand miroir de porte et manque de faire une crise cardiaque quand je capte mon reflet. Ma petite robe, pourtant sexy la veille, me remonte jusqu'aux hanches. Des taches la parsèment. Mon maquillage s'est effacé en partie même si de honteux résidus collent sous mes yeux. Ma joue est balafrée de plis des draps, unique preuve de mon sommeil proche de l'hibernation. Quand je soupire devant le chantier que je représente, mon haleine empeste encore l'alcool fort et me provoque un haut-le-cœur. Je quitte la chambre d'Éloïse, toujours étendue sur son lit dans un état comateux, pour rejoindre la mienne deux portes plus loin. Jusqu'alors je n'avais jamais mis le pied dans la chambre d'un de mes colocataires et, lorsque je retrouve ma tanière, je me rends compte à quel point je l'ai peu personnalisée : les vieux rideaux jaunis sont d'origine, les meubles anciens ne sont pas assortis comme s'ils avaient été trouvés dans un vide-greniers et je comprends seulement maintenant à quel point j'ai été idiote de me satisfaire d'un lit une personne.

Après une douche plus que nécessaire et un brossage de dents rédempteur, j'essaie de me redonner une apparence un tant soit peu présentable. Mes cheveux humides sentent désormais bon le monoï lorsque je me décide à enfiler un pantalon beige avec un pull aux rayures blanches et vertes.

Je n'ai aucune idée de l'heure qu'il est ; je peux toutefois supposer, puisque j'ai dormi une éternité, qu'on doit se trouver en plein milieu d'après-midi. Lorsque je sors enfin de la salle de bains, j'entends du remue-ménage au rez-de-chaussée ainsi qu'une solide odeur de pancakes que je suis à la trace, le ventre gargouillant. Mélissa est assise autour de l'îlot central, sa tête lascivement posée sur ses bras comme si elle pesait une tonne. À côté d'elle, Drake et Alice sont en bien meilleure forme. Ce sont visiblement les deux seuls qui n'ont pas de séquelles de la veille, ils ont probablement été plus raisonnables que le reste du groupe. Éloïse, elle aussi, est attablée avec les autres. La malheureuse fait définitivement peine à voir. Sortie du lit visiblement à la va-vite, elle n'a même pas pris la peine de retirer tout le maquillage qui suinte sur son visage. Son teint est cadavérique et ses yeux injectés de sang. Je lui souris compatissante ; même si je ne me suis pas encore totalement remise de notre soirée, je m'en sors en définitive bien mieux qu'elle.

Occupé aux fourneaux, dos à nous, je reconnais immédiatement la carrure d'Alexander et une panique, que je n'avais pas anticipée, me gagne soudainement.

J'appréhende sa réaction ne sachant pas bien ce que j'attends de lui. Je n'ai pas le temps de mettre mes idées au clair que déjà il se retourne.

Un contact visuel s'établit entre nous, mais ne dure qu'une brève fraction de seconde. Il dépose devant sa sœur une assiette garnie de deux pancakes, tartinés de chocolat.

— Allez mange, quémande-t-il, ça te fera du bien.

Il fait également glisser devant elle un verre qui contient visiblement un médicament effervescent.

— Moi aussi j'en veux, ronchonne Alice en se dandinant sur sa chaise.

— Comme tout le monde, rigole Drake. Qui n'aime pas les pancakes, sérieux ?

Alex, lui, retourne à la cuisson du brunch improvisé sans me lancer un quelconque regard, comme si j'étais inexistante, et mon estomac se tord : cette fois-ci pas simplement en raison de l'odeur de nourriture. À quoi est-ce que je m'attendais au juste ? À ce qu'il me fasse une déclaration alors qu'on se crachait dessus la veille encore. La vérité c'est que je ne m'attendais à rien, mais qu'il arrive quand même à me décevoir. Évidemment, je savais pertinemment que ce baiser ne changerait rien à la tension qui règne entre nous, nous n'allions pas tout d'un coup nous rendre compte que nous étions des âmes sœurs. Toutefois, un simple bonjour ou un petit sourire moqueur aurait pu m'épargner l'horrible sensation de mettre faite utiliser. Drake, le seul qui se doute de quelque chose, me lance un regard discret. Il ne pose aucune question, il n'émet même pas le moindre son, pourtant lorsqu'il se lève pour aller me chercher un verre d'eau et un médicament, je prends son attitude comme un soutien silencieux et cela met un peu de baume sur mon cœur entaillé.

En plus, ils ont l'air bons ses pancakes, ragé-je mentalement.

Je tire une chaise pour m'asseoir avec eux. J'essaie de garder la face et ne pas lui montrer que son attitude me blesse. Je discute même avec les autres et chaparde un pancake lorsqu'il en dépose une bonne dizaine dans une assiette au centre de la table. Dans une autre vie, j'aurais pu devenir une comédienne renommée au vu du talent que je me découvre à faire comme si tout allait bien.

Un peu plus tard, lorsque plus aucun pancake ne sort des fourneaux et que les membres de notre petite réunion, foudroyés par la fatigue, se réfugient dans leur chambre respective, je me force néanmoins à ne pas rester dans un état léthargique. M'occuper les mains n'est qu'une façon détournée de m'occuper l'esprit. Ne rien faire c'est ressasser, et ressasser c'est terriblement dangereux. Je regroupe donc tout mon linge sale qui traîne un peu partout dans ma chambre et me rend dans la buanderie du rez-de-chaussée pour faire mes lessives. Je place le tout dans le lave-linge et, puisqu'il faut quand même attendre la fin du cycle, je m'affale une petite heure dans un des canapés du salon. Je tue le temps en lisant un livre téléchargé sur mon téléphone et lorsque mon alarme sonne la fin de ma lessive, je me précipite pour aller faire sécher le tout.

— Et merde ! m'exclamé-je, verte de rage.

Mes T-shirts et draps de lit normalement blancs sont fraîchement repeints en rose à la sortie du bac de lavage. Je me frappe frénétiquement le front avant de chercher l'origine du problème et découvre ahurie une petite chaussette rouge cachée dans le tas.

Je ne porte pas de rouge, bordel.

Agacée, j'attrape une panière et y dépose mes affaires pour les remonter dans ma chambre. L'embrasure de la porte de la buanderie à peine franchie, je tombe nez à nez avec une Alice au grand sourire.

— Mince alors, mauvaise journée on dirait, minaude-t-elle.

Je la regarde de travers. Ses longs cheveux mauves ont l'air terriblement soyeux tandis que les miens sont encore humides dans ma tresse et je la maudis d'être actuellement si jolie.

— Oh super ! s'exclame-t-elle une voix faussement enjouée. J'avais justement perdu ma chaussette.

Elle attrape le terrible sous-vêtement, source actuelle de tous mes maux, visiblement ravie. Avant de baisser les yeux, je savais déjà ce que j'allais voir : une de ses chevilles est dénudée dans ses chaussures tandis que l'autre est réchauffée d'une socquette rouge !

— On dirait que tu aimes bien voler ce qui est à moi, grince-t-elle, son masque de gentillesse se fracturant enfin.

Dans le feu de l'action, j'avais à peine pensé à Alice lorsque nous nous sommes embrassés avec Alex. Éloïse m'avait bien expliqué que les deux n'étaient en aucun cas dans une relation stable même si je me doutais bien que ce baiser ne serait pas du goût d'Alice. Si j'avais toutefois eu des remords pour cette cruche, désormais je n'en ai plus aucun. Ma lèvre supérieure frémit de colère lorsqu'elle ajoute :

— Ne t'approche plus d'Alex.

J'avance d'un pas pour empiéter dans son espace personnel. Mes yeux se sont rétrécis en deux fentes semblables à des meurtrières.

— Garde tes menaces et va essayer de te rendre intéressante ailleurs, ici personne ne te prend au sérieux !

Je la dépasse en lui assénant un violent coup d'épaule qui la fait, je m'en réjouis, vaciller quelque peu sous le choc. Lorsque je suis légèrement plus loin, je ne peux m'empêcher d'ajouter d'une voix moqueuse, un rictus carnassier étirant ma bouche :

— D'ailleurs, ton mec a de super lèvres.

Et toc. Un point partout ma grande.

Lorsque je remonte les escaliers, je ne me sens certes pas très mature, ma réplique cinglante balancée et un bac de linge propre teinté désormais de rose, pourtant c'est bel et bien un revanchard sourire de satisfaction qui est scotché sur mon visage.

Dans la soirée, c'est à la bourre, comme à ma terrible habitude, que je me rends au travail. Néanmoins, cette fois-ci, j'estime que ce n'est pas tout à fait de ma faute puisque Hector ne m'a prévenue qu'à la dernière minute que le bar allait pouvoir ouvrir. Je suis cependant trop contente de travailler pour me changer les idées pour le lui faire remarquer.

La salle est encore quelque peu amochée, mais mon patron a merveilleusement bien rénové les lieux en à peine vingt-quatre heures. La vitrine a été changée en un éclair par je ne sais quel miracle et le mobilier est flambant neuf ; du moins, il l'était avant que les habitués des lieux, qui se sentent investis de la mission de consommer trois fois plus par solidarité, n'y renversent une quantité astronomique de bière. Les derniers restes de cette infraction sont des griffures sur le bar en chêne massif et quelques alcools manquant à la carte habituelle.

Hector est toutefois vite fatigué, je le soupçonne d'avoir passé une nuit blanche pour que tout soit rapidement remis en ordre, et décide de fermer un peu plus tôt. Il ne fait donc pas encore jour lorsque je rentre.

Les ruelles sont terriblement malfamées en plein milieu de la nuit, mon instinct me dit d'accélérer le pas lorsque je passe près d'un trio d'hommes, mais c'est déjà trop tard : j'ai visiblement attiré leur attention perfide.

— Où est-ce que tu cours comme ça ? se moque le plus grand des trois en m'acculant contre un mur en briques.

Un bonnet gris cache son crâne rasé tandis que la moitié droite de son visage est recouverte de tatouages à l'allure de graffitis urbains. Les deux autres, un peu moins grands, mais non moins flippants, ricanent comme des idiots.

— Foutez-moi la paix, je rétorque.

Quitte à finir étripée autant garder un minimum mon honneur.

Ma misérable réplique ne sert qu'à faire redoubler leurs rires graves. Le plus hardi de la bande s'avance si près de moi que je suis à la limite de me faire intoxiquer par son odeur de parfum bas de gamme.

— T'es quand même vachement mignonne toi, me souffle-t-il.

Avec le dos de sa grosse paluche sûrement crasseuse, il me caresse doucement la joue et je retiens un frisson de dégoût à l'idée qu'il me touche.

— T'as l'air d'avoir besoin de compagnie, ajoute-t-il.

Mon corps se pétrifie de terreur. J'ai toujours été une fille courageuse, mais je suis assez intelligente pour me rendre compte que je ne fais pas le poids face à ces trois bouledogues. Je sais pertinemment bien ce qui arrive dans les rues de Boston à des filles comme moi. Je lis toujours avec application les faits divers : les plus chanceuses n'ont pas de MST, le corps des moins chanceuses est retrouvé dans un parc ou derrière une benne à ordures. C'est justement en cet instant que je prends conscience que je n'ai jamais eu beaucoup de chance, ni au jeu ni en amour, et que je n'en aurai certainement pas davantage cette fois-ci.

Punaise pas derrière la benne à ordures, je gémis mentalement.

De sa répugnante main, il m'agrippe douloureusement la taille. J'ai terriblement envie de crier. Pourtant, lorsque j'ouvre ma bouche, aucun son n'en sort. Je me sens sale, je me sens seule et je me sens surtout livrée à moi-même.

Évidemment, la rue est déserte et personne ne peut venir voler à ma rescousse alors que j'en aurais terriblement besoin. Je retiens dignement une larme lorsqu'il s'aventure sous mon pull. Sa peau chaude sur la mienne me brûle au fer rouge. Je n'ai jamais autant voulu disparaître. Bien tristement, je m'aperçois de ma propre finitude et de ma non-aptitude à savoir riposter dans une situation pareille. Toutefois, comment aurais-je pu me douter que ça m'arriverait un jour ? Comme toutes les victimes, j'ai toujours naïvement pensé que ça n'arrivait qu'aux autres.

Au moment où ses mains avancent bien plus haut que là où je peux le supporter, une voiture passe. Elle éclaire de ses phares mon visage jusqu'alors plongé dans le noir, mais continue sa route, à mille lieues de se douter du calvaire que je suis en train de vivre. Alors que mon faible espoir d'être secourue s'évapore en voyant la voiture s'éloigner, l'attitude d'un de mes trois agresseurs change soudainement. Il me lorgne, effrayé, comme si la peur avait désormais changé de camp.

— Je te reconnais, bégaie-t-il.

Il attrape brusquement l'épaule de celui dont les mains sont posées sur moi. Il donne l'impression d'avoir vu un mort tant ses yeux deviennent livides et son teint blafard.

— Elle était au club hier, elle est sous la protection des Hill.

Cette simple phrase les impressionne visiblement tous puisque je ne sens enfin plus les vicieuses mains explorer mon corps. Je ne comprends pas grand-chose à ce qu'il se passe, mais j'y vois là un vrai miracle.

— Viens mec, on se casse ! s'exclame-t-il en s'éloignant déjà précipitamment à reculons.

Il est vite suivi par ses deux acolytes qui ne me regardent désormais plus comme un bout de viande, mais plutôt comme la grande faucheuse. Un des hommes au courage plus que relatif a du mal à trouver ses mots, il bafouille de manière confuse :

— On ne veut pas de problème nous, on ne savait pas, promis.

Sa phrase à peine terminée, les trois complices se carapatent sans demander leur reste. Ils me laissent complètement abasourdie face à la tournure des événements. Moi qui me voyais déjà retrouvée morte par un passant le lendemain, complètement défigurée, je reprends ma route, étrangement saine et sauve.

Perdue, je ne comprends absolument rien à ce qu'il vient de se passer et mon esprit ne fait que ressasser la scène traumatisante que je viens de vivre. J'effectue le reste du chemin de retour comme dépersonnalisée, mon esprit projeté et muselé hors de mon corps, spectatrice de ma propre vie. Je me déplace tel un automate et, une fois à la maison, je me précipite pour prendre une douche. J'effectue mes gestes de façon mécanique et ne me rends même pas compte que je me déshabille. J'ai l'irrépressible besoin de me laver de toute cette souillure. Je me frotte énergétiquement avec du savon, ma peau brûle, mais je me sens encore sale. Je me frictionne si fort que mon épiderme devient rouge. J'essaie de retirer avec mes ongles des taches imaginaires qui pourtant me semblent bien réelles au point de me griffer jusqu'au sang.

Je n'arrive même pas à savoir si j'ai commencé à pleurer quand j'étais encore habillée ou bien plus tard sous la douche. Tout ce que je sais c'est que je pleure désormais à chaudes larmes sans pouvoir m'arrêter.

Je pleure parce que je me suis sentie rejetée par Alexander.

Je pleure parce que je ne me sens pas réellement chez moi ici.

Je pleure parce que l'on m'a touchée.

Je pleure parce que j'ai eu peur.

Je pleure parce que j'ai cru mourir.

Mais surtout, je pleure parce que rien n'arrive à combler cet abîme en moi qui me fait me sentir terriblement seule.

Bien plus tard, dépourvue de toute force vitale, lasse d'avoir pleuré, la gorge douloureuse à cause de mes sanglots, je me traîne jusqu'à mon lit et plonge dans un sommeil sans rêves.

Le lendemain, je me réveille sans énergie. À peine levée, je me sens déjà fatiguée. Je reste des heures dans mon lit, comme un zombie, à perdre mon temps sur mon Smartphone. C'est à peine si je regarde mon écran ; mon esprit est ailleurs, là où les mensonges m'étouffent et où les mains baladeuses ne s'arrêtent jamais.

J'erre dans la grande maison sans y croiser personne et, vers 15 heures, je trouve enfin la force d'envoyer un texto à Hector pour lui dire que je ne pourrai pas venir. S'il n'a pas l'air de croire à ma soudaine grippe, il ne me fait cependant pas de remarques. Il doit visiblement comprendre que quelque chose cloche parce qu'il me demande si je serai là demain. Je m'empresse de lui répondre par l'affirmative même si le cœur n'y est pas.

Ma soirée enfin libre, j'ai tout le loisir de ressasser. Je revis la scène un nombre incalculable de fois et, chaque fois, elle est plus sombre que la précédente. Un détail reste le même : cette phrase dont le sens m'échappe.

Elle est sous la protection des Hill.

J'ai beau me la répéter comme une diabolique litanie, ça ne m'évoque rien. Je tente même une recherche sur Internet, mais ma question semble rester sans réponse. J'ai envie de m'arracher les cheveux : plus j'y réfléchis, moins je vois clair. Quand j'ai l'impression de comprendre enfin quelque chose, une centaine de nouvelles questions rejaillit. Je voudrais interroger Éloïse, que je considère comme une de mes seules amies, mais j'ai la dérangeante impression qu'elle est une part du problème ou du moins qu'elle ne me dira rien. Peut-être même m'enverra-t-elle sur une fausse piste.

Je doute de tout et de tout le monde, je me dis qu'il me manque une pièce de puzzle, la plus importante, celle qui dévoile l'intégralité du dessin.

Je suis seule et je ne peux compter que sur moi-même tandis que je m'enfonce chaque seconde un peu plus dans un tourbillon d'incertitudes et dans une histoire qui risque de se révéler plus sombre que ce à quoi je m'attendais.

Chapitre 9
Rosalie

Une poignée de semaines est passée depuis mon installation à Boston. En emménageant avec tous ces gens, moi la solitaire, j'avais peur de vivre perpétuellement en communauté. Cependant, contre toute attente, la maison était dorénavant étrangement vide. Il m'arrivait fréquemment de ne voir personne de toute la journée. J'errais alors comme un esprit en peine. Même le soir, lorsque plus personne n'était censé travailler, les habitants de la maisonnée se dispersaient, comme des souris affolées fraîchement relâchées, dans le labyrinthe de murs. Les portes s'ouvraient et se verrouillaient instantanément, étouffant les échos des paroles déjà faiblement murmurées. Même la douce Éloïse prenait un malin plaisir à me délaisser, comme si je n'étais plus acceptée dans leur secte.

Les rares fois où j'arrivais à la croiser, elle paraissait toujours mal à l'aise ; tiraillée entre l'envie de me parler et la peur viscérale qu'on nous écoute.

Jamais assez bien pour faire partie du groupe.

Cette ambiance glauque, les secrets imbibant les murs et les non-dits coulant du plafond comme du sang des yeux de la Madone me rendaient suspicieuse. La scène du perron quelques jours après mon arrivée tournait encore en boucle dans ma tête comme une litanie infernale. Se rajoutait maintenant cette cave où je ne pouvais pas aller, ce vendeur qui avait pris peur à la simple vue d'Alexander et pour finir l'épisode de mon agression. Je n'avais jamais été particulièrement saine d'esprit pourtant, à cause de tous ces événements inexpliqués, je me sentais sombrer doucement dans une paranoïa.

La seule interaction humaine qu'il me restait était mon service au bar. Travaillant d'abord quelques heures par-ci, par-là, Hector m'avait très vite demandé si je pouvais travailler tous les jours de la semaine. Il semblait me voir d'un œil nouveau lui qui, de prime abord, n'aurait pas parié sur moi. C'était même le seul à avoir perçu mon récent changement de comportement alors même que j'avais gardé le secret sur mon agression. Il est vrai que, encore plus depuis son saccage, la taverne ne désemplissait jamais et que le travail ne manquait pas. J'étais noyée par le boulot et j'y trouvais un aspect assez salvateur ; être constamment occupée me permettait de ne pas me faire rattraper par mes pensées souvent paranoïaques. De 19 heures jusque tard dans la nuit, je courrais de tous les côtés pour accueillir et servir les clients puis nettoyer toutes traces de leur passage. Je rentrais épuisée à la colocation. Je faisais désormais attention à attendre que les premières lueurs de l'aube pointent le bout de leur nez ; cela me permettait de contempler le soleil se lever majestueusement. La chaleur satinée des premiers rayons réchauffait alors ma peau pâle. Ces quelques instants volés à la vie constituaient la plus belle partie de ma journée.

En ce jeudi d'octobre, je me dirige vers la cuisine pour me préparer quelque chose à manger avant le travail. J'emprunte le couloir qui mène à la cuisine de la colocation, certainement déserte, me stoppe et opère un demi-tour à pas feutrés. La porte de la cave est légèrement ouverte, ce qui est déjà singulier, et, comme cette fameuse nuit où j'ai pu faire vaguement connaissance avec le renfrogné Alexander, une frêle lumière s'échappe de l'entrebâillement. Depuis, je n'avais plus jamais vu cette porte entrouverte. À croire que quelqu'un prenait minutieusement le soin de toujours s'assurer qu'elle était bien fermée.

Tel un enfant qui prépare un mauvais coup, je regarde d'abord à droite puis à gauche pour m'assurer que la voie est libre et pousse du bout des doigts le battant. Un grincement inquiétant s'ensuit, menaçant de réveiller les morts. Je tremble presque, la peur de me faire surprendre m'enserre les tripes comme si mon corps était conscient avant mon esprit que je n'étais pas censée m'aventurer dans cette partie de la maison. Je pose mon pied sur le début de l'escalier.

Trop tard pour faire marche arrière maintenant, me dis-je comme pour me donner du courage.

Dans la pénombre, je descends quelques marches. Dans le silence inquiétant qui règne, seul le rythme effréné de mon cœur se fait entendre. Il résonne tellement fort à mes oreilles qu'on pourrait l'entendre à des kilomètres à la ronde.

Boum, boum.

La cave est des plus quelconques et je suis soulagée de n'y trouver que des étagères en métal remplies de conserves de légumes et de bouteilles en tout genre à la place d'une salle de torture moyenâgeuse. Des caisses en carton sont entassées dans un coin et des chaises qui ont déjà bien vécu y sont également stockées. Au plafond, une petite ampoule tente difficilement d'éclairer la pièce, pendue au bout d'un fil noir.

J'appuie sur l'interrupteur et plonge la cave dans l'obscurité, prête à remonter. Soudain, avec une vitesse que je ne me connaissais pas, je rallume.

Boum, boum.

Tout au fond, bien caché derrière les cartons remplis d'un fouillis oublié de tous, le discret encadrement d'une porte se fond dans le mur de béton. Les matériaux similaires ont été ingénieusement choisis pour dissimuler le passage aux regards indiscrets. Je cligne des yeux comme si j'étais plongée dans un songe brumeux, persuadée que je vais me réveiller dans quelques secondes. Pourtant, ma vue ne me trompe pas et l'accès ne se dissipe pas.

Boum, boum.

J'ai beau me frotter les yeux, la porte me nargue par sa seule présence. Elle se ferait presque oublier, mais elle est bel et bien là. Timidement, elle se fond dans le décor. Cependant, une fois que je l'ai vue, il m'est impossible de détourner le regard du passage qui se tient fièrement dans la pénombre. Mon palpitant se déchaîne, bat la mesure d'une musique endiablée, tandis que je m'approche d'un pas hésitant de l'alcôve.

Boum, boum.

J'attrape la poignée et scelle par cet acte mon destin.

Devant mes yeux, les contours d'une antichambre se dessinent et, comme si elle était la pièce manquante du puzzle que j'essayais de construire, tout s'emboîte parfaitement dans ma tête. Pour la première fois depuis que je suis arrivée ici, dans cette colocation aux allures un peu glauques, je n'ai plus l'impression d'être à côté de la plaque, spectatrice de ma propre existence. J'avance dans la pièce secrète faiblement éclairée par la lumière vacillante de la cave alors que dans ma tête tout s'illumine de mille feux. Sur les murs, des photos volées de personnes sûrement prises en filature sont accrochées, certaines sont barrées d'immenses croix rouges qui me donnent froid dans le dos. Un plan de la ville fixé en chaque coin d'une punaise occupe tout un pan du mur. Je m'en approche et inspecte avec minutie les différentes zones entourées sans que ça ne m'évoque rien, certains secteurs sont reliés tandis que d'autres sont identifiés avec un code couleur différent.

Je pivote légèrement et me fige immédiatement, mon sang se glace et un signal d'alarme pulse dans tout mon corps.

Je me contemple de longues minutes sur les différents clichés qui sont épinglés au mur. Un nombre incalculable d'instants volés sont immortalisés par ces clichés lugubres ; sur le premier, je sors de ma voiture le jour de mon arrivée dans la colocation ; sur un autre, j'ouvre la porte du bar pour y entrer, prête pour une nouvelle soirée de travail ; je m'observe faire les courses à la supérette du coin ou encore me promener dans les rues. Mes mains sont tremblantes quand je parcours du doigt un énième cliché de moi dans les situations les plus anodines de ma vie ; un sourire béat sur le visage, sur ma route pour rentrer du bar, je profite des premières lueurs de l'aube insouciante, je me pense seule au monde alors que je suis suivie et photographiée.

La réalité s'impose d'un coup à moi. Toutes ces situations auxquelles je ne trouvais jusqu'ici aucune signification me revenaient en pleine face. Heurtée par cette force invisible, je chavire et recule, horrifiée par la découverte de ces photos et de tout ce qu'elles impliquent. Ma hanche claque violemment contre la table derrière moi qui trône dangereusement au centre de cette terrible salle. Je m'agrippe à ce que je peux pour retrouver mon équilibre et retiens alors un hoquet de frayeur lorsque ma main tremblotante touche l'épaisse crosse froide d'une arme à feu. Je suis tétanisée et reste paralysée une éternité. J'ai l'impression d'avoir été catapultée dans un film d'horreur, dans une de ces scènes où ça se termine toujours mal pour les filles comme moi.

Heureusement que je ne suis pas stupide, je survivrai peut-être encore un peu.

— La petite fouine a trouvé quelque chose cette fois-ci, gronde une voix menaçante.

Je hurle ; la surprise fusionnant dans une macabre valse avec une authentique terreur, celle qui tord les entrailles et enfume l'estomac. Alexander me fait face et, dans la pénombre de la pièce, la faible lueur jaunâtre qui éclaire une seule moitié de son visage lui donne des airs diaboliques. Mon instinct de survie me pousse dans un ultime effort à me jeter sur l'arme à feu qui se trouve devant moi et je bondis dessus avec une rapidité que je ne me connaissais pas. Quand je pointe cette arme sur mon adversaire, je jurerais ressembler à une valkyrie sanguinaire.

Il me sourit en réponse. Ce dégénéré doit sûrement apprécier de me voir ainsi affolée, une arme à la main et la puanteur de la peur collée au corps.

— Baisse cette arme Rosa, murmure-t-il, trop confiant.

Pas un seul de ses muscles n'est bandé par la panique. Seules ses mains, en l'air, les paumes tendues en signe de reddition pourraient faire penser que sa sérénité n'est qu'apparente.

— Qu'est-ce que c'est cette merde ? hurlè-je.

Mes doigts serrent si fort le flingue que mes jointures blanchissent sous l'effort. Dans mes oreilles, mon sang pulse au rythme d'une musique diabolique et je remarque à peine la silhouette d'Éloïse affolée, accompagnée d'un Nicolas anxieux, qui se matérialise derrière Alexander.

Je les pointe tour à tour avec le canon qui est comme secoué de spasmes à cause de la frénésie qui m'emporte.

— Vous êtes qui bordel ? Et qu'est-ce que vous me voulez ?

Éloïse tente de s'avancer, mais Alex tend son bras pour bloquer son mouvement. Nicolas, consterné, remonte ses grosses lunettes qui glissent inlassablement sur son nez et essaie d'apaiser la situation :

— Rosalie, tu nous connais quand même.

Sourcils froncés, il cherche à capter mon regard et quand il y arrive, il ajoute :

— Arrête ça et pose ton arme. On va tout t'expliquer.

Son ton est ferme, mais c'est sa tête qui est du mauvais côté du canon. Une inquiétante idée naît alors en moi : j'ai l'impression qu'appuyer sur cette gâchette résoudrait alors, à la façon d'une baguette magique, tous mes soucis. Comme si les faire disparaître effacerait également ces photos, ces scènes incompréhensibles et toutes mes interrogations.

Alexander semble percevoir ma macabre hésitation, cela doit sûrement l'inquiéter, puisqu'il ajoute, pour la première fois d'une voix légèrement mal assurée :

— Pose tes questions.

J'aimerais ricaner mais cela me donnerait encore plus l'air d'une folle alliée.

Après tout, qui ne le deviendrait pas dans ce genre de situation ?

— Qui êtes-vous ?

Il met du temps à me répondre alors j'ajoute :

— Je ne me répéterai pas.

Peut-être parce qu'elle est choquée de ma menace, elle qui est supposée être mon amie, ou alors parce qu'elle se rend compte que mentir ne sert plus à rien, c'est Éloïse qui prend la parole.

— On se fait appeler les « Winter Hill ». On est considérés comme un gang par les flics de Boston parce qu'on trempe dans quelques affaires louches, mais

Rosalie tu peux me croire quand je te jure qu'on ne te fera aucun mal.

Le coup franc tombe et cela me donne la même impression que si je venais d'être assommée par une massue. Un gang. Il a fallu que je me retrouve, parmi toutes les foutues colocations possibles à Boston, dans le nid d'une organisation criminelle. L'expression « tomber dans la gueule du loup » prend alors tout son sens.

Abasourdie, je ne peux empêcher ma bouche de s'ouvrir d'elle-même. La stupeur est trop grande. J'attends le moment où Éloïse va se mettre à rire et m'avouer que tout cela n'est qu'une plaisanterie de bien mauvais goût. Peut-être même que Mélissa et Drake retiennent leurs rires derrière la porte, fiers de leur blague.

Pourtant ce moment ne vient pas.

Le silence s'installe, chargé par cette sensation typique qui suit toutes révélations tonitruantes. La foudre vient de s'abattre sur moi et tous mes membres en tremblent comme des feuilles ballottées par le vent automnal.

Durant mon adolescence, j'ai regardé bon nombre de films et de séries policiers. À l'époque, j'osais même me rêver sergent d'une brigade composée d'une dizaine d'hommes et de femmes, fiers dans leurs uniformes scintillants. Je n'avais alors jamais pu penser me retrouver projetée dans une de ces histoires abracadabrantes, du mauvais côté de la barrière, ni même que dans la réalité les méchants pouvaient prendre l'apparence d'amis.

Je les observe tour à tour ; ils n'ont pas changé, leurs traits me sont toujours familiers et des cornes de diable ne sont pas apparues subitement au sommet de leur crâne. Éloïse a tout de la fille avec qui j'ai rigolé des heures durant, il émane toujours d'elle cette aura débordante de bonté et de compassion. Comment cette fille à la sensibilité exacerbée, celle qui allume sa lampe de poche quand elle rentre le soir pour ne pas écraser des escargots, pourrait-elle faire partie de la mafia ?

Je les regarde, plus fascinée qu'effrayée, et me demande s'ils ont du sang sur les mains. *Certainement.*

Je m'interroge sur le nombre de morts qu'ils ont tous sur la conscience, mais je sais déjà que peu importe la réponse ce sera toujours beaucoup trop.

— On est toujours les mêmes, Rosalie, ça ne change rien du tout.

Comment peut-elle sincèrement penser cela ? Est-elle candide au point de croire que le fait qu'elle soit membre d'un gang ne change rien ? Comme si on parlait d'une simple caractéristique : d'un deuxième prénom ou d'une couleur de cheveux. Je nage en plein délire, propulsée dans un univers parallèle où les fous essaient de me convaincre que je ne suis pas saine d'esprit.

— Tu y crois vraiment à ce mensonge ? l'interrogé-je, cinglante. Vous êtes des putains de meurtriers, bordel de merde !

Des larmes perlent au coin de ses yeux, je dois sans doute l'avoir blessée et, l'espace d'une folle seconde, j'ai l'impression d'être la méchante de l'histoire. Je m'excuserais presque : comme c'est risible !

Alex, lui, se contient visiblement et serre fort ses poings.

— Je ne suis pas une meurtrière, plaide-t-elle d'une voix tremblante.

Je baisse l'arme de quelques infimes centimètres et elle y voit certainement là une de mes failles puisqu'elle continue, ses paroles étouffées par ses larmes :

— Je te jure que ça me rongeait de ne rien te dire. J'en devenais folle. Je voulais tout t'avouer, mais j'avais tellement peur de ta réaction. Tu es une de mes seules amies.

Quelle idiote je suis d'être encore, après toutes ces révélations, émue.

J'ai envie de me baffer pour m'interdire cette faiblesse. Pourtant, je ne contrôle pas toutes ces émotions qui naissent en moi. Fébrile, mon bras se relâche de lui-même. Il va me falloir du temps pour comprendre tout ce que je ressens. Là, tout de suite, j'en suis incapable. Alors, une voix émerge des profondeurs de mon âme et me murmure que je n'ai nulle part où aller, peu d'argent de réserve, aucun ami et aucune famille et que ces gens, en marge de la société, et il faut se l'avouer probablement dangereux, m'ont accueillie à bras ouverts. Ils m'ont logée en échange d'un loyer dérisoire pour la ville de Boston, ils remplissent toujours les frigos sans jamais râler quand je mange quelque chose qui n'est pas à moi et m'ont, pour la plupart, considérée comme une des leurs.

Tu as même embrassé l'un d'eux, me rappelle ma miss-je-sais-tout intérieure.

Mille fois, ils auraient pu me faire du mal, m'assassiner et faire disparaître mon cadavre presque impunément. Je ne manquerais à personne et personne ne me chercherait.

Alors, peut-être un peu par opportunité – dormir sur un banc dehors ne m'enchantant pas particulièrement –, et peut-être aussi parce que, derrière mes airs de dur à cuire, mon cœur de guimauve veut croire en la rédemption des âmes, je laisse tomber l'arme à feu à mes pieds dans un bruit sourd et les contourne sans un regard pour me réfugier dans ma chambre.

Toutefois, je verrouille désormais la porte à clef, même si cette mesure peut sembler dérisoire maintenant que je connais leur secret et les armes qu'ils rangent à la cave.

Chapitre 10
Alexander

Dans la vie, peu de choses réussissent à me surprendre. Je me targue souvent d'avoir une longueur d'avance sur tout et tout le monde. Mais me retrouver en fin d'après-midi, un jour complètement banal, à une réunion de crise : ça, je ne l'avais pas vu venir.

Nous, dont les activités nous forcent à être discrets et minutieux, comment avons-nous pu nous faire prendre la main dans le sac par une novice ? Elle n'aurait évidemment jamais dû tomber sur toutes ces photos, le fruit de plusieurs semaines de recherche et d'investigation sur notre nouvelle colocataire. Pourtant, le plus aberrant dans l'histoire, c'est qu'elle ait eu l'opportunité de me viser avec un putain de revolver. En un seul geste, elle aurait pu me faire éclater la cervelle et j'aurais, en moins de temps qu'il ne faut pour le dire, repeint de mon sang les murs de la cave.

Comment avons-nous pu être aussi peu vigilants ? me fustigé-je intérieurement.

— Allez, on le fait à l'ancienne. On vote à main levée.

J'ai beau être énervé, je dois me ressaisir au plus vite pour ne plus commettre d'autres imprudences. Dans le milieu des gangs, et plus particulièrement dans le nôtre, les règles sont claires et s'appliquent à tous.

— Qui vote pour qu'elle devienne officiellement une des nôtres ?

Il règne un silence de plomb dans notre salle de réunion. Tout le monde est assis autour de la table, là où quelques heures plus tôt un drame s'est passé et où la vérité a explosé malgré nous.

Chacun prend le temps de réfléchir plus que de raison à son choix, ils savent tous pertinemment ce que ça implique. Si la majorité vote oui, Rosalie n'aura d'autres choix que de devenir une des nôtres et intégrer ce gang qu'elle semble tenir en horreur. Son libre arbitre à elle n'existe pas vraiment ; si elle n'accepte pas son sort ou se rebelle d'une quelconque manière, c'est une mort certaine qui l'attend au tournant. C'est le même tragique destin qui la menace si la majorité du groupe vote non.

Alors, chaque membre prend le temps de peser le pour et le contre. Il n'y a qu'Éloïse qui est déjà bien décidée. C'est même elle qui a poussé pour qu'on lui fasse confiance, étrangement soutenue par Nicolas, lui qui est d'habitude si neutre. Mais cette fois-ci, il est convaincu que nous devons faire adhérer Rosalie à notre organisation. Je le soupçonnais déjà d'avoir le béguin pour elle, me voilà maintenant convaincu.

Le temps passe, dans ma tête je le vois comme un sablier dont les grains s'échappent continuellement, et déjà le verdict va être rendu.

— Que ceux qui sont « pour » lèvent la main, ordonné-je, reprenant mon rôle de leader.

La main de ma sœur se lève prestement, suivie de près par celle de Nicolas. Mélissa met quelques secondes de plus à se décider, mais finit, elle aussi, par lever la main. Je n'avais pas vraiment de doute là-dessus, elle a visiblement fini par se lier d'amitié avec la petite fouine que nous hébergeons. Étrangement, Drake ne lève pas la main. C'est certainement le plus sceptique de la bande. Alice se réjouit de voter « non », il est évident qu'elle n'a jamais porté Rosalie dans son cœur.

Les calculs ne sont pas durs à faire. Toutefois, il me faut plusieurs secondes avant de faire tomber le verdict : mon vote pourrait tout changer. Les codes sont stricts : s'il y a une parfaite égalité, ce sera non. La majorité, sinon rien.

Cette goutte d'eau qui fait déborder le vase, c'est désormais moi. Moi que Rosalie insupporte, moi qui me méfie d'elle plus que de la peste.

Au moment où je songe à dire non parce que l'éliminer serait plus facile, je me rappelle la sensation de ses lèvres contre les miennes et de la profondeur de son regard quand je la serre contre mon corps. On se rend fou mutuellement par nos menaces et nos piques cinglantes. Pourtant, à un moment – je n'arrive même pas à savoir précisément quand –, cette animosité s'est transformée en quelque chose que je ne saurais nommer, en des sentiments que j'ai du mal à distinguer. Cette fille a beau être agaçante, elle ne me laisse toutefois pas indifférent et un frisson me parcourt lorsque, rien que l'espace d'un instant, je m'imagine lui tirer la balle fatale. Je vois ses yeux s'écarquiller et peu à peu se voiler.

Je regarde les mines sévères de tous ceux qui sont devenus au fil des épreuves mes frères d'armes et je comprends que jamais je ne pourrais leur demander d'exécuter Rosalie ; si un « non » est voté et que quelqu'un doit avoir sa mort sur la conscience, ça sera donc moi. La plupart d'entre eux ne le surmonteraient pas, surtout pas Éloïse qui semble déjà retenir ses larmes en imaginant le pire scénario devenir réalité. Malgré tout, je n'ai aucun doute sur le fait qu'elle, comme tous les autres, respectera la décision finale du groupe, même si elle ne la valide pas. Dans ce vaste monde de la pègre, je ne suis le roi que de moi-même et, le peu de pouvoir que j'ai, je l'ai grâce à la générosité d'un autre. Si je ne me soumets pas à nos lois, si je fais le moindre écart, nous le payerons tous parce que l'information reviendra toujours aux oreilles d'un de nos supérieurs.

Nous savions dans quoi nous nous engagions lorsque nous avons signé ce pacte avec le diable. Je n'ai jamais pris une vie avec le sourire, je l'ai toujours fait parce qu'une tête devait tomber et que je préfère mille fois voir un inconnu se faire assassiner que de craindre pour ma peau ou celle de ma famille. Quand on entre dans un gang, c'est jusqu'à ce que la mort nous fauche : pas d'échappatoire, pas de répit.

Je n'ai pourtant jamais regretté mon choix : j'ai vu des choses horribles, j'ai commis des actes innommables, mais j'ai sorti ma mère de la galère. Fini les huissiers qui font trembler la porte d'entrée et les factures impayées qui s'entassent dans la boîte aux lettres. Dans ce tourbillon des horreurs, j'ai aussi trouvé une petite source de lumière : une famille bancale et atypique qui sera toujours prête à faire barrage de son corps. Sans hésiter un seul instant, je donnerais ma vie pour eux et je sais que la réciproque est vraie. C'est notamment pour cela que faire rentrer un nouveau membre dans notre bande implique tant de choses.

Ma main, mal assurée, se lève pour rejoindre celles des trois autres.

Une décision vient d'être prise.

Éloïse regarde vers le ciel comme si elle remerciait un Seigneur auquel elle ne croit pas tandis qu'Alice affiche une mine sombre. Elle qui n'apprécie pas beaucoup Rosalie, sait pertinemment qu'on vient, par un geste anodin, de sceller son destin au nôtre.

Une fois la décision prise, personne n'a envie d'en parler. Les esprits se sont trop échauffés aujourd'hui, les cœurs battent encore à un tempo infernal. Les détails pratiques de cette adhésion forcée peuvent attendre le jour suivant, je lève donc la séance. Personne ne demande son reste et chacun file à la vitesse de l'éclair prendre l'air ou se cloîtrer dans sa chambre. J'attends que la cave se vide pour en faire de même. Même si notre antre a été découverte, je vérifie tout de même que cette fois-ci la porte est bien fermée. Nous avons peut-être décidé de faire de Rosalie une des nôtres, mais le choix final lui appartiendra. Il faudra qu'elle aussi accepte de s'engager dans le gang et réussisse le rituel d'adhésion.

Je me remémore alors le mien, quelques années auparavant, alors que je venais à peine de sortir de l'adolescence avec une seule idée en tête : gagner rapidement de l'argent pour ne plus jamais entendre l'estomac de ma mère crier famine. J'étais jeune, encore insouciant, et je ne me doutais pas un instant que la vie dans la pègre, luxueuse de l'extérieur, était si difficile. Je ne savais pas que je ne dormirais plus jamais serein. Peut-être qu'en ayant su tout ça à l'avance, mes choix auraient été différents. Désormais, il est trop tard et m'imaginer la vie que j'aurais pu mener si j'avais pris un autre chemin ne me mène à rien. Mon rite d'acceptation a scellé mon destin. Mon appartenance aux Winter Hill est aussi indélébile que les tatouages qui la représentent sur ma peau.

Résigné, je remonte dans ma chambre. La maison étant à moi, je me suis octroyé la plus belle et la plus grande des pièces. Lorsque j'y pénètre, j'ai droit à une désagréable surprise. Alice m'attend, allongée sur mon lit, comme elle l'a toujours fait. Son air aguicheur n'est pas anodin, j'ai bien compris qu'elle voulait renouer avec moi et se réengager dans un semblant de relation.

— Qu'est-ce que tu fais là ? lui demandé-je sans entrain.

Elle se lève et s'approche de moi d'une démarche féline qu'elle imagine sans doute irrésistible. Quelques mois auparavant, voilà tout ce que j'attendais : une fille plutôt jolie à ma disposition quand je le souhaitais. Toutefois, m'imaginer aujourd'hui la prendre dans toutes les positions que je désire n'arrive même pas à m'arracher un soupçon d'excitation.

Elle semble néanmoins ne pas le comprendre et passe sa main en une caresse sensuelle sur ma joue. Elle la pose ensuite sur mon torse et, cruche comme elle est, doit se convaincre que le cœur qui s'y trouve bat à un rythme effréné pour elle.

— Tu as l'air tendu, commence-t-elle. Je peux t'aider à te détendre, tu sais.

D'une tape sèche du dos de ma main, je la force à détacher sa paume de moi. Blessée dans son ego, les yeux remplis de hargne, elle me questionne :

— C'est à cause d'elle, c'est ça ?

Je ne prends pas la peine de répondre et elle traduit mon silence comme un aveu. De toute façon, elle en est déjà convaincue. Alice fait partie de ces gens qui ne pensent jamais que le problème peut venir d'elle, ça ne peut être que la faute de quelqu'un d'autre.

— Depuis qu'elle est arrivée, tu ne me regardes plus comme avant, me reproche-t-elle, le regard noir. Tu l'aimes bien, avoue-le ! Je vous ai vus vous embrasser à la soirée !

La jalousie est un sentiment vicieux ; elle s'installe silencieusement, se loge profondément dans nos entrailles, nous grignote et nous ronge de l'intérieur à la manière d'un parasite. Une fois enracinée, cette sale bête ne fait que grandir et un jour il est trop tard pour la faire décamper. Elle nous enlaidit, nous transformant en une créature monstrueuse capable de faire et dire des choses horribles. Pris dans une folie destructrice, nous ne nous rendons pas compte qu'en essayant de détruire les autres, c'est nous-mêmes que nous abîmons.

Cependant, même la plus laide des jalousies a toujours une noble source.

— Sors, lui ordonné-je.

J'aime humer le monoï qui embaume l'air quand Rosalie débarque dans une pièce et je brûle à chaque fois de débuter une nouvelle joute verbale acerbe avec elle ; peut-être que tout cela n'est pas passé inaperçu.

— Alex, minaude-t-elle.

J'observe sa bouche en cœur et ses yeux ronds comme des billes qui essaient de m'attendrir. Elle tente encore une fois de se rapprocher de moi, mais je la repousse d'un geste brusque. Tout en elle m'horripile. Alice perd momentanément l'équilibre et chancelle sur quelques pas en direction de la sortie. Elle a l'air, dans un premier temps, choquée par la virulence de mon acte, comme si elle espérait encore que je lui offre son histoire digne des contes de fées. Cependant, elle se rappelle vite que je n'ai rien du prince charmant sur son cheval blanc, je suis monstrueusement plus proche de la bête du Gévaudan, et le regard amoureux qu'elle posait sur moi s'obscurcit.

— Dégage, dis-je en grinçant des dents.

Cette fois-ci, elle n'insiste plus et s'échappe de ma chambre, presque apeurée.

Heureusement que Rosalie et Alice ne se sont pas liées d'amitié sinon cette dernière aurait pu la mettre en garde.

Je détruis tout ce que je touche.

Chapitre 11
Rosalie

Avant, j'avais la terrible sensation de ne jamais croiser aucun de mes colocataires et je pouvais déambuler des heures durant dans la grande maison sans ne rencontrer âme qui vive. Depuis la découverte du pot aux roses, je ne suis plus jamais seule même pour quelque chose d'aussi simple comme aller aux toilettes. Chaque seconde qui passe, je suis constamment fliquée par Drake et, quand il a visiblement mieux à faire que du baby-sitting, c'est Nicolas qui s'y colle. Je les entends respirer derrière la porte de ma chambre quand le sommeil me fuit et j'aperçois leurs ombres quand, affamée, je me dépêche en pleine nuit d'aller chaparder dans la cuisine quelque chose à manger pour le ramener dans ma chambre. Cependant, aucun des deux ne m'adresse la parole. Ils n'esquissent même pas un regard oblique dans ma direction.

Entourée, mais toujours aussi seule.

J'ai déjà dû annuler deux jours de travail et même si Hector ne semble pas mal le prendre, je ne supporte plus cette ambiance étrange. Je n'ose pourtant rien dire maintenant que je sais qui sont ces gens et de quoi ils sont réellement capables. Je suis courageuse, mais pas suicidaire ; je n'oublie pas qu'une balle en pleine tête est vite tirée.

Comme je n'ai rien à faire d'autre que penser, je cogite.

Et pour gamberger, je suis une professionnelle, ça, c'est certain.

En même temps, il faut dire qu'il y a de quoi. Je remets tout constamment en question. Qui a été sincère avec moi pendant tout ce temps ? Sont-ils différents de ceux que j'ai appris à connaître ? Dois-je craindre pour ma sécurité dorénavant ?

Je sais que la vie peut être difficile et que parfois, au fond du trou, on peut prendre des décisions compliquées qui ne sont pas sans impact. Mais j'ai du mal à comprendre comment les mauvaises passes peuvent nous rendre amers au point d'anéantir notre conscience, d'inhiber toutes nos valeurs. En emménageant à Boston, je me doutais bien que la ville était dangereuse. Toutefois, à aucun moment je n'ai pensé qu'il pouvait m'arriver quelque chose de plus grave qu'un vol de sac à main. Je connaissais évidemment l'existence de gangs, c'est monnaie courante dans les banlieues, mais pas une seule seconde je ne m'imaginais en contact avec des membres de ce genre d'organisation.

Aujourd'hui, j'ai peur non seulement parce que je me demande ce qu'ils vont faire de moi depuis que je sais tout, mais aussi parce que je me suis attachée à cette bande atypique et me voilà terrifiée à l'idée de découvrir le monstre derrière le masque.

L'idée m'est venue de m'enfuir en laissant tout derrière moi. Pourtant, chaque fois que l'idée me paraît tentante, il y a ce petit diable sur mon épaule qui me rappelle que je n'ai rien, qu'ici c'était déjà ma dernière chance.

J'ai même pensé à appeler la police, mais me croirait-elle ? Et quand bien même les agents le feraient, je n'arrive pas à m'imaginer ces gens qui m'ont tendu la main quand j'en avais besoin menottés, conduits derrière des barreaux dans une prison hautement sécurisée pour y finir leur vie.

En réalité, si je veux être totalement honnête je dois également avouer que je suis effrayée en pensant aux représailles que je pourrais subir. Je ne vis pas dans une grotte : je sais ce qu'il arrive aux gens qui, n'écoutant que leur courage, dénoncent des membres de la mafia. Ils vivent ensuite constamment dans la peur, traqués comme une biche un jour de chasse, et, peu importe la sécurité déployée par les forces de l'ordre, la grande majorité finit toujours assassinée à la suite d'une terrible vendetta. Je ne suis pas assez forte pour encaisser une peur quotidienne, pour vérifier tous les jours si une bombe n'est pas cachée sous ma voiture et pour me retourner prestement dès que j'entends des pas dans mon dos. C'est certainement ça ma plus grande force : connaître mes faiblesses.

Alors j'attends patiemment qu'ils abattent leurs cartes. Je me convaincs que s'ils voulaient se débarrasser de moi, je serais déjà enterrée sur le bas-côté d'une route déserte.

Trois jours plus tard, après m'être calmée à la suite d'une énième crise d'angoisse toujours plus forte que la précédente, je prends mon courage à deux mains et décide que ce tacite emprisonnement ne peut plus durer. Après m'être habillée, je prends quelques grandes respirations pour consolider ma témérité, et je me faufile jusqu'à la porte d'entrée. Ma main à peine posée sur la poignée de la porte, une voix gutturale résonne dans mon dos :

— Où est-ce que tu penses aller ? m'interroge virulemment Alexander.

J'essaie de calmer les frissons qui me parcourent pour ne pas lui montrer qu'il a l'ascendant sur moi. J'ai bien compris qu'Alexander était comme une bête féroce et sauvage ; il ne faut jamais lui montrer ma peur, dès qu'il la flaire, il sait d'avance qu'il a gagné.

Sans me retourner, je réplique donc sèchement :

— Travailler.

Tu sais c'est ce que font les gens normaux pour gagner de l'argent, je me retiens d'ajouter au dernier moment.

— Tu n'iras nulle part toute seule, Rosalie.

— Tu n'as qu'à venir avec moi, répliqué-je, insolente.

Je comprends maintenant pourquoi tous ces grands penseurs et révolutionnaires disaient que la liberté n'est jamais pleinement acquise ; je dois me saisir de ces quelques secondes d'hésitation pour sortir avant qu'il ne s'octroie le droit de m'interdire d'y aller et, même une fois dehors, je ne suis pas à l'abri d'un revirement de situation.

Étrangement, après avoir soufflé de façon peu discrète, il me laisse gagner cette fois-ci. Même s'il me suit comme mon ombre jusqu'au bar où je travaille, j'ai l'impression de m'être sortie, le temps d'un divin instant, de ma prison dorée. Je trouve même dans mon malheur un sacré avantage à avoir une sorte de garde du corps : en effet, depuis l'attaque dont j'ai été victime, je ne me sens plus à l'aise seule dans la rue et surtout je n'ai plus la prétention de pouvoir me défendre seule en cas de nouvel incident. Je sais maintenant que je ne fais largement pas le poids face à trois agresseurs taillés comme des armoires à glace.

Bizarrement, je sais que surveillée par Alexander personne n'osera m'importuner. Grâce à ma récente découverte sur ses activités illégales, j'en ai déduit que c'est sa réputation, ou du moins celle du gang dont il fait partie, qui m'a sauvée la nuit de mon agression. Si toutefois un inconscient décidait de s'en prendre à moi, je n'ai aucun doute quant au fait qu'Alexander me protégerait, comme s'il se réservait le droit d'être l'unique personne autorisée à poser la main sur moi.

Pendant tout mon service au bar, il tente même de se faire discret. Il occupe une table dans un coin peu éclairé au fond de la salle, il ne commande rien et ne parle à personne. Pourtant, je sens constamment son regard posé sur moi. Il n'ose même pas aller aux toilettes. Il doit sans doute craindre que je m'évapore dans la nature, nourrie par toutes les informations récentes que j'ai apprises à leur sujet que je m'égosillerais à hurler sur tous les toits. Dans une autre vie où j'aurais été plus courageuse, j'aurais sans doute fait ça, mais dans cette vie-ci je ne suis que moi-même ; je me contente donc de prendre les commandes et récurer les tables poisseuses.

Je suis en train de laver des verres derrière le comptoir lorsque Hector me rejoint pour m'aider. J'en profite alors pour lui demander de façon détournée son avis sur ma situation :

— Hector ! l'apostrophé-je.

Il me répond par un son guttural et, parce que je commence à le connaître, je sais que c'est sa façon à lui de m'enjoindre à continuer :

— Tu as un chien adorable.

— Je n'ai pas chien, m'interrompt-il.

— Non bien sûr que non, je concède. Mais imagine que tu en as un.

— Je n'en veux pas, je n'aime pas les chiens, me coupe-t-il de nouveau.

Je souffle en me pinçant l'arête du nez entre mon pouce et mon index.

— On s'en fout, tenté-je à nouveau une nouvelle, je te demande juste d'imaginer.

À sa moue perplexe, je comprends tout de suite qu'il n'est pas convaincu ou du moins qu'il ne voit pas encore où je veux en venir. Je persévère tout de même sur ma lancée :

— Voilà tu as ce petit chien adorable, mais tu te rends compte que ce chien a déjà gravement mordu plusieurs personnes.

— Oui, c'est bien le principe d'un chien, c'est pour ça que je n'en veux pas.

Un demi-sourire amusé étire le côté droit de ma bouche.

— Je suis bien d'accord. Le souci c'est que, toi, ce chien, tu l'imaginais jusque-là inoffensif. Sauf que maintenant que tu sais ce qu'il a fait, tu crains que toi aussi il te morde. Au final, tu ne sais plus s'il est bel et bien si adorable que ça.

— C'est simple, il suffit de ne pas acheter de chien.

Lasse, j'abandonne notre discussion et continue de laver des verres en silence. Je m'interromps un instant pour servir un client qui attend debout au bar.

Après un long moment de travail en silence, cette fois-ci c'est Hector qui entame la conversation :

— Je suis d'ici depuis assez longtemps pour reconnaître un mec louche et crois-moi celui-là, dit-il en désignant Alexander d'un mouvement évasif de tête, ça m'a tout l'air d'en être un.

Lorsque je suis entrée dans le bar, plusieurs heures plus tôt, j'ai immédiatement compris que la présence de mon garde du corps improvisé turlupinait Hector. Ce dernier n'osera jamais l'avouer, mais je suis persuadée qu'il m'aime bien et, que sous son air parfois brutal, il souhaite avant tout me protéger.

— Ne t'inquiète pas pour moi, je suis plus coriace que je ne le laisse paraître.

Il émet un grognement en signe de désapprobation. Il saisit brusquement un torchon et essuie sans ménagement les verres fraîchement lavés. Je vois bien à la façon dont il fronce les sourcils qu'il n'est pas convaincu par ma tirade, alors il ajoute :

— Si tu as des problèmes, tu peux m'en parler, et si tu dois de l'argent aux mauvaises personnes, je peux toujours te proposer de travailler plus.

Je ne lui montre pas à quel point ses paroles me touchent. Je ne réponds pas et lorsque je pense que la conversation est terminée, il conclut :

— Tu sais ce fameux chien, dit-il en cherchant ses mots un court instant. S'il était si mignon au début avec toi, alors qu'il en a mordu d'autres, c'est peut-être parce qu'il a envie que tu lui laisses une chance et qu'il veut te prouver qu'il vaut mieux que ça.

Moi qui pensais qu'Hector n'avait absolument rien compris à ma métaphore, je reste bouche bée lorsque je comprends qu'il est plus perspicace que ce que je m'imaginais.

— Enfin, je dis ça parce que tu as l'air de bien l'aimer cette sale bête, essaie-t-il de dédramatiser. Si ça ne tenait qu'à moi, je le foutrais au chenil ce chien, mais c'est parce que je n'ai jamais aimé les animaux.

Cette fois-ci, je ne peux me retenir de rire et, même s'il ne me rejoint pas dans mon euphorie, je ne manque pas de remarquer ses épaules qui sont comme secouées de spasmes. C'est sans doute sa façon à lui de marquer son amusement.

À la fin de mon service, je rentre par mon chemin habituel sauf que, comme Alexander ne m'a pas lâché la grappe, je n'ose pas m'émerveiller devant les douces teintes rosées peintes par le soleil lorsqu'il s'éveille dans le ciel. Nous faisons la route en silence. Je n'ai pas encore pleinement assimilé tout ce que j'ai appris à son sujet et lui, lorsqu'il est dans son rôle de traqueur, semble oublier que nous nous connaissons.

Nous nous connaissons même tellement bien que je connais la saveur de ta langue, ai-je envie de riposter.

J'arrive néanmoins à retenir ma réplique dans ma bouche, ne souhaitant pas lui montrer à quel point son comportement me froisse.

Cependant, je remarque tout de suite que quelque chose est différent : les lumières de la colocation sont allumées et elles viennent éclairer le parking où j'ai garé ma voiture, que je n'ai d'ailleurs pas utilisée depuis belle lurette. Je me retourne discrètement vers Alexander pour tenter de deviner à l'expression de son visage si quelque chose se trame, mais je dois me rendre à l'évidence : la moue renfrognée qu'il porte à l'instant semble modelée sur son visage depuis sa naissance.

Méfiante, j'entre dans la maison et tombe nez à nez avec tout le groupe qui m'encercle, encagoulé. J'essaie de garder mon sang-froid, mais mon cœur commence à battre à un rythme affolé. Derrière moi, je remarque immédiatement qu'Alexander a lui aussi enfilé une cagoule. Dans un téléfilm ou une série policière, je rigolerais presque devant le ridicule de cette situation, pourtant l'effroi me gagne peu à peu. Le cercle qu'ils forment autour de moi rapetisse encore, me mettant toujours plus mal à l'aise.

Ils parlent tous en même temps, mais dans cette invocation diabolique, je m'accroche à la voix grave et familière d'Alexander.

— Maintenant que tu as découvert l'existence des Winter Hill, nous ne pouvons prendre le risque que tu dévoiles notre identité.

Pleurer ne semble pas être la solution adéquate au vu de la situation même si cela, j'en suis convaincue, me ferait le plus grand bien. Évidemment, je me doutais qu'avec ce que j'ai appris sur eux, je représentais désormais une menace. Toutefois, une partie de moi-même espérait naïvement ne pas subir les conséquences de ma curiosité pourtant justifiée.

— Nous allons te soumettre au rituel d'adhésion qui fera de toi un membre à part entière du gang, ajoute-t-il avec un ton solennel.

— Et si je refuse ? osé-je demander.

Je ne suis pas particulièrement méchante, mais je ne me suis jamais démarquée des autres par ma gentillesse ou même mon altruisme. Cependant, bien caché dans la roche de mon cœur, j'ai tout de même un sens moral assez développé. Si je réalise quelque chose de mal sous la contrainte, j'ai du mal à me regarder ensuite dans la glace ; alors je ne me pense certainement pas assez forte pour devenir membre d'une telle organisation.

— Rosalie.

La voix qui m'interpelle dans une supplication appartient à Éloïse. Cette dernière a le visage dissimulé par une cagoule. Cela exprime de façon très claire vers qui va sa loyauté ; peu importe notre amitié, elle reste fidèle au gang.

Une personne à ses côtés se met à rigoler trop rapidement pour que ce ne soit pas forcé. Je reconnais bien là le comportement de pimbêche d'Alice.

— Comme c'est mignon, dit-elle, elle pense avoir le choix.

— Si tu refuses, le sort que les Winter Hill te réservent sera pire que la mort.

C'est Drake qui ajoute cela d'une voix monocorde. Une part de moi a du mal à le prendre au sérieux, mais je ne suis pas dupe et je comprends qu'il n'est pas en train de se payer ma tête. Cette épée de Damoclès qui pendouille au-dessus de moi depuis mes premiers instants dans cette maison devient pour la première fois beaucoup plus vraie et menaçante. J'en frissonnerais si je n'étais pas sincèrement blessée par le retournement de veste de celui que je considérais comme un allié.

— On n'aurait pas le choix, ajoute Éloïse d'une voix chevrotante. C'est le code, Rosalie. Tu comprends ?

Non, évidemment que je ne comprends pas, ai-je envie de lui crier.

Me voilà donc face à un choix qui n'en est en réalité pas un : allez à l'encontre de toutes mes valeurs et devenir moi aussi une hors-la-loi ou mourir avec dignité.

La belle affaire.

J'ai toujours pensé que, comme l'annonce de ma disparition ne consumerait personne de chagrin, je n'étais pas tant que cela attachée à la vie. Je suis en fait une belle hypocrite puisque, maintenant que je suis réellement menacée, je me rends compte que j'ai envie de vivre. Est-ce une excuse valable ? Pensera-t-on que je suis faible à cause de ma décision ? Je m'entends répondre d'une voix lointaine :

— Je suis d'accord. Je veux intégrer votre gang.

Chapitre 12
Rosalie

Ni les quelques graviers qui se trouvent sur la route et crissent sous les pneus du véhicule ni les bruits bien marqués d'une circulation dense malgré l'heure plus que matinale, n'arrivent à me distraire du bruit que fait le sang lorsqu'il est pompé par mon cœur. La cadence infernale fait étrangement penser au bruit des tambours qui retentissent lors d'un rituel chamanique. J'ai l'impression que toutes les personnes présentes dans le véhicule peuvent entendre les battements assourdissants de mon organe vital, même si je sais bien que ce n'est pas le cas.

Chaque seconde qui passe me rapproche de ce qui risque d'être la pire épreuve de toute ma vie. Tout mon corps tremble et je suis terrorisée en imaginant ce qui va m'être demandé. Aucune indication claire ne m'a été fournie. Dans l'automobile, nous sommes quatre, mais lorsque le moment sera venu, je serai seule face à ce rite initiatique qui va sceller mon destin à tout jamais.

L'arme à feu chargée que l'on a déposée sur mes genoux lorsque je suis montée dans le véhicule pèse terriblement lourd. C'est sans doute ce qu'elle représente symboliquement, plus que son poids réel, qui la rend si écrasante. Si j'étais amenée à l'utiliser, cela me changerait à jamais. Mais si je refusais de m'en servir, les conséquences seraient d'autant plus importantes.

Quand je devrai choisir entre ma vie et celle d'un autre, est-ce que je me montrerais égoïste ? J'aimerais être convaincue que non, toutefois je ne le suis pas.

Lorsque je me suis retrouvée dans cette cave, Éloïse, une arme à feu pointée sur sa tête, n'a pas nié avoir du sang sur les mains. J'ai passé les derniers jours à diaboliser ma colocataire, à me demander comment on pouvait commettre un acte aussi innommable. Maintenant, je commence à me rendre compte qu'elle ne l'a peut-être pas fait de gaieté de cœur, mais simplement poussée par son instinct de survie.

Quelle belle hypocrite je suis !

Le silence règne quand la voiture s'immobilise. Perdue dans mes pensées pendant le trajet, je ne sais donc pas où on se trouve maintenant. Peu importe le lieu, je sais bien que je donnerais cher pour être n'importe où ailleurs. Malheureusement, le destin s'est toujours montré amer avec moi.

Alexander, celui qui nous a conduits jusqu'ici, se retourne pour me faire face. Il a retiré sa ridicule cagoule, mais son expression n'en est pas moins terrifiante. Sans laisser transparaître aucune émotion, il m'ordonne de regarder à ma droite et me demande :

— Tu vois la maison blanche ?

Je hoche la tête même si le terme maison ne me semble pas le plus approprié. L'habitation a tout de la caravane : l'extérieur est fait de planches en plastique blanches qui tentent d'imiter le bois, il n'y a pas d'étage et les fondations ont l'air inexistantes comme si la petite maison menaçait dc s'cnvolcr à chaquc rafalc. Mêmc l'extérieur est délabré, des déchets jonchent le sol et les plantations sont laissées à l'abandon.

— Le mec qui vit là nous doit un paquet de pognon. On est déjà venu le rappeler à l'ordre plusieurs fois, sans résultat. Maintenant, il doit nous payer d'une façon ou d'une autre.

Voilà pourquoi on m'a donné une arme, parce que dans leur monde une vie humaine ne vaut que quelques billets verts. Moi, je suis donc celle qui va devoir récolter le paiement de cette dette et, peu importe comment l'homme compte s'en acquitter, cet univers qui me répugne autant va devenir le mien.

— Ah ! Au fait, ajoute-t-il l'air de rien, il s'appelle Scott.

Je prends une grande inspiration et sors du véhicule. L'air dehors est glacial, le soleil fraîchement levé n'a pas encore eu le temps de réchauffer l'atmosphère, et le vent froid agresse ma peau. Cette matinée hivernale est excessivement banale, il ne neige pas et les rues ne sont pas encore illuminées par les décorations féeriques de Noël, pourtant je suis persuadée que même dans soixante ans je me rappellerai chaque infime détail de cette journée.

Je ne m'attarde pas sur le trottoir parce que je sais pertinemment qu'en m'octroyant le temps de cogiter quelques secondes je risquerais de me dégonfler. Alors, je m'avance d'un pas rapide et assuré jusqu'à la porte d'entrée du taudis et, puisqu'elle n'est pas fermée à clef, je débarque en un éclair dans ce qui doit être la pièce de vie. J'essaie de plaquer sur mon visage un masque de confiance et je m'interdis de trembler lorsque je tends fermement mon bras devant moi, mon arme à feu fièrement dressée au bout.

À l'intérieur, tout est calme, ce qui est paradoxal vu le désordre laissé. À cette heure-ci, peu de gens sont déjà réveillés et c'est sans surprise que, lorsque je pénètre dans la seconde pièce du bungalow, je trouve ma cible grassement endormie sur un Clic-Clac qui n'a pas d'allure. L'homme non plus ne paye pas de mine ; les coutures de son pyjama sont si usées et le tissu tellement effilé que je n'aurais jamais pensé qu'il était encore portable. Une barbe négligée couvre ses joues et des cernes violacés sont creusés en dessous de ses yeux fermés. À côté du lit, de grandes canettes de bière bon marché jonchent le sol.

Que cet individu doive de l'argent ne m'étonne pas, ce qui m'intrigue c'est plutôt la façon dont il pourrait le rembourser. Rien ici ne transpire la richesse, la précarité des lieux me laisse même un arrière-goût âcre dans la bouche.

Je ne m'apitoie pas sur le sort de ma victime, je ne suis déjà pas convaincue du bien-fondé du choix que je fais alors, en me rendant compte que j'enfonce quelqu'un qui semble déjà au fond du trou, je risquerais d'autant plus de rebrousser chemin et de tout abandonner. Mourir en conservant mes valeurs ne m'a jamais semblé aussi tentant.

Alors, d'un coup sec du canon de mon arme, je réveille le malheureux. Au début, il a l'air désorienté, mais très vite je suis certaine qu'il comprend ce que je viens faire ici. Même s'il n'a pas l'air si surpris de me voir débarquer chez lui une arme à la main, il éjecte au bout du lit sa fine couverture et se lève.

— Les Winter veulent leur argent, commencé-je.

Étrangement, ma voix est ferme et implacable. Pas une seule de mes intonations n'a laissé transparaître mon incertitude.

Devant moi, le visage de Scott, mal réveillé, se décompose. Tout chez lui exprime la fatalité, ses joues sont creusées et aucun éclat ne brille dans ses prunelles d'un brun monotone.

— S'il vous plaît, me supplie-t-il, laissez-moi encore un peu de temps. Je suis en train de rassembler cet argent, je le jure.

Au fond de moi, j'entends quelque chose se briser comme du verre. Je voudrais tant ne pas jouer le rôle infect de la faucheuse et pouvoir lui tendre la main. Malheureusement, le sort joue une partie d'échecs contre moi et je ne suis pas assez maligne pour réussir à le berner.

— On t'a déjà laissé assez de temps, Scott, ajouté-je.

Tremblant, il rassemble ses mains dans un geste de prière et m'implore :

— J'essaie de tout faire pour m'en sortir. J'ai postulé à plusieurs emplois, j'ai même un entretien d'embauche la semaine prochaine.

Il se précipite vers sa table de nuit et en ouvre brusquement le premier tiroir. D'une main mal assurée, il en tire une enveloppe blanche qu'il me tend.

— C'est tout ce que j'ai, minaude-t-il. Prenez tout.

Je regarde à l'intérieur : quelques billets y sont rangés, chiffonnés. Ce n'est pas une grosse somme d'argent, mais, vu la misère dans laquelle il vit, je me doute qu'il a dû économiser de longues semaines pour accumuler tout ça. Mes yeux s'égarent quelques infimes secondes et se posent sur un petit cadre photo, écaillé, posé religieusement sur sa commode. À l'intérieur se trouve un cliché où est immortalisé Scott en bonne santé et propre sur lui – l'homme qu'il a dû être avant sa descente aux enfers – tenant dans ses bras un petit garçon d'environ deux ans aux traits innocents. Il réalise que mon regard a dévié sur la photo et tente le tout pour le tout pour que je le prenne en pitié, sans savoir que c'est déjà le cas :

— C'est mon fils Diego. Je ne l'ai plus vu depuis des mois, depuis que sa mère m'a quitté et que j'ai perdu mon travail. Je veux devenir un homme meilleur, un meilleur papa pour lui.

J'ai tellement de peine pour ce petit garçon qui va grandir avec l'image déplorable d'un père qui ne veut plus en découdre avec la vie. Je comprends, sans qu'il ait besoin de me le dire explicitement, que c'est depuis sa rupture qu'il se laisse misérablement aller.

Je sais que la dépression est comme un petit diablotin avachi sur notre épaule, elle nous noie de moroses pensées et nous vole toute notre énergie vitale. Ce n'est pas un simple rhume ou une déprime saisonnière, c'est un double maléfique qui nous souffle à l'oreille qu'on n'y arrivera jamais et qui rigole un peu plus fort à chaque nouvel échec jusqu'à ce qu'on ne tente plus rien, réfugié au fond de son lit, et qu'elle puisse nous murmurer d'une voix hautaine « Je savais que tu n'arriverais à rien ».

Pourtant, mon cœur saigne pour Diego qui aurait mille fois mérité le Scott de la photo. Il me fait terriblement penser à moi, lorsque j'espérais encore que quelqu'un se batte pour moi. Alors, pour cet enfant que je ne connais pas, je décide d'agir.

Pas pour le gang, pas pour ma vie, mais pour ce petit ange qui est sûrement au même instant en train de dormir paisiblement dans son petit lit et qui se réveillera dans quelques heures sans son père à son chevet.

Plus rapide qu'un guépard qui bondit sur sa proie, je me jette sans ménagement sur ma cible. J'agrippe violemment le col de son T-shirt de pyjama et, lorsqu'il ouvre la bouche de stupeur, j'en profite pour enfoncer le canon de mon arme dans son gosier. Ses yeux s'arrondissent d'effroi et je lui ordonne d'une voix grave :

— Tu vas m'écouter attentivement Scottie parce que je ne me répéterai pas d'accord ?

Apeuré, il hoche la tête comme il peut, ses mouvements étant limités par le flingue froid collé contre sa glotte.

— Si j'entends encore une seule fois que tu t'es endetté auprès des Winter ou de n'importe quel autre gang de Boston, je t'égorgerai sans pitié comme un cochon de lait.

Mon visage est si proche du sien que, lorsque je lui crache mes paroles en pleine face, je suis persuadée qu'il peut sentir mon souffle chaud contre sa peau.

— Alors maintenant tu vas t'habiller et bouger ton gros cul pour aller chercher un putain de travail dans l'espoir de rendre ton fils fier. OK ?

Il acquiesce, tremblotant, il est si effrayé par moi que j'ai l'impression qu'il va s'uriner dessus. Ma tirade terminée, je traîne encore quelques secondes pour être certaine qu'il a bien enregistré ce que je viens de lui dire. Lorsque ça me semble être chose faite, je le relâche ; le métal de mon pistolet claque sévèrement contre ses dents et il titube jusqu'au rebord de sa fenêtre.

Dans un geste presque expert, je déboîte le chargeur et en extrais une balle que je lui balance au visage.

— C'est celle que je viens de t'épargner, ajouté-je, considère ça comme ton dernier avertissement.

À reculons, sans jamais le quitter du regard pour éviter toute mauvaise surprise même si je doute qu'il ait la force ou même le courage de riposter, je m'extirpe de ce sanctuaire de la désolation. Ce n'est qu'après avoir rejoint la voiture au pas de course, assise sur un des sièges de la banquette arrière, que je permets à mon corps de relâcher la pression accumulée. Mes nerfs lâchent à l'unisson et mon corps est alors secoué de spasmes. Je ne réalise pas encore ce que je viens de faire et tout ce que cela implique dorénavant. J'ai encore assez de lucidité pour balancer sur le siège passager, où Éloïse se tient bien droite, l'arme et l'enveloppe contenant l'argent.

Alexander démarre en trombe et sa sœur compte les billets :

— Tout y est ? lui demande-t-il.

Elle hésite, me lorgne dans le rétroviseur, puis répond :

— Non, dit-elle en marquant une pause, il manque quatre-vingts dollars.

— Putain de merde ! hurle-t-il.

Avec le plat de sa main, il frappe plusieurs coups secs et violents contre le volant. Ses traits sont durs et il ne me faut qu'un vague coup d'œil pour voir qu'il contracte durement sa mâchoire.

— Qu'est-ce que t'as foutu ? m'engueule-t-il avec hargne.

— Ce n'est pas ta mère qui a dû vous élever seule ? T'es bien placé pour savoir que quatre-vingts dollars c'est une coquette somme dans ce genre de situation.

J'aboie ma réplique avec tant d'aplomb, comme un rottweiler enragé prêt à mordre, que je vois bien que ça le sonne quelques brèves secondes. Plus pour sauver son honneur que par conviction, il réplique sèchement :

— Ça, ça passe une fois, pas deux.

Je ne saurai jamais s'il parlait de la mission à moitié réussie ou du fait que j'ai évoqué sa mère. Le trajet de retour jusqu'à la maison se fait dans un silence de plomb, mais j'en déduis tout de même que, si je n'ai pas encore une douille de neuf millimètres enfoncée profondément entre mes deux yeux, c'est que j'ai malgré tout réussi le test.

Plus tard, il se gare encore fulminant de colère sur le parking juste devant la colocation, en faisant voler les graviers dans son sillage tant sa vitesse est élevée. Il ouvre furieusement sa portière et cela lui arrache un effort de me lâcher, entre ses dents serrées :

— Bravo, Rosalie, tu es officiellement un membre du célèbre gang des Winter Hill.

Il claque sa portière avec tant de force que cela ébranle toute la voiture, qui réceptionne le choc sans broncher. Les autres quittent également le véhicule avec précipitation, ils ne veulent sans doute pas avoir affaire à la colère de leur leader.

Moi, je reste un long moment, assise sur la banquette arrière, à me demander à quel moment ma vie a pu déraper comme cela. J'hésite entre le moment de ma naissance ou celui de mon arrivée dans cette colocation de l'enfer sans arriver à réellement me décider, les deux hypothèses semblant plus que probables.

Eh bien, soufflé-je finalement dépitée, *aujourd'hui j'ai menacé un homme avec une arme à feu, récupéré de l'argent sale, je suis devenue une véritable hors-la-loi et il n'est que 7 h 45 : en voilà une toute belle journée.*

Chapitre 13
Rosalie

Cloîtrée dans ma chambre, le temps me semble immensément long. J'en ai certes profité pour rattraper la nuit de sommeil que j'ai manquée mais, maintenant que je suis bien réveillée, les minutes se déguisent en heure et même le bouquin lâchement abandonné sur ma table de chevet ne me donne aucunement envie de le feuilleter. Je ne me suis jamais inscrite sur aucun réseau social alors traîner sur mon vieux téléphone, n'a pas non plus grand intérêt. J'ai mis à jour compulsivement plusieurs fois la page avec les actualités, effrayée à l'idée de voir ma photo apparaître quelque part dans la rubrique « faits divers ». Pour le moment, ce n'est pas encore le cas. Malgré tout, je n'arrive pas à baisser ma garde. J'ai la terrible impression que dès que je me sentirai tirée d'affaire, tout me tombera dessus comme une avalanche.

C'est triste à dire, mais dans ma journée la seule chose que j'attends avec impatience c'est l'heure où je pars travailler au bar. Sans cela, je dépérirais certainement entre ces quatre murs que je commence un peu trop à connaître. Mon estomac complètement vide se tord dans tous les sens, j'essaie cependant de ne pas penser à la sourde douleur qui me terrasse tellement j'ai faim. Je n'ose pas descendre chercher quelque chose à manger, j'appréhende beaucoup trop de croiser quelqu'un.

Si je suis, comme l'a si bien dit Alexander ce matin, officiellement un membre à part entière de leur gang, ce n'est pas pour ça que je me sens déjà capable de renouer le dialogue avec eux. C'est encore tellement le bazar dans ma tête que je n'arrive même plus à savoir où j'en suis, ni même ce que je pense de cette situation. Suis-je encore fâchée ou est-ce que j'appréhende seulement de découvrir cette nouvelle facette de mes amis ?

De discrets coups frappés contre l'épais bois de ma porte interrompent le fil de mes pensées. Instinctivement, tous mes muscles se contractent, mais je réponds quand même d'une voix que j'espère neutre :

— Entrez.

Je remarque d'abord des cheveux blonds et ensuite la tête d'Éloïse marquée d'une moue craintive qui dépasse de l'encadrement de ma porte.

— Je te dérange ? me demande-t-elle d'une petite voix.

D'un signe de la tête, je lui signifie que non. Mon visage, dont les traits donnent l'impression d'être taillés dans du marbre, ne doit pas témoigner d'une grande chaleur. Nous respirons toutes les deux le malaise, il sature l'air et personne ne peut le manquer. Beaucoup de choses ont changé depuis cette après-midi commérages passée au café, autour d'une pâtisserie.

Dans ses mains, elle tient une assiette pleine à ras bord de nourriture et elle me la tend du bout des doigts comme si elle craignait que je la morde. Cette offrande est sans doute sa façon à elle de brandir le drapeau blanc de la paix. Même si je ne suis pas persuadée dc pouvoir déjà lui pardonner tous ses mensonges, j'accepte l'assiette. Le fin fumet du plat bien chaud qui se diffuse dans l'air fait gronder mon ventre comme un tambour pour célébrer la fin de la période de famine. Elle esquisse un sourire que je n'arrivc pas à lui rendre.

La chaleur de la porcelaine réchauffe les extrémités de mes doigts et la sensation est aussi agréable qu'une douche bien chaude lorsqu'on revient d'une balade quand la température extérieure n'arrive pas à frôler le zéro.

— Je me suis dit que tu aurais sûrement faim, murmure-t-elle.

C'est étrange ce mur invisible qui nous sépare. Moi qui n'avais jamais vraiment eu d'amies, je découvre pour la première fois la gêne post-dispute, même si dans la vie normale les copines se disputent rarement parce que l'une d'entre elles est une meurtrière.

Je suppose que ça ne doit pas être si commun que ça.

— Oui, en effet.

Je réponds simplement avant de tout de même ajouter pour ne pas paraître trop sèche :

— C'est gentil de ta part.

Gênée, elle passe sa main dans ses cheveux comme si elle voulait remettre en place une mèche rebelle imaginaire. Là tout de suite, j'aimerais pouvoir lire dans ses pensées pour savoir ce qu'elle ressent. Je voudrais lui demander si rien de tout cela n'était réel, si les liens que nous avions pris le temps de tisser n'étaient vrais que de mon côté, mais ma fierté déjà assez blessée, capture mes paroles dans ma gorge.

Elle triture sa mèche de devant, elle cherche peut-être le courage de m'avouer quelque chose. Pourtant, même moi, je ne sais pas vraiment ce que j'aimerais entendre. Au dernier moment, elle se retient de parler et l'ébauche de ce qu'elle voulait me dire meurt avant même de naître sur ses lèvres. Éloïse recule alors avant de s'échapper de cette atmosphère pesante où les reproches et les non-dits virevoltent entre les molécules d'oxygène.

Quand la porte claque derrière elle, je passe lentement une main sur mon visage déconfit. Comment suis-je censée tenir dans une ambiance aussi lourde que celle-ci moi, qui viens à peine de sceller mon destin aux leurs ?

Pour essayer de penser à autre chose et après m'être jetée sur le repas qui m'a été apporté, je m'apprête pour mon service du soir. J'enfile une tenue morose, assortie à mon humeur, et me faufile dehors, sans être aperçue par quiconque. Depuis que j'ai vu les photos fièrement accrochées dans la cave, je n'arrive plus à faire le trajet sans me retourner, persuadée d'être constamment suivie. Le peu d'insouciance qu'il me restait lorsque j'ai posé mes valises dans cette colocation m'a été arraché. Quelques lambeaux gisent sûrement encore sur le sol de l'antichambre macabre. Dans le cimetière de mes rêves brisés, ma tranquillité d'esprit est nouvellement locataire.

Je ne remarque pas tout de suite que, maintenant que je fais officiellement partie des leurs, je n'ai plus de garde du corps attitré qui me suit à la trace comme un gentil toutou. Drake est certainement celui que je regrette le moins, j'ai désormais ouvert les yeux sur ce personnage à la double facette. Quant à Alexander, au même titre que sa sœur, je n'arrive pas à me décider face à mes sentiments contradictoires. Cependant, même si sa présence se voulait, de prime abord, réductrice de liberté, la sécurité qu'elle m'apportait la nuit dans les rues de Boston me manque terriblement.

C'est donc d'un pas précipité que je rejoins mon lieu de travail. Hector est déjà derrière le comptoir même s'il est encore trop tôt pour espérer une quelconque affluence. Moi qui étais de nature assez peu ponctuelle, voilà plusieurs soirs que j'arrive bien à l'avance. Mon patron, à qui rien n'échappe, me lorgne d'un œil vif, mais ne fait aucun commentaire. Je me demande quelle piteuse image je dois lui laisser avec ma vie faite de tissus dépareillés et rafistolés. Cependant à aucun moment depuis notre rencontre une seule remarque désobligeante n'a été prononcée. Cet ours au physique effrayant est de loin une des personnes les plus profondément gentilles qu'il m'a été donné de rencontrer. Dans une autre vie, où je serais la meilleure version de moi-même et où le destin m'aurait un peu plus épargnée, j'aurais aimé qu'Hector soit mon père. Je ne suis au courant que de très peu de choses sur sa vie, mais je sais qu'il n'a ni femme ni enfant pour l'attendre après un service éreintant. Alors, je me plais à penser que, dans un univers parallèle, nous pouvons compter l'un sur l'autre et nous nous aidons mutuellement à croire chaque jour un peu plus en la beauté de la vie.

Malheureusement, tout cela restera au stade de rêverie, me murmuré-je en saisissant un torchon pour commencer à nettoyer les tables.

Plusieurs heures plus tard, je quitte le bar, un sourire aux lèvres, du moins en apparence. Dans ma tête, mes pensées parasites ne me laissent aucune seconde de répit. Constamment, je repense à tous les choix que j'ai faits, à tous les actes que j'ai posés et à toutes les relations que j'ai tissées. Au contraire d'Hector, mon moi profond ne m'épargne aucune remarque et ne me laisse jamais souffler.

En repensant à cet homme que j'ai dû menacer pour une putain d'épreuve que je ne voulais même pas passer, le méchant de mon histoire, qui avait tour à tour les traits d'Alexander, d'Éloïse ou même d'Alice, a changé de visage. C'est maintenant mon corps qui abrite cette abomination, source de tous mes problèmes, et c'est avec ma voix qu'elle me menace des pires maux. C'est ce changement de point de vue qui me force à adoucir mon opinion sur mes colocataires.

Peut-être qu'en apprenant de nouveau à les connaître derrière leurs masques façonnés pour être acceptés par la société, je me rendrai compte que je les apprécie toujours autant. Même si la violence me bloque, le plus gros obstacle à tout cela c'est certainement le sang qui tache leurs mains.

Enfin de retour à la maison, je fonce dans mon lit, épuisée. La fatigue que je ressens n'est pas que physique, elle est même plutôt mentale. Mon cerveau qui surchauffe en permanence et mes pensées obsessionnelles me vident de toute mon énergie vitale. Je n'allume même pas la lumière, mes yeux s'habituent rapidement à l'obscurité. Je me mets en pyjama, prête à aller dormir sans avoir la force de me doucher. Soudain, mon téléphone, jeté sans réellement y faire attention sur mon lit, s'allume et illumine toute la pièce. Comme c'est inhabituel, je m'alarme tout de suite et m'approche de l'appareil précautionneusement comme un démineur s'avancerait vers une bombe à retardement.

Le SMS que j'y lis alors me glace le sang et me tétanise pendant de longues et interminables secondes. Visiblement, cette nuit encore je ne trouverai pas le sommeil.

« Bravo, Rosalie, j'ai ouï dire tes prouesses. Il est grand temps de te revoir. »

Pas besoin d'avoir les yeux fermés pour cauchemarder.

Chapitre 14
Alexander

La fenêtre de ma chambre donne sur le petit jardin fermé derrière la propriété. Rosalie ne se rend probablement pas compte que je l'observe, à l'abri derrière les épais rideaux opaques entrouverts. C'est la première fois que je la vois évoluer sur la pelouse irrégulière. Elle tient une tasse de café fumant à la main qu'elle sirote délicatement, assise sur une chaise laissée à l'abandon. Le vernis écaillé du petit meuble semble avoir connu de nombreuses intempéries.

Aujourd'hui, même si l'hiver commence à pointer son nez menaçant, les températures extérieures sont encore assez douces. La pluie et le vent glacial ont visiblement pris une journée de congé. Un léger rayon de soleil en profite même pour éclairer et réchauffer la peau de son doux visage. Je la vois fermer les yeux de contentement, elle semble apprécier réellement le moment ainsi que le calme par lequel elle est bercée. Elle a souvent cet air béat lorsqu'elle est seule et qu'il n'y a personne autour d'elle pour la déranger, pas un bruit pour fracturer la fébrile tranquillité dont elle tente de grappiller quelques miettes. Les rares fois où je l'ai traquée sur le trajet jusqu'à son travail, alors que j'étais censé prendre des photos pour réussir à construire sa journée type et alimenter nos recherches sur elle, je n'ai pu m'empêcher de la contempler. Ses traits habituellement très durs s'adoucissaient face au divin spectacle qu'est la naissance du soleil au petit matin. J'ai peu de fois eu l'occasion de la voir aussi sereine et heureuse. Même quand elle passait du temps avec ma sœur, Rosalie ne donnait jamais l'impression d'être vraiment présente, comme si son esprit était continuellement occupé ailleurs.

Je la regarde et j'ai du mal à ne pas la trouver jolie. Son nez est légèrement plissé, ses pommettes fortement rougies à cause du froid détonnent complètement avec la couleur ivoire, presque transparente, de sa peau. Le plus ensorcelant, ce sont ses yeux bleus comme un ciel printanier. J'ai rarement eu la chance de voir quelque chose d'aussi pur. Elle a beau s'acharner à les encercler d'un épais trait de khôl noir, elle n'arrive pas à ternir leur somptuosité. Dieu a sans doute dû dessiner son visage d'un trait de crayon bien affirmé ; elle est de ces beautés à l'état brut, comme un diamant qu'on vient à peine de sortir de la mine.

Elle s'habille continuellement en noir, comme pour tenter de se rendre le plus banal possible, la plus passe-partout.

Elle ne doit certainement pas avoir conscience que c'est sa terrible envie d'être transparente qui attire encore plus le regard. Elle semble immunisée contre toutes les œillades amourachées que lui jettent les clients du bar pendant son service. La majorité de ces gens sont tellement quelconques qu'ils espèrent vainement pouvoir attirer l'attention de cette fille, plus proche d'Aphrodite que de l'humaine, pour s'arracher à la monotonie de leur vie routinière. Mais Rosalie ne remarque pas tout cela, trop occupée à se perdre dans ses pensées, le regard perpétuellement absent. Elle donne l'impression de vouloir se noyer dans ses propres problèmes, certainement lasse de devoir se battre pour garder la tête hors de l'eau.

Elle se retourne et regarde derrière elle comme si elle avait réussi à sentir que quelqu'un, moi en l'occurrence, l'observait. Elle semble toujours sur ses gardes, prête à bondir.

Dort-elle profondément la nuit ou est-ce que même à ce moment-là, elle n'arrive pas à être sereine ?

Je n'ai jamais eu de goûts physiques très arrêtés en matière de femmes. Je connais certains hommes qui ne s'intéressent qu'aux blondes ou alors qui ne regardent que les femmes en dessous d'une certaine taille. Ce n'est pas mon cas.

Moi, mon critère de sélection est lié à la dangerosité de certaines nanas. Celles qui sont trop inoffensives, je ne les vois même pas. J'aime les veuves noires. Lorsque tout chez elles transpire le danger, quand j'ai enfin l'impression de trouver une rivale à ma hauteur, c'est alors que je suis le plus attiré. Cela démontre peut-être d'un sérieux problème mental, mais je n'ai jamais pensé à consulter quelqu'un, alors je continue dans mes travers.

Perdu dans mes pensées, j'en suis extirpé par un bruit de porcelaine brisée et d'une insulte sortie d'une bouche bien trop jolie pour ça. Rosalie a fait tomber sa tasse et elle essaie vainement de récupérer tous les petits morceaux éparpillés entre les brins d'herbe.

Elle va finir par se couper, prédis-je quelques secondes à peine avant que ma prophétie ne se réalise.

De là où je me tiens, je ne peux pas constater la gravité de la plaie, cependant je vois une quantité assez alarmante de sang s'en échapper et, même si cela n'est pas toujours en lien direct avec l'importance d'une blessure, je sais que ça peut vite être impressionnant. C'est assez comique de la voir quasiment tourner de l'œil avant de foncer à l'intérieur, sûrement pour s'occuper de désinfecter la taillade. Cela m'arracherait presque un mince sourire d'imaginer cette fille, qui peut pointer une arme avec un sang-froid effrayant, avoir peur de quelques gouttes de son propre sang.

La colocation est vide en ce milieu de journée. Drake et ma sœur bossent chacun de leur côté, ils ne sont pas des hors-la-loi à plein temps et, pendant les heures de bureau, rien ne peut les différencier d'un travailleur lambda.

Alice et Mélissa n'ont, quant à elles, pas de job fixe. La plupart du temps, elles traînent dans les couloirs de la colocation, mais aujourd'hui je les ai envoyées transférer de l'argent à ceux qui nous dirigent. Ces gens-là ne sortent jamais de l'ombre, ils ne se salissent que très peu les mains, pourtant ils oublient rarement de réclamer leur dû. Je préfère ne pas les mettre en colère parce que, même s'ils s'habillent en costard cravate pour venir récupérer leurs billets verts, ce sont des monstres sans foi ni loi. C'est bien pour ça qu'ils sont à la tête d'un tel cartel. C'est rarement avec de bonnes intentions et des marguerites qu'on arrive à monter et à diriger, avec une poigne de fer, un empire de la drogue comme celui des Winter Hill.

Nicolas est quant à lui un électron libre. Ses connaissances presque illimitées en informatique lui garantissent une place en or dans notre bande. Personne n'arrive à pirater aussi vite que lui un site Internet ou même à craquer le code à six chiffres d'une carte de banque à virement sans plafond. Je pense bien qu'il a quelques cours universitaires la journée, sans en être toutefois certain, et le reste de son temps je ne sais pas trop à quoi il l'occupe. Pourtant, malgré ses absences répétées, il n'a jamais lâché le gang quand ce dernier avait besoin de lui. Alors, on ne pose pas de questions.

J'entends du ramdam dans la salle de bains de l'étage et, tiré de ma chambre par ma curiosité, je vais voir ce que Rosalie est en train de faire. Quand je pénètre dans la pièce, elle tourne vers moi son visage blanc comme un linge. Tout le sang semble avoir quitté sa tête pour se déverser sur le parquet ancien et tacher la manche de son pull qui, heureusement, n'est pas de couleur claire. Elle n'a pas l'air de gérer la situation et, alors qu'elle a manifesté une animosité sans pareille contre moi et les autres membres de la bande ces derniers jours, elle semble soulagée de me voir. C'est certainement une des premières fois où je lui inspire autre chose que des sentiments négatifs.

— Laisse-moi faire, lui ordonné-je.

Je la vois complètement dépassée par la situation ; elle peine à chercher de quoi se soigner et, dans la panique, elle ne sait même plus où chercher. La pression rend souvent les gens fous, ils perdent toute leur logique.

Je n'ai jamais eu l'impression que Rosalie faisait partie de ces gens-là, mais je suppose que c'est quelque chose qui s'apprend avec le temps. J'ai failli me chier dessus la première fois que j'ai dû brandir un pistolet sur une cible vivante et l'avertir que je n'hésiterais pas à tirer si elle n'obéissait pas, bien conscient que je devrais effectivement mettre ma menace à exécution si la situation l'exigeait. Pourtant, comme Rosalie donne toujours l'impression d'être solide comme la roche, je m'étais très rapidement imaginé que rien ne savait perturber ce fier menhir. Que ni les tempêtes ni les années ne pouvaient l'atteindre.

Seulement, même Achille avait un point faible et, visiblement, Rosalie craint plus le sang qu'une douleur au talon.

— Assieds-toi, lui intimé-je rudement.

C'est étrange : mon corps se crispe instantanément en sa présence et je grogne perpétuellement comme un vieil ours alors que je voudrais lui montrer une meilleure facette de ma personnalité. J'ai l'impression, avec elle, de m'être enfermé dans le rôle du mauvais et, maintenant, j'ai du mal à m'en départir. Chaque fois que je me retrouve seul avec elle, je retombe dans mes travers et me complais avec mes vieux démons, comme un alcoolique qui n'arrive pas à résister à une bonne bouteille au liquide ambré.

J'ouvre l'armoire à pharmacie et fouille à l'intérieur pour trouver, bien cachée derrière des dizaines de choses inutiles, la trousse de premiers secours. J'espère pendant tout ce temps qu'elle ne va pas faire une syncope parce que je suis définitivement plus à l'aise avec les filles dangereuses qu'avec les demoiselles en détresse. J'ai cette horrible tendance à être débecté par la moindre trace de faiblesse.

Je désinfecte une première fois sa plaie pour essayer d'y voir plus clair sans tout ce sang oxydé. Elle est assise sur le rebord de la baignoire, qui n'a plus beaucoup d'utilité depuis qu'on a fait installer une cabine de douche juste à côté, et, une première dans ma vie, je m'agenouille devant elle. Si je prenais le temps d'y réfléchir quelques secondes, j'aurais sûrement terriblement honte et j'aurais l'impression d'être ainsi émasculé ; c'est pourquoi je ne laisse pas mon cerveau se focaliser sur autre chose que la blessure juste devant moi. Étrangement, Rosalie a réussi à se faire bien mal avec une simple tasse. Même si la coupure ne semble pas très profonde pour nécessiter d'urgence quelques points de suture, la plaie saigne tout de même abondamment maintenant que la peau a été fendue.

Ses yeux me scrutent, attentifs, alors que je me concentre pour retirer avec précision quelques éclats de porcelaine logés dans sa chair. Moi qui me suis fait la main sur ma propre jambe trouée d'une balle et criblée d'éclats d'une vitre brisée lors d'un transfert de drogue qui a mal tourné, l'exercice me semble vachement plus facile à réaliser sur quelqu'un d'autre. Ce jour-là, j'ai bien cru que j'allais complètement perdre l'usage de mon membre et trifouiller ma peau, alors que l'adrénaline redescendait petit à petit, s'est avéré être une des épreuves les plus compliquées de ma vie. La belle cicatrice blanchie sur mon mollet gauche en atteste péniblement.

Je suis toutefois assez impressionné par son stoïcisme qui témoigne d'une importante résistance à la douleur. Elle ne laisse rien transparaître et n'émet pas le moindre couinement lorsque je désinfecte une seconde fois son entaille après l'avoir passablement charcutée comme un jeune boucher incompétent.

— Merci, murmure-t-elle lorsque je bande sa taillade à l'aide d'un grand pansement stérile.

Sa main est complètement enroulée dans le bandage et je ne peux pas jurer qu'elle ne gardera pas quelques fines cicatrices en guise de souvenir.

Ainsi positionné, je suis à la bonne hauteur pour plonger dans son regard en relevant juste légèrement la tête. Ses yeux sont le plus beau mystère qu'il m'ait été donné d'apercevoir ; comme le visage teinté de malheur de la célèbre Joconde de De Vinci, j'ai l'impression qu'ils renferment une multitude de codes qui, une fois déchiffrés, me donnerait accès à tout le savoir du monde. Malheureusement, je ne semble pas encore avoir réussi à décoder tous les mystères qui planent autour de cette fille et je désespère d'y arriver pleinement un jour.

Hypnotisé par l'immensité de ses iris, je n'ai pas remarqué que je m'étais dangereusement rapproché d'elle. Sa bouche s'entrouvre légèrement dans un hoquet de surprise, muet. Aucun de nous ne souhaite rompre le contact visuel qui se dessine entre nous en un fil doré et scintillant. Elle a l'odeur du paradis, mais les terribles trompettes de l'apocalypse hurlent à mes oreilles que l'Éden se confond parfois dangereusement avec l'Enfer. J'ai néanmoins malheureusement toujours apprécié, plus que tous les autres mets de ce monde, le goût du risque et je fonds alors sur ses lèvres rosées, humides d'appréhension. Si elle doit me mener à ma perte alors je savourerais chaque pas que je fais sur le chemin de la perdition.

Sa langue, comme une vieille amie trop longtemps perdue de vue, se jette à l'assaut de la mienne. Nous semblons, à l'instant, être deux parties d'une même âme qui n'arrivent plus à se dissocier, qui se confondent folles de joie de ne plus être séparées. J'agrippe son harmonieux visage de ma grande main pour approfondir notre torride embrassade et, comme une docile proie, elle se laisse adorablement faire. Elle écarte même un peu les jambes, sans doute sans vraiment s'en rendre compte, pour me laisser plus de place et pour que je puisse me rapprocher encore. L'attraction entre nous est trop forte, elle nous dépasse alors que nous souhaiterions y résister. Nous nous détestons, mais est-ce encore totalement vrai ?

J'ai toujours pensé qu'elle me rendait uniquement fou de rage, mais désormais je m'aperçois que la rage a laissé place à un désir trop intense pour le canaliser. Notre étreinte devient plus forte, maintenant que nous nous sommes implicitement avoué notre attirance mutuelle, nous sommes embarqués par une folle frénésie. Comme si tout ce désir que nous avions refréné avant nous rattrapait finalement. Les douves de la passion sont ouvertes et la brèche est trop importante pour qu'elle puisse être refermée.

Poussé par des pulsions qui me dominent, je lui tire légèrement les cheveux pour qu'elle incline sa tête dans un meilleur axe et ainsi pouvoir approfondir notre baiser. Elle gémit alors et je me jure de faire de ce son ma musique préférée. Elle enroule ses bras autour de mon cou pour me rapprocher encore un peu plus d'elle, même si cela semble difficilement faisable puisque nous sommes déjà collés l'un à l'autre. Évidemment, dans ce genre de moment, conduit par notre désir, nous ne sommes jamais assez proches et les infimes centimètres qui nous séparent encore semblent toujours de trop.

Comme pour reprendre notre souffle, nous nous écartons légèrement et j'en profite pour faire descendre ma bouche le long de son cou en une nuée de bisous. Elle frissonne à chacun de mes contacts et ça me gonfle d'un étrange mélange fait de fierté et d'excitation. Malgré le début de l'hiver et le climat plus que doux, son décolleté n'est pas couvert comme d'habitude par un pull épais. Son T-shirt à manches longues découvre la naissance de ses seins grâce aux détails du col en V, je prolonge donc ma ligne imaginaire de bisous jusqu'à cet endroit charnière. Elle ne m'arrête pas, elle m'encourage même par de petits sons étouffés à continuer mon exploration. Je glisse alors mes mains sous son vêtement et la paume froide de ces dernières entre immédiatement en contact avec la chaleur de son ventre. Le contraste de température est explosif. Le simple fait de toucher sa peau m'envoie des décharges électriques dans tout le corps et mon rythme cardiaque s'accélère.

Je caresse avec application chacune de ses courbes voluptueuses comme si j'essayais d'imprimer chaque détail d'elle dans ma mémoire. Du bout des doigts, je sillonne les petites bosses faites par ses grains de beauté et découvre avec émerveillement la douceur de son épiderme. Chaque nouveau centimètre carré que j'explore réagit immédiatement à mes cajoleries. Très vite, ma bouche retrouve la sienne et nos langues s'emmêlent à nouveau sans nous laisser aucun répit. Je commence à avoir chaud, et elle aussi si j'en crois ses joues qui se colorent d'une adorable teinte rose.

Rosalie, peut-être parce qu'elle gagne un peu plus en assurance, se découvre une attitude audacieuse et passe sa main valide sous mon T-shirt à la rencontre de mes abdominaux bien dessinés. Je frissonne lorsqu'elle me caresse du dos de la main. Dans le feu de l'action, et certainement également un petit peu à cause de la brusquerie de notre embrassade, ses cheveux se sont ébouriffés. Cela lui donne encore plus un air rebelle. J'aimerais me stopper quelques secondes pour admirer sa beauté sauvage, mais j'aurais trop peur qu'elle se rétracte et me laisse en plan, mon désir et moi. Alors, je suçote sa lèvre inférieure avec avidité avant de la coincer entre mes dents et de la mordiller.

Elle grogne quelque peu mécontente. La demoiselle n'accepte pas que je la domine par ce geste possessif. J'aimerais qu'elle puisse se sentir en confiance avec moi, mais le chemin est encore long. Chacun de nous a encore des secrets qu'il protège jalousement et, même si nous nous abandonnons à nos désirs charnels, je sais qu'elle pourrait à tout moment sortir un couteau de sa chaussure pour m'étriper.

Je la laisserai probablement faire, il faut être incroyablement chanceux pour que le visage de Rosalie soit la dernière chose que je vois avant de mourir.

Je ricane contre sa bouche, mais ça n'a pas l'air de l'intriguer plus que de raison.

Bientôt, l'air dans la salle de bains est saturé, presque irrespirable, et le rebord de la baignoire devient trop petit. Nous avons besoin de plus de place, nos caresses mutuelles devenant trop imprévisibles. Je veux tout connaître d'elle, mais, puisqu'elle mérite mieux que le bas prestige d'une salle de bains commune dont la porte n'est même pas verrouillée, je passe mes mains sous ses fesses et elle enroule naturellement, sans que je doive le lui intimer, ses jambes autour de ma taille. La sensation d'être enserré par ses cuisses, qui ont plus de force que ce qu'elles ne le laissent penser, est appétissante. Nos corps s'emboîtent si bien que je me demande si toutes les courbes chez elle n'ont pas été spécialement dessinées pour moi, pour que la moindre parcelle de son corps s'imbrique avec le mien.

Je la soulève brusquement et elle hoquette de surprise contre ma bouche. Nous traversons ainsi le couloir, heureusement désert, pour rejoindre ma chambre. Je claque la porte d'un coup de pied, de toute façon personne n'oserait y rentrer sans mon autorisation, et m'avance prestement vers le lit double qui trône au milieu de la pièce. Ma chambre est une pièce sans chichi ; les couleurs sont assez sombres, tout est toujours à sa juste place et le dessus de mes meubles est vidé de tous bibelots qui prennent indéniablement la poussière. Je la pose délicatement sur le matelas bien moelleux et la surplombe de mon corps.

Heureusement, le rideau est tiré, même si la lumière de l'extérieur arrive à pénétrer par l'entrebâillement. Elle ne peut donc pas tout de suite deviner que, depuis ma chambre, je l'espionnais évoluer dans le jardin.

Son souffle chaud dans mon cou m'extirpe de ma rêverie et me ramène immédiatement à la réalité. Elle cherche d'abord ma bouche et semble instantanément changer d'avis pour se concentrer plutôt sur mon T-shirt à enlever. Mon corps ainsi affranchi de sa cage de tissu, je me sens plus libre de mes mouvements. C'est à mon tour de lui retirer son vêtement pour me permettre de parcourir son corps de ma bouche. Elle gémit de plus belle et ses petits sons aigus me gonflent de fierté.

Ma main dégrafe d'elle-même, d'un petit geste expert, son soutien-gorge. Mes yeux explorent d'abord sa carnation d'une pâleur exceptionnelle. Seuls ses tatouages d'un noir intense, qui commencent sur ses phalanges et parcourent l'entièreté de son bras pour venir s'éteindre sur son épaule droite, viennent brusquer l'harmonie de sa peau blanche.

C'est la première fois que je peux réellement les admirer, j'ai déjà pu les entrapercevoir quelques rares fois sans toutefois me permettre de les observer réellement. Je trouvais cela bien trop intime pour m'y autoriser même si ma curiosité naturelle me menait la vie dure. Maintenant, j'ose enfin parcourir des yeux les dessins faits d'encre et ils prennent vie sous mon regard curieux. Je ne loupe aucun détail : ni les roses dont les épineuses tiges s'emmêlent, ni les symboles de cultures qui ne me sont pas familières ou des dates sûrement importantes. Pour finir en beauté, sur le bosselé de son épaule, un oiseau de feu étire vaillamment ses ailes. Je l'ai admiré un peu trop longtemps à son goût puisqu'elle manifeste quelques signes d'impatience. Elle en veut visiblement plus, mes mains qui la caressent innocemment ne sont plus suffisantes, et ses nerfs sont mis à rude épreuve par mon moment d'égarement.

Presque boudeuse, elle tente de prendre les choses en main et entreprend de défaire le bouton de mon pantalon. Amusé par sa réaction, je la laisse faire, mais l'aide quand arrive le moment de retirer complètement mon jean. Le sien est vite obligé de suivre l'exemple.

Rosalie caresse nonchalamment mes épaules avant de les griffer légèrement, ce qui a le don de m'électriser. Le peu de tissus qui nous barrent encore le chemin devient vite de trop et nous nous en débarrassons sans plus de cérémonie. Après quelques baisers passionnés, elle s'enhardit et abruptement, inverse nos positions. Je me retrouve maintenant, sans comprendre ce qu'il se passe, couché sur le dos. Elle me surplombe comme une guerrière et fait voltiger sa dense crinière derrière ses épaules, pour ne pas être dérangée. Sans plus attendre, elle se saisit de ma vaillante érection pour la caresser avec application. Sa poigne experte commence les mouvements en douceur pour, petit à petit, prendre une cadence plus insoutenable.

— Beaucoup trop belle…

Ma voix est rendue rauque par l'excitation, toutefois je n'arrive pas à me contrôler assez que pour formuler une phrase correcte.

Elle me sourit d'un air aussi maléfique qu'alléchant. Cette femme aura ma peau, j'en suis absolument certain. Lorsque je suis presque à l'extase, ses petits mouvements secs du poignet étant coupables sans avoir besoin d'un procès équitable, elle s'arrête tout à coup. Je sens alors la jouissance m'échapper de peu et je grogne férocement, frustré, ce qui ne l'impressionne pas le moins du monde. Ce n'est pas le genre de filles à craindre grand-chose et, évidemment, un mec à poil ne semble pas faire exception à la règle.

Une mèche de cheveux danse devant ses yeux et perturbe momentanément notre jeu de regard. Je la remets alors en place derrière son oreille avant de tirer son visage vers le mien pour mêler nos langues. Je pensais qu'elle ne pourrait pas être plus belle, mais, maintenant que je la vois, la bouche légèrement ouverte d'excitation, les cheveux en bataille et la peau brûlante, je chavire d'autant plus que lorsqu'elle est tirée à quatre épingles.

Sans desceller nos bouches, ma main, un brin joueuse, descend plus bas et écarte d'un geste vif la dentelle de l'unique sous-vêtement qu'il lui reste encore. Mon index par à la rencontre de sa moiteur, il trouve sans trop de difficultés l'interrupteur pour la guider vers le septième ciel. Plus généreux qu'elle, je lui accorde sans rechigner l'orgasme qui la fait frémir d'appréhension.

Les spasmes qui la secouent sont incontrôlables, à la hauteur de l'explosion qui prend vie à l'intérieur de son corps.

Le spectacle qu'elle m'offre ainsi me donne terriblement envie d'en prendre plus, de ne pas gaspiller une seule miette d'elle. Je tends mon bras jusqu'à atteindre le premier tiroir de ma table de nuit et, à l'aveuglette, je réussis tout de même à en extirper un emballage métallique.

Pantelante, elle a d'abord besoin de reprendre son souffle un instant. Pourtant, je me découvre être un partenaire impitoyable, je soulève alors son bassin et le guide vers mon érection toujours aussi bandée, que je viens de couvrir d'un geste expert d'un préservatif. Fièrement dressée depuis d'interminables minutes, elle en deviendrait presque douloureuse.

Lorsque nos corps s'emboîtent, un hoquet nous échappe tant la sensation est divine. J'enchaîne directement avec des coups de boutoir incontrôlés, dans la limite des mouvements que la position me permet de faire.

En rentrant dans un gang, j'ai eu maintes fois accès à toutes les drogues possibles et il m'est arrivé d'en tester plusieurs, mais jamais je n'ai eu accès, par une de ces poudres magiques au nom imprononçable, à une telle plénitude. Le niveau de bien-être qu'apporte le sexe avec Rosalie devrait être illégal, il rendrait *addict* le plus pieux des hommes. Je suis persuadé que bien plus tard, lorsque je serai un vieil homme incapable de se déplacer sans d'horribles douleurs, je me remémorerai cet instant comme on se souvient d'un paradis perdu. Alors, tant que son petit corps m'est ainsi offert, quasiment mis à ma disposition, je compte bien tenter de satisfaire mon appétit d'ogre.

Loin d'être rassasiée, elle me chevauche alors à un rythme implacable et il ne nous faut que peu d'allers-retours pour nous permettre d'atteindre ensemble cette dimension orgasmique qui nous faisait rêver. Toutes nos terminaisons nerveuses en subissent l'intensité et nos corps tremblent à l'unisson. Elle se laisse retomber près de moi, essoufflée et transpirante. Je suis dans le même état qu'elle et le simple fait d'enrouler mon bras autour de ses épaules pour qu'elle puisse se blottir contre moi, me demande un effort surhumain. La force de ce que nous venons de vivre nous a lessivés.

Nous n'arrivons plus à lutter contre la fatigue qui nous rattrape d'un seul coup dans le but de nous achever, et nous plongeons alors dans un monde fait presque entièrement de rêves.

Chapitre 15
Rosalie

Ça doit faire des années que je ne me suis pas réveillée dans la douce chaleur de l'étreinte d'un homme. Jusqu'ici, les rares fois où l'occasion s'était présentée à moi, j'avais toujours tout fait pour partir rapidement, trouvant cela beaucoup trop intime. J'avais couché avec un tas de garçons, je n'étais pas une nonne dans ce domaine-là, mais il y avait toujours eu cet accord tacite entre nous : nous nous utilisions mutuellement et vivions l'instant sans limites, mais une unique fois seulement pour ne jamais risquer de nous attacher.

Les sentiments sont difficiles à gérer et amènent toujours des complications, surtout pour moi évidemment. Avec Alexander, je suis sur une pente plus que dangereuse, même si je décide encore un peu de nier le problème. Je préfère me bercer d'illusions et me dire que tout est sous contrôle, que ce qu'il se passe entre nous n'est que charnel. Au fond de moi, je me doute qu'à un moment donné je réaliserai que j'avais tort depuis le début. Je me rendrai certainement compte de cela une fois qu'il sera trop tard et je me retrouverai alors complètement dans la merde, à me demander comment je me débarrasserai de cet attachement indésirable.

Pour le moment, je préfère fermer les yeux encore un peu et ne pas m'alarmer sur le fait que je me sens si bien dans ses bras chauds qui semblent avoir été dessinés pour moi. Ce n'est pas si grave d'inspirer plusieurs fois son parfum, le nez niché dans son cou, ou même de me rapprocher encore un peu plus de lui.

C'est simplement pour avoir chaud, me dis-je en tentant de me convaincre.

Lui non plus ne semble pas vouloir descendre de son petit nuage ; sa respiration indique clairement qu'il est réveillé, pourtant il préfère garder les yeux fermés. Il doit se sentir observé puisqu'il ouvre un œil dans ma direction et, lorsqu'il constate que je ne dors plus, ouvre le second, résigné.

Nonchalamment, il m'offre une douce caresse dans le dos et j'en ronronnerais presque, ce qui me donne encore plus envie de me baffer.

— Quelle heure est-il ? l'interrogé-je pour rompre le silence qui m'angoisse.

J'essaie de donner l'impression d'une fille détachée pour qui ce moment de débauche ne signifie rien. Ma voix me trahit légèrement, elle emprunte une octave un peu trop aiguë, mais j'ai bon espoir qu'il ne me connaisse pas assez pour s'en rendre compte. Depuis que j'ai posé ma valise ici, nous nous sommes cherchés constamment sans toutefois réellement nous trouver ; alors, je m'auto-convaincs qu'il n'est pas assez attentif pour remarquer les infimes changements d'attitude qui pourraient trahir mes sentiments grandissants à son égard. Alexander fait partie de ces mecs qui n'ont jamais l'air de se tracasser de rien et qui ne s'amourachent de personne, trop occupés à s'aimer eux-mêmes pour réussir à accorder de l'intérêt à quelqu'un d'autre.

Il se décale légèrement pour attraper son téléphone. Ce dernier se cachait dans la poche de son jean, jeté sans ménagement au sol. D'une pression du pouce, il allume l'écran qui affiche alors presque 18 heures.

Lorsque je me suis coupée, l'horloge venait à peine de pointer une heure de l'après-midi. C'est affolant de voir à quel point le temps peut filer vite.

— Je peux nous préparer quelque chose à manger si tu veux ? me demande-t-il.

Rien dans sa voix ou dans son visage ne laisse transparaître une quelconque émotion. Il a l'air serein, comme s'il gérait parfaitement la situation, au point que j'en serais presque jalouse, moi qui me pose un millier de questions sur comment agir avec lui maintenant.

Je suis néanmoins convaincue qu'il me propose cela sans arrière-pensées. Il n'a pas l'air de s'être soudain amouraché de moi.

Au moins, cette fois-ci, il ne m'ignore pas et il essaie même d'être presque sympathique, constaté-je mentalement.

Quand il se décide à partir cuisiner, j'en profite pour prendre une rapide douche pour ne pas partir au travail, transpirante. Étrangement, je suis de meilleure humeur, même si ma coupure m'a fait souffrir le martyre pendant que je me lavais, et je décide donc d'enfiler une tenue colorée. J'enfile un col roulé bleu canard, que je rentre dans un jean clair à la coupe droite. Je chausse de hautes Converse blanches en me demandant quelles boucles d'oreilles je vais porter, même si je risque comme à mon habitude de finalement choisir les larges créoles dorées.

Je plane toujours dans une douce euphorie lorsque je dévale les escaliers jusqu'à la cuisine. Dans la pièce, une odeur alléchante m'ouvre immédiatement l'appétit. Je travaille tard dans la nuit, je me réveille rarement avant midi et mes habitudes alimentaires sont complètement chamboulées. Très souvent, même lorsque j'ai extrêmement faim, je rechigne à me cuisiner quelque chose. Je n'ai jamais été très douée pour préparer à manger et quand je suis obligée malgré tout de me retrouver derrière les fourneaux, ça ne me remplit pas de bonheur. Alors, ne devoir rien faire, mis à part mettre les pieds sous la table, et manger malgré tout du fait maison est un vrai luxe dont je compte profiter pleinement. Surtout qu'Alexander semble aimer concocter des petits plats, c'est d'ailleurs souvent un des seuls colocataires qu'il m'arrive de croiser dans la cuisine.

— Tu tombes à pic, me dit-il, tout est prêt.

Je lui souris en le remerciant, même si je suis un peu gênée par ce drastique changement d'attitude. Certes, il ne se comporte pas avec moi comme un amoureux transi, pourtant il donne l'impression que nous sommes de bons amis. Je reste sur mes gardes ; nous qui n'arrivions pas à rester plus d'une minute sans nous envoyer des piques acerbes, je me demande si une partie de jambes en l'air a vraiment dénoué toute la tension et l'agressivité qu'il pouvait y avoir entre nous.

Étrangement, pendant le repas, il a été plus sympathique que ce que je m'imaginais et, même si je m'étais habituée à sa froideur, je me suis rendue compte que je préférais ne pas avoir à appréhender chaque nouvelle rencontre avec Alexander et à préparer mes répliques pour lui clouer le bec. L'atmosphère est beaucoup moins pesante lorsque nous arrivons à nous supporter et presque à apprécier la présence de l'autre.

C'est donc le ventre bien tendu par un repas copieux et l'esprit léger que je me rends au bar pour mon travail quotidien. Et, comme si tous les éléments s'étaient coordonnés pour m'offrir un jour de répit qui fait du bien au moral, mon service a été plus que reposant ; le bar était animé sans être bondé et, à l'heure de la fermeture, rien n'était terriblement sale. Je n'ai pas dû récurer les tables et le sol en y mettant une force de Titan.

Avant de rentrer pour une nuit de sommeil bien méritée – la cerise sur le gâteau de cette journée idyllique –, Hector m'interpelle :

— Rosalie ! s'exclame-t-il. J'ai quelque chose à te demander.

Je me tourne vers lui, tout ouïe, un timide sourire aux lèvres qui ne me quitte plus depuis le début de l'après-midi.

— Demain, la salle a été réservée pour un anniversaire à partir de midi. Tu serais disponible pour assurer le service ? Ça se terminerait vers 17 heures et tu aurais ta soirée de libre, évidemment.

Puisque je fais partie de ces gens qui cherchent constamment à s'occuper, redoutant terriblement l'ennui, je m'empresse d'accepter sa proposition. Il me remercie chaleureusement, comme si je lui enlevais une atroce épine du pied. Il me fait une brusque accolade autant pour me montrer sa gratitude que pour me dire au revoir et je rentre à la colocation en trouvant cette journée plus que parfaite un peu trop louche et en craignant déjà le moment où je dégringolerai de mon petit nuage.

Chapitre 16
Rosalie

Il est presque 17 heures et je suis sacrément épuisée, je comprends pourquoi ce chenapan d'Hector était bien content que j'accepte de servir pour cet anniversaire. La clientèle, exclusivement composée d'enfants qui n'ont même pas encore vécu une dizaine d'années, est certes moins alcoolique qu'à l'accoutumée, mais beaucoup plus exigeante. En plus de réclamer rapidement leurs boissons, ils hurlent pour s'exprimer et, la tête grosse comme un chou-fleur, je suis maintenant d'accord pour dire que la préadolescence est l'âge ingrat. Mon tyran de patron a quant à lui le bon rôle ; caché derrière ses platines, il diffuse des musiques agaçantes et comme physiquement il est assez effrayant, aucun des petits monstres n'ose l'importuner.

Quel imbécile celui-là ! me dis-je avec rage.

Heureusement, la journée touche à sa fin et, quand tous les parents sont venus chercher leurs enfants, je ne m'attarde pas pour rentrer me reposer. Depuis que j'ai commencé à bosser au café, j'ai rarement eu des soirées libres, mis à part le dimanche, alors je compte bien profiter de cette pause pour m'organiser un moment détente. Au programme : un bon bain moussant – une première pour moi qui ai l'habitude d'expédier mes douches –, un film à l'eau de rose, un plat commandé et des pop-corn légèrement caramélisés. Je soupire d'extase rien que d'y penser, alors je presse le pas pour être le plus rapidement possible à la maison.

En arrivant devant l'entrée de la maison, les graviers familiers se font douloureux sous les semelles de mes Converse. J'avance ma main vers la porte et cette dernière s'ouvre avant même que j'atteigne la poignée. Un homme dans la fleur de l'âge se tient devant moi. Il a le visage un peu rondouillard et la peau très blanche. Une barbe naissante finement taillée dessine son visage aux petits yeux scrutateurs. Une terrible impression émane de lui : quelque chose de malsain qui me hérisse le poil, la même sensation que des ongles qui crissent sur un tableau d'école. Il me sourit, sûr de lui. Cet homme me paraît imbu de lui-même et, autant je ne m'étais jamais douté que mes colocataires trempaient dans des histoires louches, autant tout chez cet inconnu l'indique tels de gros néons rouges qui clignoteraient au milieu de son front.

— Allez-y, passez.

Il se décale légèrement afin de me laisser entrer. Il se donne de bonnes manières, celles d'un gentleman, me vouvoyant et me souriant poliment. Pourtant je ne suis pas dupe, je sens bien que tous ces chichis ne sont qu'apparence. C'est une attitude qu'il essaie de se donner pour masquer ce qu'il est, comme quelqu'un se parfume pour cacher qu'il ne s'est pas lavé. Son sourire est trop étiré pour être vrai et son regard qui m'inspecte n'a rien de bienveillant.

— Non, c'est bon, allez-y d'abord.

Je plaque sur mon visage mon expression la plus hypocrite. S'il veut jouer à qui sera le plus faux, nous serons deux. De plus, je refuse de m'approcher de lui au point que nos corps se frôlent.

À contrecœur, il s'avoue vaincu et lève les mains en signe de reddition tout en hochant la tête joyeusement.

— D'accord, d'accord ! Quelle politesse ! C'est rare chez une si belle jeune fille, ajoute-t-il.

Je grince des dents, cet homme me donne définitivement de l'urticaire et il doit prendre ça pour un rire timide. Il passe devant moi, confiant, puis se retourne et semble saluer quelqu'un derrière moi. Je n'ai même pas besoin de chercher qui vient d'apparaître dans mon dos, à la façon dont mon corps réagit, je comprends immédiatement qu'il doit s'agir d'Alexander.

— Quelle charmante demoiselle tu as donc trouvé là ! s'exclame-t-il beaucoup trop enjoué, à l'attention d'Alexander. Il faudra qu'on s'organise quelque chose à l'occasion.

Un relent nauséeux me secoue alors, à la simple évocation d'un potentiel verre en sa compagnie. Ma réaction est peut-être excessive, mais elle n'en est pas moins viscérale. J'ai souvent eu un sixième sens et la première impression que me laisse ce type n'a clairement rien d'incroyable.

— On se fera ça, lui répond Alexander sans grande conviction.

Visiblement, lui non plus ne doit pas être le fan numéro un de cet homme antipathique au possible. L'individu nous gratifie d'un large sourire aux dents bien alignées, avant de rejoindre son véhicule.

Ce n'est que lorsque son immonde tout-terrain jaune s'échappe à vive allure, que j'arrive à desserrer ma mâchoire, crispée jusque-là. Je n'ai pourtant pas le temps de reprendre mes esprits que je me sens attrapée fortement par le poignet. En une fraction de seconde, mes yeux cherchent la source de cette agression. Évidemment, c'est sans surprise que je découvre, au bout de la main qui m'enserre, le corps tendu de mon colocataire.

— Ne t'approche plus jamais de cet homme, m'aboie-t-il.

Je reste complètement figée face à la violence dont il vient de faire preuve. Je me ressaisis néanmoins un instant plus tard ; d'un geste sec et brusque, je le force à relâcher l'emprise qu'il a sur moi.

— Je ne sais même pas qui est cette tête de pioche. Si tu lui fais si peu confiance, tu n'as qu'à pas l'inviter sous notre toit, dis-je en grognant.

Je le gratifie de mon regard le plus noir, outrée de la façon dont il vient de me traiter, moi qui débarque d'une journée de travail sans rien avoir demandé à personne.

— Et la prochaine fois que tu m'attrapes comme ça, je te fous un coup de boule.

Je lui lance ma réplique cinglante tout en le bousculant d'un coup d'épaule pour rentrer m'abriter à l'intérieur. J'ai un mental d'acier et je peux supporter beaucoup de choses, les insultes me passent au-dessus de la tête, mais je n'ai jamais fermé les yeux sur la violence physique, peu importe la forme qu'elle prend. Alors, ma menace est loin d'être vaine et je n'hésiterai pas à la mettre à exécution.

J'ai à peine le temps de balancer ma veste sur mon couvre-lit et de souffler quelques minutes – ma tête me fait toujours atrocement mal depuis le gardiennage de cette après-midi – que déjà quelqu'un frappe à ma porte. J'ouvre la bouche pour répondre, mais la personne n'attend pas que je l'y invite pour pénétrer dans la seule pièce où j'ai tous les droits.

Je suis étonnée de reconnaître la carrure imposante de Drake dans mon petit espace. Je ne l'ai plus croisé depuis belle lurette, son existence m'était presque complètement sortie de la tête. Ce que je n'ai pas oublié cependant c'est la fausseté dont il a pu faire preuve à mon égard. Lorsque j'étais le paria dans ma propre maison, il ne m'a pas adressé la parole – encore moins quand il devait me chaperonner nuit et jour – ni octroyé un seul geste compatissant. J'ai la rancune tenace et l'animosité qui se peint sur mon visage quand je le regarde ne doit certainement pas passer inaperçue. Sans une once de remords, il n'a absolument pas l'air de regretter l'attitude envers moi. D'une voix platonique, il annonce simplement :

— Il y a une réunion à la cave dans cinq minutes, sois prête.

Il s'éclipse aussi vite qu'il est apparu, mais je suis persuadée qu'il a entendu l'insulte que j'ai crachée lorsqu'il n'était plus dans mon champ de vision. La petite soirée bien agréable que je comptais m'offrir vient visiblement de tomber à l'eau. Exaspérée, je souffle de voir tous mes plans partir en fumée. Ce n'est pas demain la veille que j'aurai encore une occasion d'être tranquille. Malgré tout, par pur esprit de rébellion, pour ne pas donner l'impression d'être un chien bien dressé qui accourt quand on le siffle, je me laisse lourdement tomber quelques minutes dorées sur mon matelas. Ce dernier est tellement moelleux que j'ai l'impression qu'il m'absorbe, la sensation est tout bonnement divine et il me faut déployer un effort titanesque pour m'en extirper.

Je rejoins la cave précisément six minutes après l'intervention de Drake. Je me réjouis de cette petite mesquinerie qui n'a sans doute été remarquée que par moi malheureusement. Dans la cave, je reste figée un long moment, incapable de contrôler les souvenirs qui m'assaillent. Lors d'une journée comme aujourd'hui, quand mon quotidien est semblable à celui de n'importe quel individu, uniquement rythmé par le travail et les repas, j'en oublie que ma vie n'a rien de normal. Mon adhésion à un gang, elle aussi, m'était presque sortie de la tête. Depuis mon rite de passage, je n'ai pas été confrontée à la violence de ce milieu si atypique au point que j'aurais presque pu croire avoir rêvé ce moment de ma vie. Revenir ici, là où tout est parti en cacahuètes, me rappelle brutalement que je n'ai malheureusement rien inventé, que tout cela est bien trop réel. Si le béton avait la même mémoire que l'eau, je pourrais presque me revoir brandir une arme, affolée. Peut-être que si je n'étais jamais descendue ici, si j'avais réussi à refréner ma terrible curiosité, tout aurait été différent. Mes valeurs ne m'auraient pas été arrachées et je n'aurais pas vendu mon âme au diable.

Je secoue la tête pour faire partir toutes ces pensées parasites. Les remords ne servent plus à rien, il est déjà trop tard pour moi.

J'essaie de reprendre une contenance. Lorsque j'y parviens, je fais mon entrée dans l'antichambre de l'enfer. Tous les autres sont déjà attablés et leurs visages beaucoup trop sérieux se tournent vers moi. Lorsque je les vois ainsi assis, j'ai l'impression de faire partie d'une confrérie secrète. Ça en deviendrait presque excitant, si j'oubliais le fait que je suis désormais considérée comme une hors-la-loi et pas comme un preux chevalier, membre de la table ronde, adoubé par le roi Arthur.

— Ce n'est pas trop tôt, souffle Alice en écarquillant les sourcils.

— Le meilleur pour la fin, répliqué-je du tac au tac.

Je tire la dernière chaise vide et me laisse lourdement tomber dessus pour bien leur montrer que je préférerais être n'importe où ailleurs sauf ici. Ma mine blasée est déjà un bel indicateur.

— J'ai eu l'agréable surprise d'avoir la visite de Ronan un peu plus tôt dans la journée. Il est venu m'expliquer les derniers détails du plan pour demain.

Je ne peux retenir une grimace d'incompréhension. Je n'ai, semble-t-il, pas été tenue au courant de toutes les nouveautés. Alexander doit comprendre que je suis complètement larguée puisqu'il résume rapidement les événements dont je n'ai pas eu connaissance.

— Comme vous le savez, nous allons enfin mettre à exécution le vol qu'on planifie depuis plusieurs mois. Les Latin Kings déplacent demain leur container et nous devons l'intercepter avant qu'il ne quitte notre territoire. Ces putains d'Espagnols ne joueront pas avec nos couilles plus longtemps, on va leur montrer qui dirige Boston.

J'emmagasine les informations sans toutefois vraiment saisir la gravité de la situation. J'avais déjà l'impression d'avoir été projetée dans un univers parallèle, mais cette sensation n'a jamais été aussi forte que présentement. Je n'arrive pas assimiler que je viens de mettre les pieds dans un énorme bourbier. Gérer ma participation à une organisation criminelle relève déjà de l'impossible, mais me lancer dans une guerre de gangs est tout bonnement inimaginable pour moi. J'ai toujours été une rebelle modérée ; je ne me suis battue qu'en de quelques rares occasions, en cas d'impérieuse nécessité, très souvent pour défendre mon honneur. Malgré cela, je n'ai jamais vraiment eu l'âme d'une hors-la-loi. Je traverse toujours quand le feu est vert et j'ai arrêté de voler des chewing-gums passé l'âge de la puberté, je n'ai absolument pas les épaules pour me lancer dans un merdier pareil.

— Quand tu dis « nous » tu veux sûrement dire « vous » ? dis-je prestement pour l'interrompre.

Alice ricane dans son coin. Elle doit me trouver idiote, avec mes questions mêlées de sarcasme, mais je préfère passer pour une demeurée plutôt que de finir dans le couloir de la mort. Alex n'esquisse même pas un vague sourire quand il me répond, cinglant :

— Que tu l'aies accepté ou non, tu fais partie des nôtres maintenant. Si l'un de nous part à la guerre, nous prenons tous les armes.

Ils sont tous fous, je ne vois pas d'autres explications rationnelles. Ou alors c'est une caméra cachée beaucoup trop longue pour être drôle.

— Du coup, comme je le disais avant qu'on ne me coupe la parole bêtement.

Il me lance un regard noir en coin avant de continuer l'air de rien, comme s'il n'était pas en train de planifier un braquage d'une envergure beaucoup trop grande et aux conséquences qui peuvent être terribles.

— Demain, nous bougeons d'ici à 4 heures tapantes. Ils agiront tant que le soleil n'est pas encore levé. Nic, tu t'occuperas de brouiller le système de sécurité du hangar pendant que Drake et Mélissa se faufileront pour faire sortir de l'entrepôt le camion chargé de la marchandise.

Pour le moment, je n'ai pas l'impression d'avoir une réelle place dans le plan d'attaque, alors je retiens mon souffle en priant pour ne pas l'entendre prononcer mon prénom. C'est tout bonnement impossible qu'ils envisagent sérieusement de me donner un rôle dans leur suicide collectif, j'ai presque uriné sur moi quand j'ai dû menacer un pauvre type avec une arme alors qu'il ne manifestait absolument aucune résistance, sans une once d'agressivité. Je suis incapable de me battre à armes égales contre des professionnels du crime qui n'ont ni peur de la prison ni de la mort.

— Éloïse et Alice, vous serez les premières sur place pour guetter les allées et venues et surtout s'assurer que la voie est libre pour les autres. Rosalie et moi, nous conduirons la voiture pour vous récupérer quand nous aurons la cargaison.

Mon cœur manque un battement quand je réalise que j'aurai mon rôle à jouer ce vol et que mon nom ne restera plus jamais inconnu de ce gang que nous comptons dépouiller avec fierté, un sourire provocateur au coin des lèvres.

D'un coup, tout devient beaucoup trop réel. Personne ne m'a demandé mon aval avant de m'assigner à ce rôle digne de *Fast and Furious*. Ils ne savent même pas que je peux caler plusieurs fois sur une très courte distance si on me met trop de pression. Néanmoins, comparé aux rôles des autres, le mien est probablement celui qui demande le moins d'efforts personnels. Une seule personne devra conduire la voiture et je suppose que je serai reléguée sur le siège passager. C'est certainement plus pour la symbolique, que pour le geste en lui-même qu'ils ont décidé de me donner une tâche. Ils préparent ce casse depuis belle lurette et ne peuvent risquer de tout faire foirer en m'impliquant sur quelque chose de décisif.

J'ai également bien compris que l'idée derrière son fameux « nous prenons tous les armes » est plutôt de s'assurer que nous soyons tous complices du même crime si quelqu'un serait tenté de tout balancer. Peu importe que je conduise ce foutu camion rempli de cette marchandise qu'ils semblent vouloir à tout prix ou que je ramène les guetteurs à la maison, je risque la même peine que tous les autres.

Ça ne servirait à rien que je me plaigne encore. Il ne compte certainement pas changer d'avis. Alors, au vu de ma situation et surtout du fait qu'elle pourrait être bien pire, j'accepte à contrecœur ce rôle mineur qui est censé être le mien. Je ne peux pas me permettre de faire un caprice de diva, comme ils semblent tous le penser, alors que je n'ai jamais été aussi proche de la gazelle traquée par une meute de lions.

Alexander donne encore quelques indications, le plan est déjà bien rodé, mais je perds le fil de la conversation. Plus je rumine sur mon sort pour essayer de trouver une échappatoire, plus je me rends compte qu'il n'y en a aucune, si ce n'est peut-être la mort ce qui ne me réjouit pas tant que ça.

Chapitre 17
Rosalie

La nuit a été longue, ou vachement courte en fonction du point de vue adopté. Je n'ai pas réussi à trouver le sommeil, celui-ci semblait bien décider à me fuir. Il a même excellé dans le domaine puisque je me suis retournée inlassablement sans jamais réussir à fermer l'œil. C'est certainement l'appréhension qui m'a donné des sueurs froides pendant plusieurs longues heures et qui a fait se tordre mon estomac dans tous les sens. Quand j'ai compris qu'il m'était complètement impossible de me dépatouiller pour m'extraire de ce plan merdique, j'ai commencé à stresser à l'idée de ne pas être assez bien préparée et de me faire attraper soit par la police, soit par des membres du gang rival. Étrangement, j'en suis arrivée à la conclusion que s'il fallait me faire arrêter, je préférais tomber aux mains de la police. J'ose à peine imaginer tous les sévices dont sont capables ces monstres une fois qu'ils ont le pouvoir sur les personnes qui les ont dépouillés. Je ne sais même pas pourquoi je me bats, même si je me doute que ce camion n'est pas rempli de tulipes. Il doit certainement y avoir en jeu plusieurs millions de dollars en drogue ou en argent.

J'ai réfléchi une éternité, complètement perdue dans mes pensées et lorsque plusieurs coups sont frappés à ma porte, je comprends immédiatement que c'est le moment de se lever. Personne n'entre, c'était probablement juste une formalité pour s'assurer de mon réveil.

Je me force à sortir du lit et cela me demande un effort surhumain, mon corps se rebelle contre mon manque de sommeil. Heureusement, j'ai toujours eu un mental d'acier et c'est ce qui me permet de ne pas replonger sous la couette. C'est tout de même aberrant : j'ai passé une nuit de hibou, les yeux grands ouverts, incapable de trouver le sommeil, et maintenant que je dois absolument me lever, je pourrais m'endormir simplement en fermant les yeux.

Comme un robot, avec des mouvements mécaniques, j'enfile ma tenue de combat. J'opte donc pour des vêtements qui ne risquent pas de s'accrocher quelque part ou de me ralentir si je dois me mettre à courir. Un banal jean slim noir, un léger pull sombre pour éviter de trop transpirer et mes bottines à lacets feront parfaitement l'affaire. Je tire mes cheveux en une simple queue-de-cheval et zappe l'étape habituelle du maquillage ; si je dois me retrouver ce soir, en train de pleurer sur mon sort, coincée dans une cellule miteuse, il ne faudrait pas que mon mascara laisse des traces de ma faiblesse en coulant sur mes joues.

Lorsque je suis prête, je souffle un grand coup avant de descendre. Les autres sont déjà tous quasiment prêts, regroupés dans le hall. Personne ne parle et je comprends que, même s'ils sont plus habitués que moi à ce genre de situation, ce n'est pas pour ça qu'ils y vont la tête légère et le sourire aux lèvres. Les voir aussi peu sûrs d'eux n'est pas très rassurant.

— On attend encore Mélissa et après, on démarre. Éloïse et Alice sont déjà sur place pour repérer les lieux et surveiller les allées et venues.

Alexander essaie d'avoir l'air serein, mais même lui semble avoir mal dormi. Je me demande s'ils sont habitués à ce genre de gros coup ; pour moi évidemment, c'est une première, mais pour eux, qu'en est-il ?

Quelques secondes plus tard, ce que nous attendions dévale les escaliers précipitamment. L'urgence est de mise et puisque nous n'avons plus de temps à perdre, nous nous dirigeons immédiatement vers la voiture. Comme je l'avais espéré lorsque les rôles de chacun ont été évoqués, c'est Alexander qui conduit la voiture. Le silence est excessivement pesant, tout le monde est plongé dans ses pensées. Cette absence de discussion superflue fait monter encore un peu plus l'angoisse.

Même si je ne me concentre pas vraiment sur le trajet que nous faisons, je comprends que nous ne sortons pas beaucoup de la ville. Les gangs terrorisent plutôt la périphérie. Ce sont dans les quartiers pauvres qu'ils font le plus de business et qu'ils peuvent recruter de la main-d'œuvre bon marché. Forcément, les jeunes qui voient tous les jours leurs parents galérer à remplir le frigo risquent de se tourner plus docilement vers l'argent facile que les gosses de riches qui vont dans des écoles privées. Voilà peut-être le pire crime de la pègre : profiter sans aucune honte du malheur des autres pour augmenter leurs rangs. C'est également dans les coins pauvres de la périphérie que le travail honnête manque, les espoirs des uns et des autres sont brisés et ils en viennent à oublier tous leurs échecs dans quelques grammes de cocaïne. Ce cercle vicieux me fend le cœur, mais comment pourrais-je arrêter tout ça ? Et même avec toute la bonne volonté du monde, je ne peux pas nier maintenant faire partie d'un des maillons de cette terrible chaîne.

Lorsque nous arrivons dans une zone industrielle, la voiture ralentit. Les réverbères éclairent faiblement la voirie, aucun autre véhicule ne circule. Nous nous approchons d'un hangar et je comprends que c'est notre cible. D'un coup, tout s'accélère. Les événements s'enchaînent trop vite pour que mon cerveau puisse assimiler toutes les informations nécessaires. J'ai d'abord vu au loin Alice et Éloïse zoner devant une grande barrière, il n'y avait personne d'autre à l'horizon. Alors, comme si j'étais la seule à avoir raté le signal de départ, Drake et Mélissa s'extirpent rapidement de la voiture. Dans la précipitation, ou peut-être est-ce stratégique pour assurer le bon déroulement du retour, ils laissent les portières grandes ouvertes. Je n'ose pas parler alors je me terre dans un silence absolument angoissant. Pour tenter de canaliser mon stress, je me mordille la peau qui borde mes ongles. Je commence par celle de mon pouce et, quand je vois nos deux passagers s'engouffrer sous la grille et pénétrer dans le hangar, je passe très vite aux autres doigts. Après un nombre de secondes visiblement minutieusement calculé, les deux guetteuses se précipitent dans la voiture. Elles claquent les portières et nous nous lançons à une allure affolante. Derrière nous, le camion, cible de nos convoitises, défonce la grille dans un bruit assourdissant. L'alarme met une infime fraction de seconde à sonner, mais d'un coup se stoppe net. Voilà donc le fameux rôle de Nicolas, qui mérite véritablement son noble titre de « hackeur professionnel ». Pour une fois, ce gars m'impressionne vraiment.

À partir de ce moment-là, tout part en vrille : le camion fonce comme une balle et nous dépasse, mais derrière nous une sirène de police brise le silence du petit matin. Alexander jure en frappant frénétiquement plusieurs fois le volant puis il appuie sur le champignon, accélère et commence une terrible course-poursuite. Nous ne semblons pas avoir de chance, les forces de l'ordre n'étaient pas vraiment invitées. J'ai peut-être cogité trop fort cette nuit et, à cause de cela, j'ai fait se réaliser sans le vouloir un des pires scénarios.

Heureusement qu'on ne m'a pas confié le volant, non seulement je ne connais pas le coin et j'aurais été dans l'incapacité de nous diriger, mais en plus, je n'ai pas les aptitudes d'Alexander pour conduire comme s'il était au volant d'une Formule 1. Il zigzague à vive allure, slalome entre des voitures lorsque nous rejoignons une bretelle d'autoroute et effectue diverses manœuvres toutes plus risquées les unes que les autres pour tenter de semer la voiture de police. Dans le rétroviseur, je suis hypnotisée par ces couleurs criardes qui clignotent à intervalles réguliers. Le bruit strident alerte les autres véhicules qui tentent de se mettre sur le côté pour faciliter la conduite des policiers, probablement sur le coup le plus important de leur carrière. Mon corps entier est crispé, j'ose à peine respirer comme si ça allait nous porter la poisse. Alice, assise à l'arrière, a, pour la première fois, perdu son masque d'impertinence. Elle est visiblement paniquée. Elle se retourne à plusieurs reprises pour voir si la voiture de police a réussi à nous rattraper.

Pour le moment, ce n'est pas le cas et notre chauffeur exploite cette faille. En quelques coups de volant bien secs, il dévie complètement notre direction. Nous nous retrouvons sur une bande qui va en sens inverse. Par je ne sais quel miracle, nous n'avons encore embouti aucun véhicule. L'accident semble pourtant inévitable. Vu la vitesse à laquelle nous roulons, nous risquons de ne pas survivre à une telle collision ; attachée à la place du mort, je vois déjà mon corps propulsé à travers le pare-brise qui s'écrase en un angle improbable sur le bitume.

La tactique d'Alexander porte miraculeusement ses fruits et nous arrivons à nous débarrasser des policiers qui nous collaient aux fesses. L'angoisse est pourtant toujours présente et les corps ne se détendent pas. Nous sommes tous bien conscients que cette petite victoire ne signifie pas que nous venons de gagner la guerre ; à tout moment, un nouveau convoi de flics peut débarquer dans notre champ de vision. Nous prions tous silencieusement pour que ce ne soit pas le cas. Mon cœur est prêt à lâcher, il a du mal à gérer une telle pression. Avec toute cette adrénaline qui circule dans mes veines, je ne réalise pas la catastrophe que nous venons d'éviter.

Après avoir changé plusieurs fois de route, notre voiture s'engouffre dans un parking souterrain. Le lieu est quasiment vide puisque la grande enseigne de magasins n'est pas encore ouverte à cette heure-ci. En quatrième vitesse, mes trois complices sortent du véhicule. Pour éviter de me retrouver seule et à la traîne, je les imite sans comprendre ce que nous faisons.

— Alice, les clefs, hurle Alexander en courant vers une petite voiture rouge, en bien mauvais état.

Cette dernière sort un trousseau de la poche de son pantalon et le jette en direction d'Alex, qui le rattrape au vol d'un geste fluide. Si la panique n'était pas de mise, je serais presque impressionnée par cet incroyable réflexe. Nous changeons alors de moyen de locomotion en abandonnant le précédent – désormais trop connu des forces de l'ordre – sur le parking du centre commercial. Dans la nouvelle voiturette, il y a drastiquement moins de place. Assise sur le siège passager, mes épaules touchent presque celles d'Alexander. Pourtant, le moment n'est pas à la drague et nous reprenons notre course effrénée. Cette fois-ci, nous sommes bel et bien tirés d'affaire puisqu'il conduit en direction de la colocation.

Enfin arrivés, nous nous hâtons de rentrer dans le bâtiment. Dans le hall d'entrée, l'autre partie du groupe, perdue de vue dans le feu de l'action, nous attend de pied ferme. Heureusement, elle semble avoir eu moins d'ennuis que nous : je suppose qu'un camion est plus difficile à faire disparaître dans la nature.

— La marchandise ? s'empresse de demander Alexander.

— En lieu sûr, comme convenu.

Drake lui répond d'un ton mécanique, nous n'avons pas l'air d'avoir vécu de la même façon cette situation absolument démentielle. Alexander pousse un soupir de soulagement et se passe la main dans les cheveux dans un geste servant sûrement à éliminer toute la frustration accumulée. Les corps se relâchent, chacun est visiblement content de ne pas avoir pris tous ces risques pour rien.

— Putain, comment les flics ont pu arriver si vite ? s'énerve-t-il.

— Un hasard de merde, répond Mélissa.

— Ils ont peut-être reçu des informations, ajoute Drake en même temps.

Je perds complètement le fil de la conversation. Dans ma tête, c'est un champ décimé après une rude bataille.

Maintenant que l'adrénaline commence à quitter toutes mes terminaisons nerveuses, je me rends véritablement compte que nous avons échappé au pire. En voilà une terrible première immersion dans ce monde dangereux et violent ! Après tout cela, j'ai encore plus de mal à accepter cette adhésion non consentie. Je n'ai pas envie que cette vie devienne mon quotidien et de toujours craindre que quelque chose tourne mal. Mentalement, je ne suis pas assez solide pour vivre dans ce milieu. Au loin, je perçois leur discussion animée ; ils se demandent comment ça a pu aussi mal tourner. Certains y voient un coup du sort tandis que d'autres prônent l'hypothèse d'une potentielle taupe.

Pour ma part, je n'arrive pas à m'inquiéter tant j'ai du mal à contrôler ma respiration. Leurs voix se font de plus en plus lointaines et d'un coup, tout devient noir.

Chapitre 18
Rosalie

Quand je reviens à moi quelques instants plus tard, je suis allongée sur un des fauteuils du salon. Je me réveille difficilement, toute étourdie, incapable de comprendre ce qui vient de m'arriver. Des têtes curieuses, celles de mes amies, sont penchées au-dessus de moi, sûrement en attendant que je reprenne connaissance.

— Tout va bien ? me questionne immédiatement Éloïse lorsque j'ouvre les yeux.

Sa sollicitude m'étouffe presque, mais puisqu'elle a vraiment l'air inquiète, je n'ose pas lui faire la remarque de peur de la vexer. De toute façon, ma langue est encore engourdie et je suis incapable de répondre quoi que ce soit.

— Laisse-lui de l'air Élo, râle Alexander. Tu vois bien qu'elle est toute blanche.

Cette dernière prend un air coupable et se recule légèrement. Quant à moi, j'essaie de rassembler mes forces pour me redresser. Lorsque j'y arrive, je regarde autour de moi. Même si je ne fais pas l'unanimité chez mes autres colocataires, ils sont pourtant tous là et ils ont certainement poireauté de longues secondes avant que je revienne à moi. Leurs mines expriment différents degrés d'inquiétude, mais aucun d'eux, pas même Alice, n'a l'air serein. Je ressens une douleur vive et lancinante à l'arrière de mon crâne et je porte instinctivement la main à l'endroit qui me fait souffrir.

— Tu es tombée comme une masse, tu as dû te faire un solide coup à la tête, m'informe Alexander quand il comprend mon geste.

La zone est douloureuse et je ne manquerai pas d'avoir une solide bosse demain matin. Heureusement, avec ma chevelure épaisse, cela ne risque pas de se voir. J'espère simplement que l'élancement que je ressens disparaîtra rapidement, mais je perçois déjà les signes annonciateurs d'une belle migraine qui risque de me terrasser dans quelques instants.

— Je ne sais pas ce qu'il s'est passé, m'excusé-je presque.

Vilaine menteuse.

Je savais pertinemment ce qu'il m'était arrivé ; les émotions de la mission de ce matin avaient été beaucoup trop fortes pour mon petit cœur. J'ai cru me faire attraper par la police une bonne dizaine de fois et, quand ce n'était pas la possibilité de me retrouver en prison qui m'effrayait, c'était celle d'avoir un accident de voiture. Si on est chargé d'effectuer ce genre de besogne toutes les semaines, je ne vivrai pas très vieille : je risque la crise cardiaque à chaque fois.

Comment font-ils pour être aussi zen ? À aucun moment, ils n'ont eu l'air de craindre de se faire rattraper par les flics ou même les représailles que tout cela risque d'engager. Habitués au danger, celui-ci ne les affecte plus. Je ne leur ai jamais demandé leur ancienneté au sein du gang, mais j'imagine que certains sont là depuis plusieurs années.

— Ce n'est rien, tente de me rassurer Éloïse. Après ma première mission, j'ai vomi toutes mes tripes, c'était vraiment moche à voir.

— Moi, je tremblais comme une feuille, ajoute Mélissa pour essayer de dédramatiser la situation.

— Ce n'était pas mal pour une première, me sourit Nicolas.

Je n'ai pas la force de lui rendre son sourire. En vérité, j'ai passivement participé à cette opération. Je n'ai pas conduit le véhicule et je n'ai servi à rien. La seule chose qui m'a effrayée au plus haut point, c'est d'avoir été aux premières loges de cette course-poursuite face à cet immense pare-brise, pour semer la police. Consciente de mon inefficacité dans la bande, leur sollicitude me met quelque peu mal à l'aise.

— Il y avait quoi dans ce container qui valait de prendre tous ces risques ? osé-je demander.

Je comprends bien à leurs visages embarrassés qu'ils ne risquent pas de répondre à ma question. Ils ne me font sans doute pas encore assez confiance pour me mettre dans la confidence et me révéler tous leurs petits secrets. D'ailleurs, je ne suis pas sûre de vouloir le savoir. S'ils m'annonçaient maintenant que ce camion contenait des centaines d'organes humains issus du marché noir, je pourrais immédiatement avoir une rupture d'anévrisme. Vivre dans le déni a parfois des côtés positifs.

— Tu devrais aller te reposer, ça te ferait sûrement du bien.

Alexander tente de changer de sujet ce qui me met encore plus la puce à l'oreille et me confirme ce que j'avais déjà compris : je n'ai pas encore gagné la confiance du groupe. Je me demande ce qu'ils attendent de plus. Il me semblait que pointer une arme à feu sur un mec pour récupérer l'argent qu'il devait au gang était largement suffisant, mais ce n'est visiblement pas le cas pour eux. Cependant, je pense tout de même avoir gagné un peu de leur respect et, si je ne m'abuse, je ne suis pas loin d'être une des leurs et de faire partie de la confidence.

Pour l'instant, je suis trop faible et surtout trop exténuée pour m'offusquer. Je préfère me retirer dans ma chambre pour m'enfermer dans une bulle de sécurité où la rudesse du monde extérieur n'arrivera pas à m'atteindre. Mon intense état de nervosité m'a plus fatiguée que ce que je ne pensais. L'adrénaline arrivait à me tenir éveillée, maintenant que ses effets se sont dissipés, je tomberais presque d'épuisement. À peine mon corps endolori entre en contact avec mon matelas moelleux que mes yeux se ferment d'eux-mêmes. Je ne montre aucune résistance et plonge immédiatement dans un sommeil profond et lourd, de ceux qui ne laissent place à aucun rêve.

Mon cerveau me réveille automatiquement un peu avant l'heure où je pars travailler, tant en baver au bar semble être devenu une habitude. J'ai toujours l'esprit embué et mal à la tête, mais j'en fais abstraction. Je me force à sortir du lit et prends une douche avant de changer de vêtements. La peur provoquée par tous les événements de ce matin était tellement intense que j'ai transpiré à grosses gouttes.

J'enfile un jean assez large et décontracté avec un petit chemisier blanc aux motifs fleuris et noue mes cheveux en une natte serrée. Lorsque j'applique mon rouge à lèvres rosé, mes mains tremblent et je dois me concentrer afin de ne pas déborder. Retourner à la vie normale me stresse ; j'ai l'impression que la noirceur de mon âme est inscrite en grosses lettres sur mon visage et que chaque personne croisée connaîtra sur-le-champ tous mes péchés.

Je descends à pas feutrés avec le secret espoir de ne croiser personne. Je fais un saut par la cuisine pour voler quelque chose à manger. Mon premier repas de la journée risque d'être très sain puisque j'ai le choix entre des biscuits au chocolat ou des gâteaux apéro au fromage. Alors que je fouille dans un des placards à la recherche de quelque chose à me mettre sous la dent, Éloïse apparaît derrière moi et ma tranquillité s'envole. Je la lorgne du coin de l'œil. Elle a l'air nerveuse, elle ouvre plusieurs fois la bouche comme pour entamer la conversation et la referme presque aussitôt. Un ange passe et enfin, lorsqu'elle trouve le courage qu'elle cherchait, elle m'avoue :

— Cette tension entre nous me rend triste.

Je suis tout d'abord sonnée par sa brusque franchise. Évidemment, je me doutais bien qu'elle ressentait ma froideur, mais je n'avais jamais pensé qu'elle viendrait m'en parler. Il semblerait que j'ai sous-estimé l'importance qu'elle accorde à notre amitié. Je me retourne pour lui faire face et je suis surprise de voir une peine réelle exprimée sur son visage. Même ses yeux brillent retenant leurs larmes.

Prise de court et surtout un brin mal à l'aise, je cherche rapidement mes mots avant de répondre :

— Je ne pensais pas que cela t'affecterait autant.

Elle triture ses doigts. Parler de ses émotions n'est pas un exercice facile, c'est s'exposer et espérer que l'autre n'exploite pas une faille de sa personnalité.

— Évidemment que ça m'affecte, tu étais ma seule amie. Je comprends que tout cela t'a fait un choc et je ne cherche pas des excuses.

Sa voix est rendue rauque par la tristesse qu'elle a du mal à contenir.

— Je voulais t'en parler Rosalie. Je voulais sincèrement tout te dire, mais le reste du groupe ne voulait pas te mettre dans la confidence. Ce n'était pas prévu que tu découvres le pot aux roses.

Je n'arrive pas à trouver mes mots, je ne sais même pas ce que je ressens face à toute cette situation ni même si j'ai encore de la rancœur envers elle. C'est extrêmement difficile pour moi d'identifier les différents sentiments qui me traversent. Est-ce de la colère, de la rancune ou même une immense déception ?

— Je voudrais tant revenir en arrière. Mon amie me manque énormément, tu me manques énormément.

Quand elle termine sa phrase, elle s'approche de moi ; elle donne l'impression de vouloir me toucher, mais sa main reste en suspens entre nos deux corps comme si elle avait peur de se brûler à mon contact.

— Je… commencé-je à dire face à cette situation qui me dépasse largement.

Je n'arrive plus à soutenir son regard larmoyant sans me sentir terriblement coupable alors je détourne les yeux.

— S'il te plaît, laisse-moi une dernière chance, me supplie-t-elle désemparée.

Je souffle, seule manière que j'ai trouvée pour exprimer mon immense désarroi. Est-ce que cela ne fait pas de moi une belle hypocrite ? J'ai laissé une seconde chance à Alexander, j'ai même couché avec lui, et pourtant je suis bien incapable de regarder sa sœur dans les yeux. Résignée, je prends sur moi et je lui propose d'une voix mal assurée :

— Écoute, là je dois me dépêcher, mais on peut faire quelque chose ensemble demain ou après-demain si tu es disponible.

En un instant, son visage qui n'exprimait que peine et regret s'illumine, plein d'espoir. Son large sourire qui dévoile ses dents parfaitement droites et blanches ne démontre aucune hypocrisie, mais une joie sincère. Elle sautillerait si elle ne craignait pas de m'effrayer et d'en faire trop.

J'attrape un paquet de biscuits aux pépites de chocolat que je fourre dans la poche arrière de mon pantalon et m'échappe de la pièce avant qu'elle ne me fasse un câlin pour m'exprimer toute sa gratitude. Elle ne se vexe pas devant mon empressement, certainement trop heureuse de pouvoir renouer avec moi. J'atteins le hall et attrape au portemanteau mural mon épaisse veste en laine que j'enfile rapidement.

— Bonne journée au travail ! s'exclame-t-elle depuis la cuisine, juste avant que je ne claque la porte d'entrée.

Dehors, l'air froid me change immédiatement les idées. Dans ma tête, Éloïse, son frère et toute leur joyeuse bande n'existent presque plus. Seules subsistent cette immense culpabilité et cette sensation de me trouver dans une situation inextricable. Je tente de me libérer de ces pensées parasites, mais c'est peine perdue. Même quand je tente de faire de mon mieux, mon moi moralisateur ne me laisse aucun répit et me flagelle constamment de ses reproches tous plus cinglants les uns que les autres.

Malheureusement, je les mérite tous.

J'enfonce mes mains gelées dans les poches de ma veste d'hiver pour tenter de les réchauffer et, je revêts ma capuche sur ma tête baissée. Le long du trajet, je ne la relève que quelques rares fois pour m'assurer de la route. Comme à mon habitude, je traverse les quartiers chics avant de m'enfoncer dans une partie de la banlieue beaucoup moins aisée. Plus je me rapproche du bar, plus la misère s'empare des habitations ; les maisons présentent des façades délabrées, des tags repeignent les murs et des débris jonchent les trottoirs. Je reconnais immédiatement les lumières du café d'Hector qui éclairent la voirie. En le longeant, je regarde à travers les grandes vitres qui donnent sur l'extérieur. Le café est rempli ce soir et une ambiance chaleureuse plane à l'intérieur.

Je tire un peu plus ma capuche sur mon visage pour ne pas être reconnue et continue ma route. Je dépasse mon lieu de travail sans un regard en arrière. Je marche encore de très longues minutes avant de rejoindre le point de rendez-vous.

L'habituelle voiture noire aux vitres teintées et aux portières blindées est déjà là, à l'heure comme toujours.

Inquiète d'être repérée, je jette un furtif coup d'œil à droite et à gauche. La rue est déserte, je monte prestement à l'intérieur du véhicule.

— Bonsoir, Rosalie.

Mon cœur bat diablement vite. J'ai la terrible sensation d'être une souris qui rentre dans un piège et tout comme le petit rongeur, le fromage qui m'appâte est trop important et fait taire ma raison.

La voiture démarre et m'emporte alors loin de tous mes principes moraux. Il est trop tard pour faire demi-tour. De toute façon, mon pacte avec le diable est signé depuis bien longtemps.

J'avais pourtant prévenu tout le monde : je suis une remarquable menteuse.

Chapitre 19
Alexander

J'ai beau retourner le problème maintes fois dans ma tête, je n'arrive pas y voir clair. Assis sur une chaise, autour de notre table de réunion, je me triture les méninges depuis de longues minutes.

— Je pense qu'ils se doutaient de quelque chose, répète Mélissa.

C'est certainement la réponse la plus probable, néanmoins quelque chose me chiffonne tout de même. Alice a accusé Rosalie d'être une espèce de taupe, mais nous avons rapidement balayé son assertion d'un revers de main. Cette fille n'est guidée que par sa jalousie et elle en perd tout son discernement. Rosalie est une novice, elle a certes un caractère bien trempé, mais ce monde-là lui est complètement étranger. Difficile de croire que c'est une dangereuse infiltrée lorsqu'elle tombe dans les pommes après une petite course-poursuite.

Éloïse quant à elle accuse Nicolas de jouer un double jeu, c'est d'ailleurs pour ça qu'il n'a pas été informé de ce petit rassemblement. Même si j'ai du mal à croire que ce gars, un brun intello, puisse nous trahir sans aucun scrupule alors qu'il partage notre vie depuis bientôt deux ans. Il n'a pas vraiment le profil d'un agent double ; un peu coincé sur les bords et pas très débrouillard, il n'est doué qu'avec les ordinateurs alors je le vois mal établir une stratégie aussi pointue que l'infiltration.

— C'est possible, ajoute ma sœur, comme c'était leur plus grosse transaction de l'année, ils devaient se douter que si un gang rival attaquait, ça allait être cette fois-ci.

Plus nous en parlons, plus je me laisse convaincre par cette hypothèse. Elle semble en tout point logique.

— Et qu'en est-il de la cargaison volée du coup ? s'interroge Alice.

Le container attaché au camion que nous avons détourné était entièrement rempli d'armes à feu et d'innombrables paquets de drogues importées du Mexique qu'il est extrêmement difficile de se fournir avec tous les contrôles douaniers. Nous ne leur avons pas seulement dérobé de la marchandise valant plusieurs centaines de millions de dollars, nous avons évité beaucoup d'ennuis pour faire importer toutes ces matières. Combien de cargaisons de la sorte se sont-elles fait saisir par la police des différents États et pays traversés avant de réussir à en sauver une ?

— Elle a bien été transmise à nos supérieurs et est arrivée en lieu sûr. Nous allons bientôt toucher chacun la part de notre dû.

Évidemment, dans ce milieu rien n'est gratuit et l'argent motive tous les hommes bien plus que les bons sentiments ou la fierté du devoir accompli. Cependant, au-delà des billets verts, j'aurais également donné cher pour être une petite souris et espionner le moment où ils ont compris qu'ils venaient de se faire plumer. Des têtes ont probablement dû tomber. J'en rigolerais presque tant je suis fier de mon coup.

Les fameuses armes sont pour une partie déjà en vente sur le marché noir tandis que le reste a été distribué à différentes branches des Winter Hill. C'est peut-être nous qui avons les mains sales, mais c'est tout notre réseau mafieux qui pourra profiter de notre pillage. La drogue quant à elle sera revendue par nos petits dealers à prix d'or et l'argent gagné servira à alimenter nos caisses.

Ronan nous a fait la désagréable surprise de passer dans la soirée pour nous féliciter pour cette belle réussite. Ce mec-là est une vraie pourriture. Toutefois, comme c'est un haut gradé des Winter Hill, je ne peux pas me permettre de me le mettre à dos. À première vue, il donne simplement l'impression d'être un sale type alors qu'en vérité, c'est bien pire que ça. Il est non seulement un tueur au sang-froid, mais il peut se montrer également très rusé quand il s'agit de débusquer ses proies. Ce n'est pas pour rien qu'il a su monter si vite dans la hiérarchie mafieuse ; il n'a pas peur de se salir les mains et il n'a jamais aucun remords. C'est d'ailleurs probablement sa plus grande force. À ma connaissance, il n'a aucune famille sur laquelle on pourrait faire pression : il est tout bonnement intouchable.

D'habitude, j'arrive à le fuir comme la peste et à le tenir bien éloigné de notre petite bande, mais ces derniers temps Ronan s'intéresse de plus en plus à notre groupe. Cela me déplaît fortement. Ce parasite a même réussi à convaincre ses supérieurs de le muter à Boston.

Avant, nous nous coltinions des missions assez simples ; vendre de la drogue et on récupérait l'argent, au centime près et parfois même avec des intérêts. Rien de très dangereux et cela nous convenait parfaitement bien. Nous gagnions correctement notre vie sans trop nous impliquer dans des affaires illégales. Les armes attachées à nos ceintures n'étaient là que pour dissuader les clients un peu trop récalcitrants ou les mauvais payeurs.

Pourtant, maintenant que Ronan nous dirige, les opérations sont de plus en plus dangereuses et le risque de se faire prendre ou même de se faire tuer monte crescendo. Je n'ai pas envie de mettre les miens en danger, mais si je me rebelle je risque ma tête. On dirait bien que ce fou attend de me voir chuter du trône en or sur lequel j'étais bien installé.

Un peu plus tôt dans la soirée, lorsque ce sale oiseau de malheur est passé nous voir, il nous a aussi annoncé, presque content de la situation, que les Latin Kings cherchaient les coupables de ce vol. Cela signifie que bientôt nos têtes seront mises à prix.

Quel con !

Il ne sait pas que leur stupide vendetta ne me fait absolument pas peur. S'ils veulent la guerre, qu'ils affûtent leurs armes parce que je serai là pour leur rendre leurs coups, un par un.

Enfant, j'étais un grand sensible, mais tout cela a drastiquement changé lorsque j'ai appris la mentalité de la rue, là où la loi n'est pas celle des tribunaux, mais celle du plus fort. Manger ou être mangé. C'est comme ça qu'on survit aussi longtemps dans ce milieu. La peur n'est pas de mise, nous savions tous ce que nous encourions en nous lançant dans cette dangereuse mission.

— Est-ce que nous devons nous attendre à des représailles ? demande Mélissa comme si elle venait de lire dans mes pensées.

Poser cette question étant un acte utopiste : évidemment qu'une revanche se prépare. Nous le savons tous. Ce n'est pas pour autant que nous nous en réjouissons.

— Oui, c'est certain.

Je lui réponds franchement pour ne pas laisser germer de futiles espoirs qui ne mèneraient qu'à une immense désillusion.

Même si tout le monde s'y attendait, les mines deviennent graves. La tranquillité que nous connaissions avant Ronan et toutes ses missions suicidaires est bel et bien enterrée six pieds sous terre.

— Nous allons devoir nous protéger davantage et faire de cette maison un vrai bunker parce qu'ils ne vont pas nous louper.

La colocation ne paye pas de mine, le vieux bâtiment est assez vétuste et pas très bien isolé, mais on y trouve un système de sécurité digne d'une banque nationale. Bien avant Nicolas, j'avais fait appel à un autre génie de l'informatique pour cacher dans chaque pièce des caméras et des alarmes à chaque sortie. De plus, des armes chargées et prêtes à l'emploi sont cachées un peu partout. Si nous étions plus importants dans la hiérarchie des Winter Hill, nous aurions pu faire venir des petites mains comme gardes du corps. Malheureusement, ce n'est pas le cas, alors nous devrons nous protéger nous-mêmes.

— On devrait instaurer des tours de garde le temps que l'histoire se tasse un peu, propose Drake qui est bien silencieux ce soir.

J'acquiesce en poursuivant :

— Oui, nous allons nous répartir en binôme, ça sera plus simple et surtout plus sécurisant.

Ensuite, nous nous accordons sur quelques détails techniques et sur la liste de ces fameux duos. Je voulais me retrouver avec Rosalie, j'ai donc imposé mon choix, peu importe les protestations d'Alice, que la jalousie finira par consumer tout entière. Elle n'a visiblement pas encore compris que notre histoire était terminée et qu'elle ne m'intéressait plus du tout. De plus, maintenant que j'ai goûté aux joies de la chair avec la petite nouvelle, je me suis transformé en un fauve affamé. Cependant, je ne peux pas toujours me jeter sur Rosalie, alors je me débarrasse de ma frustration en me disputant avec elle. Lorsqu'elle est dans les parages, je me transforme instantanément en un étrange mélange de tension sexuelle et de colère à l'état brut. Ce cocktail d'émotions complètement inédit pour moi accroît d'autant plus ma fascination pour cette petite poupée aux airs revêches.

Nous clôturons assez vite notre réunion. Même si tout cela n'a pas vraiment rassuré les esprits de chacun, c'est malheureusement un inconvénient inévitable de la vie que nous avons accepté de mener. Nous partons tous à notre manière vaquer à des occupations diverses en cette fin de journée terriblement mouvementée, en sachant pertinemment que demain est bien incertain.

Chapitre 20
Rosalie

Depuis quelques minutes maintenant, le bolide sillonne des rues qui me sont complètement étrangères. Ma nervosité s'accroît à mesure que le silence à l'intérieur de l'habitacle s'étire.

— J'ai ouï dire que tu t'étais merveilleusement adaptée, commence d'une voix suave l'homme assis à côté de moi.

Je n'ose pas le regarder, j'ai atrocement peur de faire ou de dire quelque chose qui lui déplairait et qui me priverait de la voir *elle*. Alors, le plus simple est encore de suivre le paysage qui défile par la fenêtre et de prendre la parole seulement quand on m'y invite.

Avant de les connaître, j'étais entièrement moi-même et j'aurais osé me rebeller contre toute cette cruelle machination. Pourtant, maintenant, ils savent comment me faire chanter et ils en profitent bien. Ils ne me laisseront pas tranquille ; la petite marionnette docile que je suis à leurs yeux est bien trop intéressante pour la laisser fuir avant d'avoir complètement usé toutes ses ficelles trop plaisantes à tirer.

— Je savais bien que tu ne nous décevrais pas.

En apparence, il me flatte gentiment, mais en vérité, il me traite comme un chien qu'on félicite lorsqu'il revient vers nous en courant après l'avoir sifflé. À leurs yeux, je n'ai pas assez d'importance pour être traitée comme une personne. Je suis plutôt un pion, utile, mais remplaçable, alors je consens toutes leurs humiliations, des plus tacites aux plus explicites. Mentalement, c'est très dur, mais je sais pour quoi, ou plutôt pour qui, j'accepte de subir tout ça.

— Est-ce qu'ils ont des doutes sur toi ? me demande-t-il.

Son ton est léger, mais je sais qu'il n'accepterait aucune contrariété et que je ne dois pas le décevoir.

— Non, aucun. J'ai parfaitement joué mon rôle de la petite innocente. J'ai tremblé lorsque j'ai dû porter une arme pour la première fois et, pour le clou du spectacle, je me suis même évanouie après le braquage.

Il rigole à gorge déployée, très heureux d'avoir l'ascendant sur les célèbres Winter Hill. En vérité, ça n'a pas été facile d'être acceptée par la bande et de n'éveiller aucun soupçon. Je suis arrivée comme un cheveu sur la soupe et j'ai dû me faire une place. C'est difficile de trouver le juste milieu : de n'être ni trop innocente ni trop habituée au milieu de la pègre. Heureusement pour moi, j'ai été bien entraînée et, désormais, me forcer à tomber dans les pommes est un vrai jeu d'enfant.

— Qu'est-ce que tu es douée ! Grâce à toi, le plan suit parfaitement son cours.

Je l'entends à peine ; à l'intérieur de moi, comme tous les jours depuis que je porte ce masque, ma culpabilité me flagelle constamment. Elle ne me laisse aucun répit. Ces gens sont peut-être des hors-la-loi, mais moi je ne vaux pas mieux qu'eux. Parfois, ce qui est réel et ce qui ne l'est pas s'emmêlent dans ma tête et forment une immonde cacophonie.

Qu'est-ce qui est vrai ? Mon attirance pour Alexander et ma sympathie à l'égard de sa sœur. Quand je suis avec Éloïse, je ne fais pas semblant : je suis vraiment moi-même et j'oublie complètement le rôle que je suis forcée de jouer. Avec Alexander, c'est exactement la même chose ; tout est réel autant l'agacement qu'il peut provoquer en moi que la fascination dont je fais preuve à son égard.

J'aurais tant voulu les rencontrer en étant réellement moi. Tout aurait été différent. Mais ce n'est pas le cas et je sais que lorsque la vérité éclatera au grand jour – ce qui ne manquera pas d'arriver, c'est certain –, ils ne voudront plus jamais entendre parler de moi et je tomberai en disgrâce. Ils déchaîneront certainement une violence inouïe contre moi pour me faire payer ma terrible trahison. À chaque fois que j'y pense, mon cœur ne manque jamais de douloureusement se serrer.

Malheureusement, je ne peux rien y faire. Parce qu'*elle* fait partie de l'équation et que je la choisirai toujours, peu importe mes sentiments ou même les amitiés que j'ai pu tisser. Toute ma vie, je la ferai passer avant mon bonheur personnel et même avant mes valeurs morales. J'endosserai la responsabilité et me goinfrerai de toute la laideur du monde simplement pour que son rire puisse rester léger. Je serai mille fois plus traître que Judas pour m'assurer qu'elle garde une âme pure.

— Nous sommes bientôt arrivés m'assure-t-il. Elle est impatiente de te voir et, au regard de tes exploits, tu as bien mérité cette petite visite.

Je serre les dents. Je ne suis qu'un animal de cirque à qui on octroie quelques friandises après un dur spectacle avant de le ramener dans sa minuscule cage où il est condamné à passer sa vie, simplement pour faire rire, quelques brefs instants, un public imbécile.

Je ne suis pas un monstre, ils me forcent à l'être.

Je suis la bête et ils sont ma malédiction.

Chapitre 21
Rosalie

Éloïse avait décidé de ne pas perdre une minute, elle avait peut-être peur que je change d'avis. Aussi, le lendemain, lorsqu'elle m'a croisée vers midi dans les couloirs de la coloc, elle m'a proposé une escapade gourmande pour notre quatre-heures. Je me voyais mal refuser et je n'avais pas une bonne excuse à avancer. Nous voilà donc en route pour une boutique assez sympathique où l'on peut prendre le thé en mangeant des pâtisseries artisanales, excessivement chères, mais trop délicieuses pour se priver.

En pleine semaine, l'endroit n'est pas bondé et cela accroît étrangement mon malaise ; nous allons nous retrouver en tête-à-tête. Le temps pris pour passer notre commande me laisse quelques minutes de répit, mais lorsque nous nous asseyons à table, nous ne pouvons plus échapper au froid qui s'est installé entre nous. Voilà un petit temps maintenant que nous ne nous sommes plus parlé. C'est même la première fois depuis l'incident de la cave que nous nous adressons la parole pour autre chose que de simples banalités. J'avale plusieurs gorgées de ma tisane pour tenter de masquer mon trouble ; évidemment, c'est peine perdue, il n'en est que plus flagrant. Même si c'est elle qui a proposé cette entrevue, Éloïse a l'air dans le même état que moi.

— Ça a été le travail hier ? me demande-t-elle.

Sans le savoir, en essayant de briser la glace, elle met le doigt sur un sujet – ou plutôt un mensonge – très épineux. J'arrive néanmoins à cacher mon embarras, elle ne se doute de rien et je ne dois pas lui mettre la puce à l'oreille.

— Oui, c'était une soirée assez tranquille. Et toi, comment s'est passé le travail ? l'interrogé-je maladroitement. Enfin, je veux dire ton vrai travail, pas l'autre truc.

Complètement pitoyable, me flagellé-je immédiatement.

Elle ne semble pourtant pas s'offusquer de ma maladresse, visiblement bien décidée à renouer avec moi.

— Oui, ça va. Pour le moment, c'est assez tranquille à la boutique, mais la période de Thanksgiving et celle des fêtes risquent d'être très épuisantes.

— Qu'est-ce que le temps passe vite ! m'exclamé-je. C'est déjà bientôt Thanksgiving ! Vous faites quelque chose de spécial ton frère et toi ?

Elle prend le temps d'entamer son gâteau, une part de génoise aux framboises et à la crème fraîche, avant de me répondre.

— Non, pas vraiment. Avant, nous organisions toujours un gros dîner chez notre mère. On passait la soirée à faire un long apéro et à déguster la traditionnelle dinde tout en regardant la télévision. C'était vraiment très chouette.

Je la vois se perdre dans ses souvenirs et replonger dans une époque certainement révolue. Puis, elle reprend pied dans la réalité et ajoute :

— Maintenant qu'elle est décédée, on ne fait même plus de repas. Thanksgiving est devenu un jour comme un autre. C'est un peu triste, mais c'est la vie.

Elle se rend compte qu'elle vient d'instaurer une ambiance assez maussade. Alors, elle tente de réparer son erreur :

— Finalement, ce n'est pas si mal ! clame-t-elle. À la coloc, personne ne fait rien, on a ainsi l'occasion d'être tous ensemble. On en profite souvent pour se faire une petite soirée film ou quelque chose dans le genre. Tu verras, c'est assez sympa !

Je hoche la tête avant de reporter mon attention sur l'énorme éclair au chocolat posé devant moi. Je tente d'abord de le manger à la main, mais quand je comprends que ça risque d'être assez compliqué, voire un vrai chantier, je me raisonne et utilise la petite cuillère qui m'a été fournie.

— Oui, enfin si on n'a pas quelque chose d'autre, insisté-je un peu trop lourdement sur ce mot, à faire.

Intrépide, je décide de profiter de ce moment pour grappiller des informations. Éloïse est certainement la plus à même de me fournir des renseignements. Je m'en veux d'utiliser de cette façon son attachement à mon égard et de profiter de sa naïveté. Faire cela ne me renvoie pas une très belle image de moi, mais je mets ma conscience en sourdine parce que je n'ai tout bonnement pas le choix.

— Non, les événements, dit-elle en choisissant ses mots pour éviter d'attirer l'attention d'oreilles malheureuses, comme celui d'hier, sont assez rares.

Elle marque une courte pause et je crains qu'elle mette un terme à cette conversation, mais fort heureusement, elle poursuit :

— À vrai dire, ils sont plus fréquents maintenant que Ronan s'intéresse à notre petite bande.

À la vitesse de l'éclair, j'essaie de me rappeler qui est ce fameux Ronan. Quand j'y parviens, un frisson de dégoût me parcourt : tout chez lui est malsain au point que prononcer son prénom me laisserait un goût âcre dans la gorge et rendrait ma langue pâteuse.

Éloïse non plus n'a pas l'air d'être une grande fan de cet horrible personnage et j'en arrive à me demander, puisque personne ne semble porter cet homme dans son cœur, pourquoi est-il toujours dans l'équation ?

Alexander a beau jouer les leaders, il n'a peut-être pas assez de poids dans la hiérarchie des Winter Hill pour se faire obéir.

— Je te le jure, avant la vie était beaucoup plus calme. Je sais que tout ce qu'on doit faire maintenant est aux antipodes de tes valeurs, mais avant ce n'était pas le cas. On était un petit groupe tranquille, sans problème.

Elle se rapproche de moi pour chuchoter la fin de sa phrase :

— On ne s'occupait que de gérer la revente de stupéfiants et quelques rares fois, mon frère et Drake devaient aller réclamer de l'argent à certains consommateurs qui ne payaient pas. Ce n'est que très récemment qu'on a commencé à se consacrer à des coups beaucoup plus gros.

Elle s'enfonce dans sa chaise lorsqu'elle termine sa tirade. Je commence à comprendre que ce fameux Ronan est certainement un haut dirigeant des Winter Hill et qu'il a de grandes ambitions. Il ne craint pas de déclencher une guerre de gangs. Ces gens-là n'ont généralement aucune limite, ils sont tellement accros à l'argent qu'ils sont prêts à prendre tous les risques pour accroître leurs gains.

Pourtant, cet homme est loin d'être idiot, même si j'aurais vraiment préféré pouvoir le traiter d'imbécile. Il ne se mouille pas et préfère envoyer des petites mains faire le sale boulot alors que c'est certainement en grande partie lui qui a touché l'argent de la revente des marchandises que nous avons dû dérober.

— Tu dis que c'est à Drake et à ton frère de se charger de ce genre de petites contrariétés, mais qu'en est-il de Nicolas ? Il ne s'occupe jamais du sale boulot ?

Je comprends immédiatement que j'ai touché un sujet qui la fait bouillir. J'ai bien vu que Nicolas n'était pas tout à fait accepté dans la bande, il est souvent à l'écart et ne partage pas beaucoup de moments complices avec les colocataires.

— Non, pas vraiment. Parfois, il disparaît pendant plusieurs jours sans donner de nouvelles. Au début, on n'a jamais trouvé ça louche. Tu sais, quand on baigne dans ce genre de milieu, on a tous des vies un peu bancales et même parfois complètement décousues, m'apprend-elle. Mais ça fait quelque temps qu'on commence à se méfier de lui.

Elle croque distraitement dans sa pâtisserie, comme si de rien n'était alors qu'elle vient de me lâcher une bombe. Je suis complètement pendue à ses lèvres, retenant mon souffle.

— On pense aussi que ça pourrait être lui qui a informé les flics de notre mission d'hier. Ça expliquerait pourquoi ils étaient si vite sur place.

Je déglutis péniblement. J'ai même besoin de boire une gorgée de mon infusion aux fruits rouges avant de pouvoir lui répondre.

Je me doutais bien qu'ils n'avaient aucun soupçon sur moi. Sans vouloir me vanter, je suis plutôt douée pour berner les gens, cependant, j'étais à mille lieues de m'imaginer qu'ils feraient porter le chapeau à quelqu'un d'autre. Ce genre de situation est souvent très délicate : il ne faudrait pas grand-chose pour qu'ils commencent à m'avoir dans leur collimateur. Pour le moment, je suis en sécurité, mais combien de temps cela va-t-il durer ?

— D'ailleurs, dit-elle en changeant en une fraction de seconde de sujet, tu ne m'as jamais expliqué comment tu le connaissais !

Je tente d'analyser son visage, mais heureusement pour moi, je n'y lis rien d'autre qu'une sincère curiosité. Ses grands yeux s'écarquillent, ronds comme des billes, sa bouche est entrouverte et ses sourcils bien dessinés ne sont pas froncés en une ligne sévère ; je comprends donc immédiatement que sa question n'est ni rusée ni perfide. La curiosité, quand elle est maîtrisée à temps, n'a rien de particulièrement alarmant, néanmoins, je prends le temps, en dégustant ma pâtisserie, de bien choisir mes mots.

— Je ne te l'ai jamais dit, mais mon père est mort il y a un peu plus d'un an. Ce n'était pas vraiment ce qu'on peut appeler un bon papa et il m'a laissé énormément de dettes. J'étais complètement dans la galère, je me serais même retrouvée à la rue si Nicolas ne m'avait pas trouvé cette chambre dans votre coloc.

Je prends ma tasse en main et ajoute, sur le ton de la confidence :

— C'est un peu gênant, mais au tout début nous nous sommes rencontrés sur un site de rencontre. On a échangé par messagerie pendant plusieurs semaines avant qu'il me propose un rendez-vous. On a toutefois vite compris que l'alchimie n'était pas là. Je crois qu'il l'a un peu mal pris, c'est bien pour ça qu'on ne se parle plus vraiment.

Elle reste stupéfaite face à mes petites révélations, pas complètement vraies. Heureusement, à l'ère des réseaux sociaux et d'Internet, il n'est pas loufoque de faire connaissance sur un site de rencontre. La majorité de la population de ma tranche d'âge s'est déjà inscrite sur ce genre d'application alors l'excuse est plus que crédible.

— Mais bon, il a tout de même eu un peu pitié de moi et il m'a proposé de m'héberger. Comme quoi le hasard est plutôt bien fait parce que sinon je n'avais vraiment nulle part où aller.

Éloïse trouve le courage de faire quelque chose qu'elle n'osait plus faire depuis notre brouille : elle me caresse brièvement la main pour me réconforter. Elle doit remarquer que mon humeur a changé, je n'arrive pas à cacher ma tristesse, et, sans doute pour ne pas enfoncer le couteau dans la plaie, elle tente de faire une petite blague sur le ton de la légèreté :

— Ça doit vachement l'énerver d'assister à ton rapprochement avec mon frère.

Je m'offusquerais presque en comprenant que ma relation naissante avec Alexander n'a pas été si secrète que cela, mais son rire est si communicatif que je me mets à ricaner, moi aussi.

Peut-être que je ne suis qu'une menteuse et elle qu'une hors-la-loi, mais en ce doux instant, nous redevenons copines. Si la vie avait été moins ingrate et que nos situations avaient été complètement différentes, j'aurais sincèrement pu voir en Éloïse une grande amie. Je savoure pleinement la suite de la journée. Nous discutons de tout et de rien sans plus évoquer de sujets fâcheux, parce que je suis consciente que tout cela ne durera pas. Mes secrets ne seront pas toujours bien gardés et viendra très vite le moment, où mon masque de gentillesse se fissurera pour laisser la place à un masque bien moins reluisant, fait de pourriture et de mensonges.

Plus tard, en fin d'après-midi, c'est le cœur léger que nous regagnons la colocation. Éloïse a un épisode de sa série télévisée à rattraper. Elle m'a fait la faveur – ce sont ses dires – de l'enregistrer pour venir goûter avec moi, mais maintenant que nous sommes rentrées : il n'y a plus une minute à perdre. Je la laisse tranquille dans le salon et file dans ma chambre.

Pendant ma sortie, j'ai reçu un message d'Hector me prévenant qu' il était souffrant, terrassé par une grippe saisonnière, aussi n'ouvrirait-il pas le bar ce soir. La déception de ne pas le voir est vite remplacée par un réel bonheur de pouvoir profiter de ma soirée librement. Je me laisse alors tomber sur mon matelas et décide de poursuivre la lecture de mon bouquin du moment.

Complètement plongée dans cet univers imaginaire rempli de romances torrides et de créatures féeriques, j'entends à peine les coups frappés contre ma porte. Il me faut quelques secondes pour reprendre mes esprits et reprendre pied dans la réalité.

— C'est ouvert ! m'écrié-je.

Quand la porte s'ouvre pour laisser apparaître Alexander, j'ai du mal à cacher ma surprise. Je ne m'attendais pas à être dérangée par quelqu'un, mais encore moins par lui. Notre relation est toujours assez compliquée ; nous pouvons nous haïr intensément ou nous sauter dessus, fous d'excitation, et je ne sais jamais comment chaque nouveau moment passé avec lui va se passer. Pour une fois, il a l'air assez détendu et cela annonce de meilleurs auspices.

— Éloïse m'a dit qu'elle ne t'avait pas vu partir travailler, commence-t-il.

Il s'appuie nonchalamment contre le chambranle en bois. Ses cheveux sont désordonnés et cet aspect fougueux lui va fichtrement bien. Ses bras sont fermement croisés contre son torse et ses muscles, sans être trop imposants ou disproportionnés, étirent légèrement l'épais tissu de son sweat-shirt gris à capuche. Je me permets de l'inspecter, sans grande discrétion, mais mes yeux s'attardent un instant de trop sur son jean noir à la coupe droite, qui ne laisse rien percevoir de ce fessier bien constitué. Sa posture n'a rien d'exceptionnel et pourtant elle arrive à m'émoustiller. Pendant un bref instant, je m'imagine même suivre de mes doigts le contour de ses abdos comme j'ai déjà eu l'occasion de le faire. Trop excitée, je croise les jambes en espérant me libérer de cette tension presque animale.

— Mon patron est malade, lui expliqué-je d'une voix quelque peu éraillée.

Il hoche la tête en silence. Je me demande s'il devine à mon expression les pensées déplacées que je viens d'avoir. Si tel est le cas, il n'en montre rien et mieux encore il ne s'en moque pas.

— Tu veux aller manger dehors ?

Son ton est neutre, comme s'il venait de dire une banalité. Même si sa proposition a de quoi me surprendre, je ne laisse rien transparaître pour ne pas le gêner d'une quelconque façon. J'apprécie le pas qu'il fait vers moi, alors je m'empresse de répondre :

— Oui, on peut faire ça !

Avant de répliquer, il inspecte du regard la décoration minimaliste de ma chambre.

Même si je n'ai pas vu toutes celles des autres, j'imagine sans peine que, puisque c'était la dernière disponible, c'est forcément la moins belle. Elle n'a pas un très grand potentiel, elle est peu lumineuse et l'espace n'est pas très grand, mais évidemment le manque de décoration personnelle n'aide pas. Peut-être parce que j'ai le pressentiment que je ne m'attarderai pas ici ou simplement parce que je ne me sens pas légitime – vu mon double jeu – de m'établir sur le long terme dans cette chambre. De plus l'argent que j'arrive à ne pas dépenser en loyer, factures et dépenses diverses, j'essaie de le mettre de côté en cas de souci. Lorsque, comme moi, on a connu la pauvreté, on adopte très vite cette étrange habitude de faire des réserves ; je cache de l'argent liquide dans mon tiroir à chaussettes et j'ai toujours un paquet de biscuits que je n'ouvre pas à moins d'en avoir réellement besoin. Le manque d'argent m'a transformée en hamster qui planque des graines dans sa tanière.

Savoir que j'ai quelques belles économies me permet de dormir un peu plus sereine et de ne pas craindre les aléas de la vie. C'est un petit luxe que je peux me permettre pour l'instant, vivre dans une colocation a certains avantages indéniables.

Cependant, quand on le voit s'attarder sur tous les petits détails de ma chambre, j'en viens à regretter de ne pas avoir un peu plus personnalisé l'endroit. J'ai tout laissé en l'état : des rideaux vieillots aux armoires dénichées en brocante. Évidemment, sa chambre à lui est bien mieux en comparaison ; elle est décorée avec goût dans des tons sombres qui collent parfaitement bien avec le propriétaire des lieux. Ici, mis à part une lampe de chevet, un bouquin et une boîte à bijoux bas de gamme, il n'y a pas grand-chose. Au moins, c'est plus pratique pour nettoyer la poussière.

Lorsqu'il a fini sa minutieuse inspection, il reporte son regard sur moi. Nous vivons un instant assez intime, plongés réciproquement dans le regard de l'autre. J'ai l'impression qu'il arrive à atteindre mon âme. Heureusement, avant que je ne sois trop déstabilisée, il brise le lien invisible qui nous unissait.

— Parfait. On se retrouve dans une demi-heure en bas.

Il s'attarde encore un instant, puis se redresse et me laisse seule pour que je puisse me préparer. Je file alors en quatrième vitesse me rafraîchir sous la douche. Enroulée dans une serviette, le corps encore légèrement humide, je reste un long instant interdite devant ma garde-robe, incapable de trouver une tenue. J'ai autant peur d'en faire trop que de ne pas en faire assez. Je me demande même si c'est une espèce de rendez-vous galant ou si toute la bande va se retrouver dans la salle miteuse d'une grande enseigne de fast-foods qui sent la friture.

Je réfléchis encore un peu avant d'oser sortir de mon armoire un short en similicuir, une paire de collants noirs opaques et un gros pull en laine d'un magnifique bordeaux excessivement sombre. Avec l'humidité de la douche, mes cheveux ont légèrement ondulé, alors je coiffe simplement quelques mèches en un petit chignon négligé. Je repasse avec mon feutre noir sur mon trait d'eye-liner un peu décoloré et réapplique en petites touches de l'anti-cernes sur mes quelques rougeurs. Je me trouve ridicule de m'inquiéter autant de mon apparence et pourtant je ne peux m'empêcher d'appliquer un gloss transparent sur mes lèvres.

— Une idiote, oui, mais une belle idiote, me complimenté-je à voix basse.

Chapitre 22
Rosalie

Quand je descends, toute pimpante et parfumée, je suis surprise de ne voir personne dans le hall d'entrée. Seul Alexander m'attend patiemment près de la porte. Sans dire un mot, il m'observe, descendre les escaliers. En un éclair, lorsque je réalise que nous allons nous retrouver en tête-à-tête, une terrible anxiété me gagne et me noue les entrailles.

— Je conduis, énonce-t-il en m'ouvrant galamment la porte.

Le trajet se fait dans un silence un peu gêné, mais comme si Dieu avait enfin pitié de moi, nous arrivons très vite dans le centre-ville. En effet, à cette heure tardive, les travailleurs sont déjà rentrés chez eux et les routes ne sont donc plus très fréquentées.

Il se gare sur le parking d'un petit resto italien et je sors avec entrain de la voiture, impatiente de dîner dans un endroit que je ne connaissais pas encore.

À l'intérieur, l'ambiance est celle d'un restaurant familial comme perdu dans une ruelle sinueuse de Florence. La musique, la vaisselle et même la couleur des nappes sont choisies avec soin pour nous faire voyager en Italie. Quand Alexander remarque le propriétaire des lieux, il le gratifie d'une chaleureuse accolade. Visiblement, les deux compères se connaissent bien malgré l'évidente différence d'âge.

L'homme a l'air plus âgé qu'Hector, je lui donnerais une soixantaine d'années. Lorsqu'il nous sourit, des rides profondes parsèment son visage à la peau mate typique de ceux qui sont originaires de la côte méditerranéenne. Il nous invite à le suivre jusqu'à une petite table ronde ou le service pour deux personnes est déjà dressé. Ce petit détail me fait tiquer et je me demande si tout cela n'était pas planifié bien.

— Tu viens souvent ici ? le questionné-je innocemment, une fois assise.

Il s'installe à son tour, son corps paraît plus imposant sur cette petite chaise. Une aura de dominance et une certaine virilité émanent de son corps. Il s'étire et pose son coude sur le dossier de sa chaise, cette position le rend encore plus sexy.

— Ça m'arrive oui, le patron est un vieil ami.

Je n'ose pas lui demander si c'est une connaissance liée à ses activités illégales, mais la réponse me paraît évidente. Je ne serais pas étonnée de voir une descente de flics ce soir ou même d'apprendre qu'ils blanchissent de l'argent à la cave, entre les condiments et les pâtes à pizza. Lui qui ne semble pas avoir beaucoup d'amis, aucun de ceux-là ne viennent du lycée ou même d'un travail lambda. Rien n'est normal chez lui et je me demande si ça ne doit pas être épuisant d'avoir construit ainsi sa vie autour du crime.

— Un ami…

Je laisse ma phrase en suspens en espérant lui arracher quelques informations de plus. Étrangement, il ne s'énerve pas devant ma curiosité mal placée et, miracle, il m'honore même d'un de ses fameux irrésistibles sourires en coin avant de répondre :

— Non, Rosalie, rien de louche. Giorgio était un des anciens patrons de ma mère. Elle a travaillé quelques années ici quand j'étais petit et on venait souvent manger les invendus tard le soir après la fermeture.

Surprise de le voir évoquer de lui-même sa mère, je ne laisse néanmoins rien paraître. J'avais bien compris que tout ce qui touchait de près ou de loin à elle ou même à son enfant était un terrain fort sensible alors, mis à part pour le piquer lorsque je me sentais mauvaise, je n'abordais plus le sujet.

Ne sachant pas trop quoi ajouter à cela, j'ai la terrible impression de marcher sur des œufs, je me focalise plutôt sur la carte. Nous commandons quelques instants plus tard, pour moi une pizza et pour lui une copieuse assiette de pâtes, et nous sommes servis très vite. Alexander est véritablement dans son milieu ici et je découvre une tout autre facette de sa personnalité : un garçon drôle, qui parle facilement et avec tout le monde. Il discute de longs moments avec les différents serveurs. En bon habitué des lieux, il semble connaître chacun dans ce petit restaurant. Il ne faudrait pas grand-chose pour qu'ils prennent tous une chaise et mangent avec nous, transformant ainsi notre tête-à-tête en grande réunion conviviale.

— Tout le monde ici a l'air de t'aimer, lui dis-je en souriant.

— Ça t'étonne hein ?

Il ne peut retenir un rire franc. C'est la première fois que je l'entends rire comme ça, sans réserve et sans notes moqueuses. En entrant dans cet endroit qui lui rappelle sûrement de doux moments de son enfance, il a laissé son costume de froideur à l'entrée. J'ai l'impression de dîner avec un fantôme ; le fantôme de celui qu'il aurait pu être s'il ne s'était pas enrôlé dans la pègre. Peut-être que cet Alexander-là aurait fait des études d'architecture ou il serait même rentré dans la police, et la seule chose qu'il craindrait en s'endormant, c'est de savoir si sa copine de longue date va accepter sa demande en mariage.

J'ai la certitude que ce garçon-là aurait été quelqu'un de bien. C'est la facette sombre de la vie : elle peut se montrer si mesquine avec certaines personnes, avare en opportunités et en bonnes nouvelles.

— Un peu, me montré-je, honnête. Tu donnes l'impression d'être plus insouciant ici.

Il préfère m'observer en silence sans se départir de son irrésistible sourire en coin. Comme il ne répond rien, j'ajoute, un brin taquine :

— Un peu moins gros connard arrogant.

Cette fois-ci, nous éclatons de rire.

— J'en prends pour mon grade ce soir, fait-il semblant de ronchonner.

J'essaie d'étouffer un rire amusé en cachant ma bouche de ma main. Il me couvre d'un de ses regards profonds, comme si j'étais une des plus belles choses qui lui avait été donnée de voir, et je détourne les yeux pour tenter de dissimuler ma gêne. Malheureusement, mes joues rouges n'arrivent jamais à être discrètes. Je dois sans doute avoir hérité de ma mère cette facilité à rougir à la moindre émotion un peu trop forte parce que le visage de mon père ne changeait de couleur que sous les effets de l'alcool.

C'est dans ce genre de moment où je me demande comment était ma mère, si tel trait caractéristique de mon visage vient d'elle, que je regrette le plus de ne pas l'avoir connue. Au quotidien, je m'y suis faite et la douleur n'est pas si intense, mais, parfois, la blessure qui n'a jamais vraiment cicatrisé s'infecte.

De toute façon, c'est peine perdue, pensé-je amèrement, on ne guérit jamais de l'absence d'une mère.

C'est terriblement douloureux de continuellement se l'imaginer sans jamais avoir aucune certitude. Était-elle brune comme moi ? Douce ou rebelle ? Aurait-elle été sévère ou plutôt du genre à tout laisser passer à la prunelle de ses yeux ? Je n'ai jamais eu droit à aucune photo, en existe-t-il seulement ?

Mon père ne l'évoquait que très rarement et, la plupart du temps, c'était surtout pour me reprocher d'être comme ma mère. Il avait sans doute envie de me blesser en me jetant, sèchement, cette phrase en pleine tête. Il ne pouvait évidemment pas se douter que c'était le plus beau compliment qu'il pouvait me faire.

— Tu as raison, avoue-t-il enfin comme s'il avait eu peur de m'avoir vexée.

Il enfourne d'abord dans sa bouche une fourchette de pâtes bien garnie. Il mâche lentement comme s'il voulait laisser planer un suspense inutile sur la suite de sa tirade.

— Quand je suis à la colocation, je dois toujours penser à tout. Avec les responsabilités que j'ai et dans le monde dans lequel je vis, il n'y a pas de place pour l'insouciance. Je dois protéger les miens, c'est mon rôle.

Je hoche la tête, il ne peut pas le savoir, mais je le comprends bien plus qu'il ne le pense. Ce sens du devoir, je l'ai moi aussi. Nous nous ressemblons peut-être bien plus que ce que nous sommes prêts à accepter.

Quand la vérité sera révélée, il me haïra, mais j'ai espoir qu'une infime partie de lui comprendra les choix et les sacrifices que j'ai dû faire.

— Toi aussi je te protégerai, continue-t-il. Tu fais partie des nôtres maintenant même si tu es trop têtue pour l'admettre.

Il me regarde de façon beaucoup trop intense et j'en perds tous mes moyens. L'homme que j'ai devant moi a des valeurs que je respecte, il est drôle et prévenant. Plus la soirée passe et plus j'ai du mal à me souvenir que je le déteste.

Nous discutons de nos goûts et de quelques-uns de nos projets d'avenir, sans savoir s'ils se réaliseront ou pas. J'ai l'impression de plus apprendre à le connaître en une seule heure de repas que depuis mon arrivée. Il se livre à moi et se montre tantôt à l'écoute, tantôt taquin et séducteur à mon égard. Il me confie même quelques anecdotes liées à son enfance ici, dans ce restaurant ; la plus mémorable reste celle où il s'était enfermé dans les toilettes et n'en était sorti que plusieurs heures plus tard lorsque Giorgio avait remarqué sa disparition et était venu lui ouvrir la porte à l'aide d'un petit tournevis.

Je ris de bon cœur et apprécie chaque instant de ce dîner en sa compagnie. Je suis même triste de voir nos assiettes se vider parce que cela signifie que nous allons bientôt rentrer.

— C'était bon, les enfants ? nous interrompt le gérant.

Je ne l'avais pas vu arriver et j'ai malgré moi un sursaut de surprise. Il s'excuse en me tapotant gentiment l'épaule, sans doute pour m'aider à me remettre de mes émotions. Alex lui lance des fleurs, puis je le félicite à mon tour. Quand vient le moment de payer, il dégaine son portefeuille plus vite que son ombre malgré les protestations du maître des lieux.

Je me lève pour enfiler mon manteau et Alexander s'absente quelques minutes pour aller dire au revoir en cuisine.

— Tu dois beaucoup compter pour lui pour qu'il t'emmène ici.

Giorgio s'adresse à moi avec un fort accent italien qui fait frémir sa grosse moustache. Gênée, je ne sais pas trop que répondre, mais il ne semble pas s'en offusquer puisqu'il ajoute même :

— C'était un chouette gamin, il était un peu turbulent, rien de dramatique. Je sais bien que tout ce qu'il a vécu a laissé des traces et je me doute qu'il doit avoir un sacré caractère. Je ne valide absolument pas tous les choix qu'il a faits, mais il a un bon fond.

Alexander m'a dit que Giorgio n'était pas lié à ses affaires illégales, pourtant je suis persuadée qu'il est bien plus au courant que ce que j'ai pu penser. Sa phrase est en quelque sorte un aveu implicite.

— Et je pense que toi aussi, m'avoue-t-il en me regardant intensément. Tâchez de ne pas trop vous abîmer.

Il a l'air de vouloir me prodiguer encore des conseils, mais Alexander interrompt notre conversation en me rejoignant. Ce dernier ne se doute de rien et nous sourit gaiement. Je médite encore ces paroles lorsque je quitte le restaurant. Cependant, la main chaude qu'Alexander a posée au creux de mes reins pour me guider jusqu'à sa voiture m'aide à ne pas me perdre dans mes divagations.

Ce soir, il a décidé de parfaitement remplir son rôle de gentleman. Il m'ouvre la portière, mais avant de m'asseoir dans le véhicule je souhaite le remercier pour le repas :

— Merci, minaudé-je. C'était vraiment très sympathique.

Il se tient très proche de moi, trop pour se comporter comme un simple colocataire. Je plonge dans son hypnotisant regard.

— Moi aussi, j'ai bien aimé, me répond-il d'une voix suave.

C'est sans doute dû à la lumière des réverbères présents sur le parking, mais je distingue clairement quelques taches d'or qui parsèment ses iris. Je n'y avais jamais vraiment fait attention avant, mais maintenant que je l'ai remarqué, il m'est impossible de regarder autre chose. Il pose doucement sa main contre ma joue et son contact caresse mon âme torturée. J'appuie légèrement mon visage contre sa paume et, suite à ce geste, il se rapproche un peu plus de moi. Nos corps se collent. Malgré le froid hivernal, l'air entre nous est bouillant. Je peux même voir une légère buée chaude sortir de sa bouche avant que cette dernière ne s'écrase contre la mienne.

Je me laisse entraîner dans un baiser fougueux qui fait s'allumer en moi des milliers de terminaisons nerveuses. Comme toujours, la tension qui crépite entre nous est trop forte pour qu'on puisse tenter d'y résister. De toute façon, ni lui ni moi ne semblons en avoir envie. Nos langues s'emmêlent et nous perdons toute notion de temps.

Nous nous détachons tout de même lorsqu'une voiture entre sur le parking et nous éclaire de ses phares. Cela gâche un petit peu la magie du moment, mais nous n'aurions pas pu rester indéfiniment accrochés ici l'un à l'autre.

Je pénètre dans la voiture, m'assieds et attache ma ceinture. Il fait de même. Étrangement, le trajet de retour est aussi silencieux que l'aller, mais le silence entre nous a changé ; là où il était gênant quelques heures plus tôt, il se fait maintenant reposant. Nous sommes entrés dans une bulle qui nous est propre. Sa main est posée négligemment sur ma cuisse et j'apprécie beaucoup trop ce contact.

De retour à la maison, nous croisons une partie de la bande plongée dans un film policier. Ils nous jettent à peine un coup d'œil distrait, sauf Alice qui nous foudroie de regard. Si les yeux pouvaient réellement se transformer en arme à feu, j'aurais été fusillée sur-le-champ, transpercée d'un million de balles. Cependant, je ne m'inquiète que de la douce pression faite par la main d'Alexander qui me tire vers l'étage.

Je glousse comme une adolescente lorsqu'il me pousse dans sa chambre et mon rire résonne encore quand je me retrouve acculée par son corps aux épaules massives dans son lit. Il m'embrasse fougueusement, malgré le plat qu'il a mangé, il donne l'impression d'être un homme affamé. J'entoure son visage de mes deux paumes, chacune posée délicatement sur ses joues. Je prends le temps de l'observer quelques secondes comme pour essayer de mémoriser à jamais sa beauté insolente. Je suis folle de l'homme qu'il a été ce soir alors je compte en profiter jusqu'à la dernière seconde parce que je sais que cette facette de lui ne durera pas éternellement.

— Qu'est-ce que tu es belle, murmure-t-il contre mon oreille.

Son compliment attise la flamme qui brûle déjà en moi. Son souffle me chatouille et j'écarte sa tête de mon cou, trop sensible, en rigolant. Il fait glisser ses mains froides sous mon pull et je frémis à cause du changement de température. Pour tenter de me réchauffer, je me blottis un peu plus contre lui, si proche que j'arrive à entendre son cœur battre à l'unisson avec le mien. En cet instant, nous sommes tellement sur la même longueur d'onde que nous ne formons qu'un.

Il me serre dans ses bras musclés avant de m'embrasser encore et encore. Ivre de baisers, je le laisse retirer mon haut. Il n'a pas vraiment le temps de profiter de cet avantage parce que, très vite, lui aussi se retrouve torse nu.

Cette fois-ci, plus que la dernière, nous prenons le temps d'apprivoiser nos corps et d'apprendre à connaître toutes les particularités de ceux-ci. Je me ravis de découvrir chaque fois l'emplacement d'un nouveau grain de beauté.

Nos langues se mêlent, s'emmêlent et se démêlent dans un tango torride, à un rythme démentiel. J'essaie de mener la danse, mais j'abandonne très vite et le laisse me consumer tout entière. Il me déshabille et j'en fais de même, jetant ses vêtements au hasard à travers la pièce. Ma paire de collants, mon short et mes bottines à lacets subissent le même sort, éparpillés dans la chambre eux aussi. Le lit grince à cause de nos gestes brusques, affamés de fusionner l'un avec l'autre. Ses caresses sur mon corps se font d'abord douces et paisibles avant de devenir de plus en plus coquines. Elles s'aventurent plus bas et je frémis quand il trouve, expert, l'endroit qu'il cherchait. Alexander est un amant attentif, il s'adapte à mon rythme et observe chaque subtil changement sur mon visage pour me toucher là où je veux et de la manière dont je veux. On dirait presque qu'il est dans ma tête, il semble connaître mon corps mieux que moi et lui donne en juste quantité ce qu'il réclame. Jamais trop brusque, jamais empressé et surtout toujours au bon endroit ; j'atteins très vite un monde fait d'extase.

Quand je suis redescendue et que mon rythme cardiaque n'est plus saccadé, il repart à la conquête de mon orgasme non plus avec ses mains, mais avec son sexe déjà bandé. Je retiens ma jouissance un moment et, quand je sens qu'il perd pied à son tour, nous explosons dans une harmonie sensuelle.

Blottie contre lui, au plus proche de son corps, j'ai l'impression d'être en sécurité dans ses bras et qu'il me protégera indéfiniment de la laideur du monde extérieur. Du bout des doigts, il parcourt distraitement la peau sensible de mon dos, me provoquant mille sensations agréables.

Tu ne mérites pas tout ça, me rappelle inlassablement cette voix parasite à l'intérieur de ma tête.

Elle a certes terriblement raison, mais j'ai décidé de l'ignorer encore un instant. Alors, ainsi essoufflés et épuisés, nous ne tardons pas à nous endormir dans les bras l'un de l'autre.

Chapitre 23
Rosalie

Le soleil est maintenant couché depuis bien longtemps ; dehors, il fait nuit noire et seule la lumière de la lune arrive à percer légèrement à travers les rideaux de la chambre d'Alexander. Ce dernier semble dans une phase de sommeil profond, sa respiration excessivement lente en est un bon indicateur.

Je tente plusieurs fois de le bousculer légèrement dans l'espoir de le réveiller, mais toutes mes tentatives se soldent par un échec. J'essaie une ultime fois de murmurer son prénom : seul le silence me répond. Je suis maintenant convaincue qu'il est bel et bien endormi et qu'il ne risque pas de s'éveiller de sitôt.

Alors, je me décale légèrement pour réussir à m'extirper de sa puissante étreinte. Lorsque j'y arrive, je me retourne vers lui, apeurée. Heureusement, ses yeux sont toujours fermés et ses cils ne papillonnent pas. J'ai légèrement froid, j'attrape donc son T-shirt tristement abandonné au sol ainsi que ma petite culotte pour les enfiler.

Je m'assieds au bord du lit et je gesticule, mal à l'aise. Mon système nerveux semble déjà avoir compris ce que je m'apprête à faire tandis que mon cerveau n'a pas encore accepté. Il essaie de me convaincre de me recoucher auprès de mon amant et de terminer paisiblement ma nuit dans ses bras réconfortants. J'en mourrais d'envie. Je souhaiterais prolonger cet instant pour l'éternité et garder jalousement pour moi cet Alexander léger et prévenant. Malheureusement, le monde dans lequel j'évolue est cruel et je dois me montrer sans pitié si je souhaite avoir une chance de survivre.

Même dans l'obscurité, mes yeux se posent immédiatement sur l'objet de ma convoitise : le téléphone d'Alexander oublié, dans le feu de l'action, sur sa table de chevet.

Consulte-moi tu en meurs d'envie ma pauvre, semble-t-il me murmurer d'une voix ensorcelante.

Hésitante, mon index en prend pour son grade quand je m'acharne à mordiller la peau autour de mon ongle. Du regard, j'inspecte une dernière fois l'homme allongé près moi. L'ange sur mon épaule droite m'exhorte de me tenir convenablement, il me sermonne et me répète en boucle que la curiosité est un vilain défaut. Le démon avachi sur mon autre épaule se moque de son binôme, bien conscient de la mauvaise graine qui germe en moi. Ses racines sont tenaces sur mon âme, elles fanent les jolies fleurs en moi et laissent dans l'atmosphère une odeur de pourriture, répandant un peu plus les ténèbres là où la lumière faiblit depuis si longtemps. Je n'ai plus aucune chance de faire le bon choix.

S'il existe un Dieu, que fait-il des mortels qui sont obligés de choisir le mal ? C'est sans doute là ma plus grande preuve de faiblesse : laisser la laideur du monde déteindre sur moi. Mais si je dois être mauvaise pour que sa lumière *à elle* ne cesse pas de briller, alors je serai pire que Satan et je brûlerai chaque parcelle de bonté en moi pour l'éclairer. Elle scintille comme un ange tombé de son nuage à cause de l'orage et, quand elle rigole, tous les morceaux de mon cœur s'emboîtent parfaitement un court instant.

Si je suis bien consciente de ne rien mériter, ni pitié ni seconde chance, *elle* est trop pure pour tout ce merdier.

J'agite les doigts dans l'air et après avoir juré à voix basse, je me précipite vers l'appareil. Lorsque je le saisis, j'ai la terrible impression qu'il me brûle la paume comme une relique maudite. Mon cerveau n'a pas encore accepté mon acte, mais mon doigt expert sait déjà ce qu'il cherche. Je ne perds pas de temps ; avec un sang-froid alarmant, digne d'un grand meurtrier, je consulte ses messages. À l'aide de mon propre téléphone, qui heureusement était à portée de main, je fais une myriade de photos. Tous les numéros et les messages suspects sont photographiés. Chaque cliché abîme un peu plus mon âme déjà solidement amochée.

Lorsque je repose son téléphone à l'endroit où je l'ai trouvé, je ne suis plus la même ; mon cœur est noirci par mes erreurs et je ne suis pas certaine de pouvoir à nouveau croiser mon reflet dans le miroir. J'en avais déjà fait des choses dégoûtantes, mais abuser de la confiance d'un homme endormi dans les mêmes draps qui ont été témoins de mon terrible orgasme un peu plus tôt, c'est une grande première même pour moi.

Avant de ne pas avoir le courage de poursuivre, parce que je le sens déjà m'échapper, j'envoie la multitude de clichés au numéro que je connais par cœur. Une seconde plus tard, le message s'affiche comme « envoyé ». Une larme solitaire perle au coin de mes yeux, triste de voir ce que je suis devenue à cause de cet acte. Je m'interdis pourtant d'y repenser trop longtemps. Il a été posé : c'est trop tard maintenant pour faire marche arrière. Les regrets se voient sur le visage ; c'est le meilleur moyen de se faire démasquer.

Avec des gestes mécaniques, je supprime toutes les preuves même si cela n'effacera pas mes péchés. En apparence, je suis désormais blanche comme neige, mais mon cœur en putréfaction a la même noirceur que du charbon.

Dans mon dos, Alexander s'agite dans son sommeil. Sa nuit est visiblement agitée. Il est sans doute plongé dans un cauchemar sans savoir que le monstre qu'il devrait le plus craindre est juste à côté de lui.

Les créatures imaginaires ne seront jamais aussi terrifiantes et maléfiques que les êtres humains. Notre espèce a commis le péché originel, qui oserait encore croire qu'elle est capable de bonté ?

Certainement pas moi.

Je repose mon téléphone là où je l'ai trouvé et me rallonge aux côtés d'Alexander.

Jusqu'au petit matin, je fixerai le plafond de sa chambre, le regard complètement vide, mon âme perdue à jamais dans de terribles abysses.

Je suis peut-être une idiote, mais le plus grand imbécile, c'est lui : il a ouvert la porte de son plein gré au grand méchant loup.

Et je ne m'arrêterai de le dévorer que lorsqu'il ne restera de lui plus un seul os.

Chapitre 24
Alexander

Je m'éveille d'un sommeil plus que réparateur quand le soleil est déjà haut dans le ciel. Ça faisait bien longtemps que je ne m'étais pas réveillé avec une femme dans les bras. Je ne suis pas vraiment de ceux qui développent des sentiments, alors habituellement aucune fille ne restait dormir après un moment torride. Avec Rosalie cependant, je bafoue toutes mes propres règles. C'est souvent ce genre de comportement qui mène un homme à sa perte, un roi à la potence, mais je préfère profiter du répit que m'offre le moment présent encore un petit peu.

Son corps est chaud, mais tendu comme la corde d'un arc à flèche prêt à tirer.

— Tu as mal dormi ? lui demandé-je d'une voix encore rauque et endormie.

Elle se tourne vers moi ; elle essaie de se dissimuler derrière un masque souriant, mais ses grands cernes violacés et creusés la trahissent.

— Ce n'est rien, essaie-t-elle de me rassurer. Ça m'arrive souvent de faire des insomnies.

Je me redresse sur un coude pour mieux la regarder. Pendant la nuit, elle a dû certainement avoir un peu froid parce qu'elle porte désormais mon tee-shirt de la veille. Ses cheveux sont éparpillés en couronne autour de sa tête et ses yeux, même s'ils sont quelque peu livides, sont toujours dotés d'une beauté presque irréelle.

J'ai très vite remarqué que les plus belles filles étaient les plus torturées. C'est leur immense tristesse qu'elles portent en blason qui les fait se distinguer de toutes les autres. Ces filles, martyres, dégagent un parfum de tragédie absolument irrésistible pour tous les hommes, un peu comme le chant des sirènes.

Elle m'inspecte en retour, elle aussi, et nous nous admirons en silence. Je ne peux résister à l'envie de toucher sa peau : ma main part d'elle-même s'enrouler autour d'une mèche de cheveux rebelle. Elle frissonne à mon contact et ses lèvres s'entrouvrent, comme si elle allait enfin me confier tout ce qui la ronge. Au dernier instant, elle se rétracte et continue à se murer dans un silence qui ne peut être annonciateur que d'un terrible cataclysme.

Soudain, le mur qui nous sépare devient bien plus réel et le pont que j'avais presque réussi à bâtir pour la rejoindre de son côté de la rive, s'effrite sous mes yeux.

Au même moment, des coups répétés sont frappés à ma porte. Rosalie se crispe encore plus ; elle n'a certainement pas envie d'être retrouvée à moitié nue dans mon lit, ce que je peux très bien comprendre. Heureusement, personne n'oserait entrer dans ma chambre sans y être invité.

— Qu'est-ce qu'il y a ? grogné-je à l'attention de la personne qui vient nous déranger.

Je tire sur un pan de la couverture pour couvrir un peu plus le corps de Rosalie avant de m'extirper du lit et d'enfiler un sous-vêtement. J'ouvre d'un millimètre la porte, c'est juste assez pour voir le visage de Drake complètement fermé. Il n'a visiblement pas une bonne nouvelle à m'annoncer, lui qui ne vient jamais me déranger.

— Ronan est en bas, il veut te voir.

Je souffle ; cette journée ne s'annonce visiblement pas très bien. Si Ronan se pointe de bon matin sans même avoir prévenu, ce n'est pas pour m'annoncer quelque chose qui va me plaire. Cet homme est un oiseau de malheur, il n'est là que pour apporter de mauvaises nouvelles.

— Je descends dans une minute, répliqué-je sèchement avant de claquer brusquement la porte.

Dans mon lit, Rosalie s'est redressée. Elle s'est enroulée dans la couverture, anticipant certainement une intrusion non désirée.

— Ne t'inquiète pas, tenté-je de la rassurer, tout le monde doit être au salon avec Ronan. Tu pourras sortir de la chambre incognito quand je serai parti.

Elle me remercie faiblement, mais rapidement je me détourne d'elle pour enfiler une tenue. Le temps presse. Je suis partagé entre l'envie de faire poireauter ce connard ou celle de le confronter le plus vite possible pour qu'il ne s'éternise pas ici. Je le connais cependant assez bien pour savoir que plus je le fais attendre plus il me proposera des missions toujours plus impossibles par pur esprit de vengeance. Alors, parce que je ne veux pas mettre en danger mes amis simplement pour une guerre d'ego, je me dépêche de descendre.

Je dévale les marches et me retrouve quelques secondes plus tard en face de Ronan. Comme un grand seigneur, il est affalé dans un de nos fauteuils, les jambes croisées de telle façon qu'il prend le maximum d'espace possible. Il cherche à dominer les lieux comme il souhaiterait nous assujettir moi et la bande.

— Alexander, j'allais presque m'endormir ! s'exclame-t-il sans même se lever.

Il inspecte ses ongles avec dédain. Il ne m'accorde aucun regard, certainement pour me faire comprendre que je ne suis pas son égal, et qu'il ne me considérera jamais comme tel. Je me tiens debout face à lui, en silence. Je me suis peut-être dépêché pour ne pas le faire attendre, mais je ne m'écraserai pas devant lui au point de m'excuser. Lorsqu'il le comprend, il me transperce d'un regard noir et ajoute :

— J'ai un petit service de dernière minute à vous demander.

Évidemment. C'était certain qu'il ne se serait pas bougé jusqu'ici, en début de matinée, si ce n'était pas pour nous envoyer dans un bourbier sans nom. J'essaie de ne trahir aucune de mes émotions, je n'ai pas envie de lui accorder ce plaisir-là, mais l'exercice se révèle plus que difficile tant l'énervement qui bout en moi est immense.

— Je suis tout ouïe, grincé-je entre mes dents.

Il me sourit, moqueur. Il a l'air visiblement très heureux de m'annoncer quelque chose qui me déplaît autant.

Je me suis déjà demandé pourquoi Ronan m'a autant pris en grippe. J'en suis arrivé à la conclusion qu'il avait extrêmement peur que je le surpasse, que j'arrive à gravir les échelons plus vite que lui et, qu'un beau jour, ce soit moi qui lui dise quoi faire. Il essaie de me faire tuer avant parce qu'il sait que si je survis, cette issue est inévitable. Je suis assez impatient de savoir s'il va y arriver parce que, lorsque j'en aurai l'occasion, je ne le raterai pas, c'est certain.

— Nous avons malheureusement eu la désagréable surprise de découvrir qu'une partie très importante de la cargaison n'était pas dans le camion. Des sources très fiables nous ont informés que ce que nous recherchions se trouve dans un autre entrepôt dans le sud de la ville. Nous comptons sur vous pour nous récupérer le Saint Graal.

Je suis prêt à parier qu'il savait très bien depuis le début qu'une partie de la marchandise se trouvait autre part, mais qu'il a préféré ne rien nous dire. Évidemment, maintenant que les Latin Kings se sont déjà fait plumer, il sera quasiment impossible d'achever cette mission sans encombre.

Je rêverai de lui coller mon poing en plein visage pour faire voler en éclats quelques-unes de ces fausses dents d'une blancheur agaçante, mais je me contiens et reste stoïque.

— Tu te doutes bien, Alexander, que nous ne pouvons plus trop traîner. L'idéal, ce serait que tu m'apportes tout cela avant la fin de la semaine.

Je serre si fort les mâchoires que la pression que j'exerce risque de faire exploser mes vaisseaux sanguins. Je me sens tellement impuissant ; il nous envoie en mission suicidaire et je ne peux rien y faire. Je ne peux qu'espérer lui transmettre en un regard toute la haine que j'ai pour lui et prier pour qu'il s'étouffe avec.

Ce serait trop beau pour être vrai, me rappelé-je, pessimiste.

Sans attendre une quelconque réponse de ma part, il se redresse et, de plusieurs petits gestes secs de la main, époussette le tissu de son manteau de grand couturier. Sans se départir de son air victorieux, il s'apprête à sortir.

— Pas besoin de me raccompagner, je connais le chemin, me lance-t-il cinglant quand il se trouve à ma hauteur.

Je crois l'entendre me murmurer un « bonne chance » d'un ton moqueur avant de claquer la porte d'entrée derrière lui et de me laisser seul, sous le choc.

Comment allons-nous y arriver ?

Mais surtout, comment pourrais-je arrêter cette surenchère constante dans laquelle Ronan s'est lancé de lui-même et dont tout mon groupe fait les frais, alors que le seul homme qu'il cherche réellement à abattre, c'est moi.

Chapitre 25
Rosalie

Après la nuit peu reposante et le brusque réveil que j'ai eu, je me suis réfugiée dans ma chambre où j'ai pu grappiller quelques heures de sommeil afin de ne pas tomber de fatigue. Il semblerait que personne n'ait eu de nouvelles d'Alexander depuis la visite domiciliaire de Ronan. Lorsque cet horrible personnage est parti, Alexander a lui aussi claqué la porte et il n'est pas revenu depuis lors. Je devine sans mal que l'entrevue ne s'est pas très bien déroulée.

L'après-midi est déjà bien entamée lorsque mon téléphone me surprend en vibrant sur ma table de chevet. Allongée sur mon lit, plongée dans la suite de mon livre, je sursaute, très peu habituée à recevoir des appels. Je prends l'appareil dans mes mains ; l'écran affiche un numéro inconnu. J'appréhende de décrocher.

— Rosalie, se fait entendre une voix complètement déshumanisée.

Je comprends très vite que je ne parle pas directement avec une personne, mais plutôt avec un appareil servant à modifier les voix. Les gens qui cherchent à rentrer en contact avec moi ne souhaitent visiblement ne laisser aucune trace. Je suis même certaine qu'ils feront disparaître le téléphone dès que j'aurais raccroché.

— Nous apprécions les informations que tu nous as envoyées. Nous t'accordons donc un petit cadeau.

Mon oreille collée à l'appareil, je suis tétanisée.

— Nous t'attendons au parc Franklin dans une heure, ne sois pas en retard.

Il raccroche et je me retrouve à contempler le vide pendant un long instant, incapable d'arrêter les tremblements qui secouent mon corps.

Lorsque je reprends enfin mes esprits, je comprends que je n'ai plus une minute à perdre et fonce enfiler des vêtements adéquats, étant jusque-là restée en pyjama. Je n'ai pas vraiment le temps de choisir avec goût ma tenue alors je décide qu'un jean bleu des plus banals et qu'un gros pull en laine bien chaud aux couleurs bariolées suffiront amplement. Je sautille pour enfiler de petites chaussettes blanches et je rentre mes pieds dans des baskets de la même couleur avant de m'enrouler dans une de mes doudounes les plus chaudes. L'hiver s'est bien installé et la pluie est continuellement de la partie avec peu d'espoir que cela s'améliore dans les prochaines semaines, voire les prochains mois.

Je connais de nom le fameux parc et, si je veux être à l'heure, je ne dois pas trop tarder. Je me précipite donc jusqu'à ma voiture que je n'ai plus utilisée depuis belle lurette et roule sans m'arrêter. Mon GPS me donne des indications claires et les routes sont bien dégagées, ce qui me permet d'avoir un peu d'avance. Le rendez-vous n'est que dans dix minutes, mais même si ces personnes sont déjà là, elles me feront poireauter dans le froid jusqu'à l'heure pile, j'en suis certaine. Ces gens-là ne seront pas du genre à faire dans les sentiments et l'empathie.

Pendant plusieurs minutes, je réfléchis donc à ce qui pourrait bien m'attendre. Ils ont utilisé le terme « cadeau », mais avec eux, je préfère prévoir le pire, au moins je ne risque pas d'être déçue.

Lorsque l'écran de mon téléphone affiche enfin 16 heures, un nouveau numéro me rappelle immédiatement. Derrière l'autre appareil, c'est pourtant toujours la même voix de robot qui me parle.

— Rentre dans le parc, m'ordonne-t-il.

Je m'exécute sans broncher. Sur le sentier fait de terre et de graviers, je marche comme un automate en attente de sa prochaine indication. Je dépasse un couple qui marche main dans la main ainsi qu'un binôme de coureurs essoufflés.

— Maintenant, tourne à droite, me guide la voix.

Je ne m'inquiète même pas de savoir comment ils arrivent à me repérer, je sais pertinemment que je suis fliquée. Peut-être même que les gens que je viens de croiser sont des espions sous couverture ou ils me suivent grâce aux caméras disposées aux quatre coins du parc.

— Ta récompense t'attend sur le banc, lorsque tu tourneras à droite à la fin du chemin. Tu as trente minutes, pas une de plus. Après, tu devras partir.

Sans me laisser le temps de répondre, la personne raccroche brusquement dès qu'elle a terminé de me donner ses indications. Je suis à la lettre ses consignes, tourne au moment où elle me l'a demandé et je regarde au loin à la recherche du fameux banc.

Il me faut quelques secondes pour le trouver du regard, mais lorsque c'est chose faite, je cligne plusieurs fois des yeux pour être sûre qu'ils ne me jouent pas un tour. Quand je comprends que tout ça est bien réel, je cours le plus rapidement possible vers *elle*.

Ma fameuse récompense, mon éternel cadeau.

Chapitre 26
Rosalie

— Rosalie, crie-t-elle gaiement quand elle m'aperçoit enfin.

Lorsque j'arrive à sa hauteur, j'ouvre grand mes bras et elle se jette dedans sans hésitation. Je soulève son petit corps dans les airs et vais nicher ma tête dans ses cheveux soyeux pour humer son odeur délicate. Dans la vie, beaucoup de choses changent, mais son parfum naturel reste toujours le même ; un atypique mélange de vanille et de noix de coco qui me rappelle la maison. Ma madeleine de Proust, c'est son odeur à elle.

— Tu m'as manqué, murmuré-je en la reposant à terre.

Je prends un instant pour la contempler : ses cheveux d'un châtain clair qui tire légèrement vers le blond lui arrivent presque aux fesses, c'est sa plus grande fierté. Ses grands yeux bleus sont bordés de longs cils et il y brille continuellement une douce lumière qui la caractérise tant. Aujourd'hui, elle a revêtu un pull rose avec des paillettes incrustées dans la laine et deux petites pinces tiennent ses mèches à l'écart de son beau visage juvénile.

Le petit ange se rassied sur le banc et elle tapote la place près d'elle, comme pour me demander de la rejoindre. Je m'exécute immédiatement, il m'est tout bonnement impossible de lui refuser quoi que ce soit.

Elle me sourit, rayonnante et je remarque immédiatement qu'il lui manque une des petites dents de devant.

— Livia ! m'exclamé-je surprise. Tu as perdu une dent !

Elle glousse avant de me montrer fièrement le trou qu'elle a désormais dans sa dentition.

— Oui, c'est la première. Elle bougeait beaucoup et ce matin, quand j'ai mangé ma tartine au choco, pouf ! Elle est tombée.

Je reste muette d'émerveillement devant ce petit être qui me partage avec ses mots d'enfant son quotidien.

— Nathalie, elle a même dit que la fée des dents allait passer si je dormais tôt ce soir. J'ai trop hâte.

Elle ne se rend compte de rien, mais je grince des dents quand elle évoque cette fameuse Nathalie, sa mère d'accueil en quelque sorte. Évidemment, Livia trouve cette femme douce et amusante. Elle me dit qu'elle est gentille avec elle et pourtant moi, je la déteste. Je la déteste parce qu'elle voit Livia tous les jours, parce qu'elle était là lorsque sa première dent est tombée et parce que des premières fois uniques dans ce genre-là, elle m'en a volé mille. Tous ces moments merveilleux qu'elle passe avec Livia me sont salement volés. Une lourde boule se forme dans mon estomac chaque fois que j'y pense et la douleur revient au galop, toujours un peu plus violente que la fois précédente.

Livia ne perçoit pas mon brusque changement d'humeur, elle continue à piailler pleine d'enthousiasme pour me raconter tout ce que j'ai manqué. À bientôt six ans, elle a encore la chance de vivre dans un monde qui ne connaît ni la tristesse ni l'horreur. J'essaie de l'en préserver un maximum, alors quand je passe un moment avec elle, je masque toujours mes émotions négatives.

Cependant, aujourd'hui j'ai du mal à faire semblant, même en sa présence. Je n'arrive pas à passer outre tous ces moments dont on me prive et à me dire que dans quelques années, ma petite sœur, cet être qui mérite le meilleur en ce bas monde, n'aura aucun souvenir de moi partageant son quotidien. Je suis sauvagement privée d'elle pour des fautes que je n'ai pas commises et chaque jour sans elle offre une balafre de plus sur mon cœur meurtri.

Il est impossible lorsqu'on nous voit sans nous connaître de deviner notre lien de parenté, c'est parce que Livia et moi n'avons pas la même mère. Cependant, la sienne n'a pas été beaucoup plus présente. Cette pauvre fille venait à peine d'accoucher qu'elle abandonnait déjà son nourrisson tout rose à notre idiot de père. Christophe avait peut-être biologiquement ce titre-là, mais il n'en a jamais endossé le rôle. Il était visiblement simplement bon à mettre des inconnues enceintes et à s'attirer des ennuis. Sans une once de courage, il a préféré se plonger dans des activités illégales pour se faire de l'argent plutôt que de remonter ses manches et de trouver un honnête travail pour subvenir aux besoins de ses deux filles dont il ne voulait pas.

Il s'est lié d'amitié avec les mauvaises personnes et il est ainsi devenu, au bout de quelques années seulement, un important baron de la drogue très connu en Alabama. Il en voulait toujours plus et toutes les substances qu'il sniffait à longueur de journée lui ont grillé le peu de bon sens dont il avait été doté à la naissance. À force de jouer avec le feu et de se croire invincible, le roi de la poudre blanche a fini par se confronter à plus fort que lui. Ces hommes qui ont eu sa peau font partie de cette organisation connue, mais dont personne ne sait rien : le FBI.

Le jour où ces policiers, armés jusqu'aux dents, ont fait une descente dans notre appartement et ont criblé notre père de balles, j'étais majeure. Alors sans aucune forme de procès, j'ai plongé pour complicité. J'avais tout juste dix-neuf ans et absolument personne pour prendre ma défense.

Pendant plusieurs jours, j'ai été interrogée et torturée par ces hommes de loi qui ne voyaient en moi qu'une vermine, rescapée de la pègre. Ils ont très vite compris que je n'étais pas le cerveau de la bande et, au fond d'eux, ils savaient très bien que j'étais innocente, mais il leur fallait un coupable et j'étais toute désignée.

Le chef de ces pourritures a eu de meilleurs projets pour moi que de finir ma vie, à peine entamée, à moisir derrière des barreaux dans une prison fédérale hautement sécurisée, mais complètement surchargée. Il voyait en moi la première d'une nouvelle génération d'espions au compte du FBI, chargés d'infiltrer de petites organisations criminelles dans le but de faire plonger leurs éminents dirigeants. J'ai refusé maintes et maintes fois ; et puis un beau jour, il a menacé de s'en prendre à Livia et mon monde s'est écroulé.

Depuis, j'acquiesce sans broncher au moindre de ses ordres et je fais tout pour mériter de brèves entrevues comme celle d'aujourd'hui, pour continuer d'entretenir un lien avec cette petite sœur qui est désormais ma seule famille.

Cette mission dans le gang d'Alexander est censée me valoir une liberté totale : une amnistie complète et une vie tranquille, perdue dans la campagne, juste moi et ma douce Livia. Si elle ne faisait pas partie de l'équation, cela ferait bien longtemps que je ne me battrais plus, mais je ne peux pas lui faire ça. Je suis tout ce qu'il lui reste et je dois me montrer forte pour elle, pour lui offrir une meilleure vie que dans ce foyer avec Nathalie, cette fausse mère payée par l'État pour s'occuper de ce petit otage.

Pour lui assurer cet avenir qu'elle mérite tant, je suis prête à me transformer en Hercule et à défier l'hydre et le lion de Némée. Je brûlerais mon corps pour la réchauffer quand elle a froid et je lui donnerais mon cœur si le sien ne bat plus suffisamment bien.

— Tu en penses quoi ? me demande-t-elle de sa voix d'enfant en m'extirpant violemment de mes pensées. Tu penses que plus tard je pourrais être une vraie danseuse ?

Je tente de lui offrir mon plus beau sourire, il s'étire d'autant plus lorsqu'elle pose sa petite main sur la mienne.

— Évidemment, lui dis-je d'une voix douce. Tu pourras devenir tout ce que tu désires.

Blottie contre moi, elle me raconte tout ce qui lui passe par la tête ; de son histoire préférée qu'elle demande qu'on lui lise en boucle tous les soirs à ce qu'elle a vu à la télé, en passant par ce qu'elle espère manger ce soir.

Trop vite, parce que je n'ai jamais assez de temps avec elle, mon téléphone sonne pour me signaler la fin de cette parenthèse féerique.

— Ma chérie, m'adressé-je à elle en lui caressant les cheveux, je dois y aller.

— Déjà ? Tu ne peux pas rester encore un peu ? me supplie-t-elle les yeux larmoyants.

Les au revoir sont toujours les plus difficiles, autant pour elle que pour moi. Lorsque nous sommes ensemble, toutes les atrocités qui nous sont arrivées n'ont plus leur place, mais quand il est l'heure de se séparer, la réalité nous terrasse de façon impitoyable. J'ai toujours espéré que toute cette histoire n'aurait aucune incidence sur elle, qu'elle ne se souviendrait pas de cette sombre période lorsqu'elle grandirait. Mais moi, comment pourrais-je oublier ses joues inondées de larmes quand je dois la quitter ?

— Non poupée, je ne peux vraiment pas. Mais je repasserai te voir très vite ! dis-je en lui promettant pour apaiser sa tristesse.

Elle me regarde, les yeux rougis, mais pleins d'espoir.

— Promis ? me demande-t-elle en me tendant son petit doigt.

— Promis, lui dis-je en enserrant du mien.

J'embrasse son front délicatement et hume une dernière fois sa douce odeur pour essayer de l'imprégner dans ma mémoire. Le cœur lourd, je me détourne d'elle et m'éloigne. Je voudrais tellement me retourner pour contempler encore son visage de poupon, mais je me l'interdis, consciente que cela me détruirait encore un peu plus.

Désolé Alexander, m'excusé-je mentalement, *désolé Éloïse. Je vous dénoncerai un million de fois encore au FBI juste pour avoir de nouveau le droit de m'asseoir sur ce banc avec ma petite sœur.*

Je suis un monstre, mais même le diable a été un ange à l'origine.

Chapitre 27
Rosalie

Après ma visite au parc, j'ai eu beaucoup de mal à revenir dans la vraie vie ou du moins dans celle que je suis supposée vivre pour les besoins de la mission. J'ai travaillé au bar, mais, perdue dans mes pensées, j'ai cassé un tas de verres. Ça ne m'était absolument jamais arrivé au point que même Hector a remarqué que quelque chose clochait. Il ne m'a cependant posé aucune question ; même si je suis une bonne comédienne, cet homme arrive à lire en moi un peu trop bien pour que ce ne soit pas étrange.

Heureusement, après une bonne nuit de sommeil, ça va déjà un peu mieux. Puisque j'ai continuellement tendance à me battre avec ma conscience, les somnifères me sont alors d'un grand secours. Depuis le jour où ma vie a complètement basculé, je n'ai quasiment jamais aussi bien dormi et je me demande pourquoi j'ai mis autant de temps avant de m'aider de ces petits cachets. Il est presque midi lorsque j'émerge de ce lourd sommeil médicamenteux. Je m'étire pour essayer de réveiller mon corps engourdi et, lorsque j'ouvre ma porte pour sortir, je tombe nez à nez avec Mélissa qui allait sûrement frapper. Elle a encore le poing levé, elle a l'air aussi surprise que moi de cette coïncidence.

— Je venais te prévenir qu'on est attendu à la cave dans dix minutes, se reprend-elle.

— Ah bon ? dis-je, surprise.

Elle hausse les épaules. Visiblement, elle non plus n'a pas été tenue au courant de ce qui se passe et ça n'a pas l'air de la réjouir énormément.

— Je pense que ça a un lien avec la visite de Ronan hier, mais je n'en sais pas plus, me dit-elle.

Je hoche la tête avant de lui répondre :

— Je m'habille et j'arrive !

Je claque la porte et ouvre immédiatement mon armoire. De ce que j'ai pu comprendre, cette réunion n'annonce rien de bon, alors je préfère enfiler des vêtements chauds avec lesquels je peux bouger facilement ; une tenue noire et basique composée d'un jean droit et d'un gros chandail aux mailles larges par-dessus un fin pull thermique.

Alexander ne doit certainement pas encore s'être rendu compte que je l'ai piégé, je ne descends donc pas la boule au ventre dans la cave. Toutes les photos volées que j'ai envoyées au FBI serviront à faire tomber un par un tous ses contacts qui sont également membres des Winter Hill. Il ne devrait pas l'apprendre tout de suite. Quand il comprendra qu'il a fait confiance à la mauvaise personne, je serai normalement déjà très loin. Les agents du FBI doivent m'assurer une royale porte de sortie pour m'extirper de ce bourbier avant que tout n'explose. Lorsque tous les membres de ce gang auront plongé, mes amis y compris, j'aurai gagné ma liberté ainsi que celle de ma petite sœur.

Dans la salle de réunion, tout le monde n'est pas encore attablé. Je m'assieds sur un siège libre juste à côté de Mélissa en attendant les autres. L'ambiance dans la salle est pesante, personne n'ose parler ou même respirer trop fort. L'odeur des mauvaises nouvelles imprègne l'air et tout le monde se demande ce qui va encore nous tomber dessus. De ce que j'avais pu comprendre en laissant traîner mes oreilles, les missions comme le détournement de ce camion n'étaient pas vraiment monnaie courante alors tout le monde espérait être un peu tranquille pendant quelques semaines, au minimum.

Éloïse entre dans la salle, suivie de près par Nicolas. Je suis très surprise de le voir convié à cette réunion, puisque les soupçons de la majorité des membres du groupe se portent sur lui. Je ne pensais pas qu'il serait encore mis dans les confidences. Visiblement, Alexander a décidé qu'ils avaient trop besoin de ses compétences pour le mettre entièrement de côté.

Une fois tout le monde installé, ce dernier commence rapidement :

— Je ne vais pas faire durer le suspense plus longtemps, Ronan n'est pas venu annoncer de bonnes nouvelles.

Son visage, ainsi que celui de chacune des personnes présentes dans la pièce, est fermé. Ses traits déjà sombres sont encore plus durcis par les mauvaises nouvelles et ses yeux ont perdu la lumière que j'ai perçue au restaurant.

— Il manquait une partie de la cargaison dans le camion et nous devons aller la chercher.

— C'est du suicide ! s'énerve Mélissa. Ils vont nous attendre au tournant maintenant qu'on les a eus par surprise.

Elle tape du plat de sa main sur la table pour accompagner sa tirade et manifester son mécontentement. Éloïse hoche la tête en signe d'approbation et Alexander lève les mains pour tenter de calmer les esprits. Ça s'annonce assez compliqué puisque même lui n'a pas l'air ravi de cette nouvelle mission.

— Je sais que ça s'annonce périlleux, mais je ne compte pas nous envoyer à la mort.

Sa posture change pour devenir celle d'un leader, d'un stratège qui doit motiver ses troupes. Heureusement pour lui, Alexander a naturellement cette aura de confiance qui donne envie de le suivre.

— J'ai pris contact avec deux, trois gars d'autres branches des Winter Hill pour qu'ils nous viennent en aide. Nous devons livrer la marchandise à Ronan avant la fin de la semaine, alors nous frapperons demain dans la soirée.

J'ai du mal à déglutir. Ces quelques hommes auxquels il a fait appel et sur lesquels il compte plus que tout pour nous sauver de cette mauvaise passe, ce sont certainement les mêmes personnes que j'ai dénoncées ce matin même. Si ce n'est pas déjà chose faite, ils seront tous arrêtés avant la tombée de la nuit. Notre joyeuse bande va donc se retrouver livrée à elle-même face au gang rival. Il m'est pourtant impossible de les mettre en garde, le piège dont je suis l'auteure est déjà en train de se refermer sur eux. Je n'avais toutefois pas prévu de devenir ma propre victime, je risque moi aussi de subir les terribles conséquences de mes dénonciations.

Mes mains deviennent moites d'appréhension et j'essaie de les frotter contre mon pantalon, mais rien n'y fait, ça ne me soulage pas.

C'est le jeu ma pauvre Lucette, me raille ma conscience.

Nicolas jette au même moment un œil dans ma direction et j'espère qu'il ne devine pas mon désarroi.

Pour l'instant, aucun soupçon ne se porte sur moi, mais je suis intimement convaincue que ce n'est plus qu'une question de temps. Si nous survivons à cette mission suicidaire qui nous plonge littéralement dans la gueule du loup, nul doute qu'ils comprendront très vite ce qu'il s'est passé. Je deviendrai alors une traîtresse et la femme à abattre.

Si le FBI ne me vient pas en aide pour me sortir de ce foutoir, je ne pourrai compter que sur moi-même pour sauver ma peau parce qu'ils n'auront plus aucune pitié, c'est certain.

— Nous garderons les mêmes équipes que pour le premier casse. Je pense que nous devrons un peu plus nous salir les mains cette fois, aussi nous aurons grandement besoin de ces gars-là pour nous aider à sortir.

Pour la première fois, je vois Éloïse s'emporter vivement. Elle se lève en furie, renversant sa chaise.

— Pourquoi devrait-on encore suivre les ordres de ce taré ? J'en ai vraiment marre d'être prise pour de la chair à canon ! On a déjà détourné tout un camion, qu'est-ce qu'il peut bien y avoir encore d'intéressant ? crie-t-elle.

Alexander se frotte le visage d'une main pour tenter de remettre de l'ordre dans ses pensées. Je suis persuadée qu'au fond de lui, il est plutôt d'accord avec sa sœur, mais il ne peut pas se permettre de se montrer hésitant s'il veut que le groupe le suive.

— Ce sont les ordres, Éloïse. Si tu n'as pas envie de faire ce que Ronan nous demande, je t'invite à aller gentiment le lui dire. Je suis sûr qu'il sera très compréhensif, se moque-t-il. Tu pourras peut-être même choisir la balle qu'il te mettra entre tes deux putains d'yeux.

Pris de folie, il hurle la fin de sa phrase laissant tout le monde sans voix. Le silence qui suit sa réplique est glacial, tendu. Une graine de discorde vient d'être semée dans la joyeuse bande et s'il la laisse germer, elle finira par détruire l'ordre qu'il veut désespérément maintenir.

— Si tu n'as pas d'autres merveilleuses idées pour nous mener immédiatement au pilori, rassieds-toi, grogne-t-il sèchement.

Pas de doute : quand son poste de meneur est en jeu ainsi que sa crédibilité, il ne fait plus de favoritisme envers sa petite sœur. Elle n'est qu'une personne de plus sous ses ordres.

L'assemblée est trop choquée pour dire quoi que ce soit et, même si je suppute que la grande majorité est d'accord avec Éloïse, personne ne se risquerait à prendre publiquement sa défense. En apparence, ils sont tous amis, mais, petit à petit, je comprends que dans ce monde de violence : c'est chacun pour soi. Les gangs sont des structures très bien organisées et la hiérarchie imposée est excessivement importante, alors l'insubordination doit être punie d'une sanction exemplaire.

Alexander m'a dit un jour que le seul moyen de quitter le gang, c'était de finir dans un cercueil ; mais plus j'apprends à vivre leur vie, plus je comprends que la mort est constamment présente comme une épée de

Damoclès au-dessus de leurs têtes. Un geste de travers ou même une toute petite remarque à la mauvaise personne suffit parfois pour finir six pieds sous terre. La vie dans la pègre est terriblement anxiogène parce qu'elle ne tient qu'à un fil.

Perdue dans mes pensées, il me faut redoubler d'effort pour me reconcentrer sur la conversation qui bat son plein. Alexander continue de nous expliquer son plan comme si de rien n'était, mais dans la salle se joue désormais une lutte silencieuse de regards assassins. Quand il a terminé, personne ne s'éternise et chacun va s'enfermer seul dans sa chambre.

Cette colocation se veut être une grande famille, pourtant ce sont tous des menteurs ; au moindre danger, chacun ne cherchera qu'à sauver sa peau.

Moi, j'ai toujours su que je ne pouvais me fier à personne, mais maintenant je comprends qu'eux aussi ne peuvent compter que sur eux-mêmes.

Chapitre 28
Alexander

L'anxiété monte en moi, nous allons bientôt partir et je ne sais pas dans quel état nous allons revenir. J'ai essayé de me montrer sûr de moi, c'est ce qui est attendu d'un leader. Comment sont-ils censés me suivre si même moi je ne suis pas convaincu du bien-fondé de notre action ?

Ma sœur ne m'a plus adressé la parole depuis hier, quand j'ai élevé la voix sur elle. Ça ne m'arrive que très rarement, alors évidemment elle est encore choquée. Cependant, je ne compte pas m'excuser. Elle doit comprendre que notre lien de parenté ne lui donne pas le droit de contester mes ordres. Dans la vie de tous les jours, je suis son grand frère, mais au sein des Winter Hill, je suis son chef et je ne la laisserai pas remettre en cause mon autorité. Ni elle, ni personne d'autre.

Nous partons à deux voitures vers le fameux entrepôt dont Ronan m'a parlé, celui qui se situe tout au sud de la ville. Évidemment, il y a de grandes chances pour qu'il soit surveillé ; ces idiots ne se feront plus avoir aussi facilement. Cependant, selon les renseignements que Ronan a pu avoir – certainement en payant quelques-uns des membres les plus achetables de ce gang –, le roulement des tours de garde se fait à 21 heures pile. Nous avons donc un intervalle d'une petite demi-heure pour récupérer la marchandise manquante. Après avoir échangé avec lui par téléphone quelques heures plus tôt, il a fini par me dire ce qu'il fallait à tout prix ramener. Maintenant, je sais donc que j'envoie au combat tout mon groupe pour un simple disque dur contenant des informations très importantes : principalement les noms de grands fournisseurs de drogue, mais également la façon de les contacter. Voilà ce qui motive autant Ronan : l'espoir de s'approprier tous ces contacts et de devenir le roi de la drogue à Boston et aux alentours. S'il réussit à négocier avec ces trafiquants pour qu'ils ne revendent leurs marchandises à personne d'autre, Ronan risque au minimum de tripler sa fortune et cet exploit lui vaudrait de gravir encore quelques échelons pour espérer devenir un des plus hauts dirigeants des Winter Hill.

Par pur appât du gain, il est prêt à sacrifier beaucoup d'hommes.

Je ne sais pas si c'est un fou ou un génie, me murmuré-je.

Cette fois-ci, c'est Rosalie qui est derrière le volant. Silencieuse et concentrée, elle suit les indications émises par le GPS. La voix de synthèse est la seule chose qui brise le silence qui s'est établi dans la voiture. Sur la banquette arrière s'entassent Éloïse et Alice, chacune hypnotisée par le paysage qui défile à la fenêtre. Ce n'est jamais bon de partir en mission fâchés les uns contre les autres, chacun pourrait décider de sauver sa peau et de lâchement abandonner les autres. Malheureusement, je n'ai aucun moyen de m'assurer de leur loyauté. En règle générale, l'argent est un bon moyen de pression, mais puisque Ronan estime que cette mission n'est que la continuité de la précédente, aucune rémunération supplémentaire n'est à la clef.

Je passe une main rassurante sur la cuisse ferme de Rosalie. Elle me sourit en coin, mais le regard qu'elle pose sur moi est d'une tristesse infinie. Je n'arrive pas à comprendre pourquoi, peut-être n'a-t-elle pas aimé mon attitude vis-à-vis de sa copine. Je me promets de mettre les choses à plat avec elle lorsque nous rentrerons, bien décidé à ne plus laisser notre relation se détériorer comme cela a déjà pu être le cas.

Rapidement, nous arrivons dans une rue parallèle à l'entrepôt. J'essaie de vider mon esprit de toute pensée parasite, mais j'ai du mal à me départir de cette terrible sensation que quelque chose va mal tourner. Cet horrible pressentiment ne me quitte pas depuis hier matin et, plus les heures passent nous rapprochant ainsi de l'inévitable, plus le nœud qui pèse sur mon estomac s'accroît.

Je n'ai cependant plus le temps d'y penser, nous fonçons déjà vers le lieu du casse.

Nous sortons tous de la voiture, les mains jamais très loin de nos armes rangées à nos ceintures. Nous nous déplaçons en silence et nous faufilons jusqu'à l'entrepôt. Les autres membres du groupe, partis dans une seconde voiture, sont censés arriver par-derrière et nous, nous devons couvrir l'avant, la partie où nous serons le plus visible. J'attends également la venue de renfort d'ici à quelques instants pour nous aider à nous enfuir sans nous faire tuer.

Trois hommes rôdent devant la porte du hangar ; solidement bâtis, armés jusqu'aux dents, ils sont définitivement là pour dissuader quiconque d'entrer, un peu comme des chiens de garde. Malheureusement, pour nous frayer un chemin, il n'y a pas de solution miracle et nous allons devoir les affronter. J'éteins complètement mon cerveau et passe en mode robot, le seul moyen pour moi de ne pas me battre constamment avec ma conscience. Caché derrière un grand portail en tôle, je dégaine mon arme à feu et vise celui qui est le plus proche de nous, je le touche en haut de la jambe et il tombe en hurlant.

Après ce premier coup, tout s'enchaîne très vite. L'endroit se transforme en un véritable champ de bataille ; des hommes du gang rival arrivent de toutes parts, des coups de feu sont tirés sans répit. Nous nous faisons attaquer de tous les côtés et je dois recharger plusieurs fois mon arme avec les munitions que j'avais heureusement prévues. Alice, sous ses airs de pimbêche arrogante, est une vraie valkyrie. Elle mitraille extrêmement vite et touche presque toujours sa cible. Plusieurs de nos adversaires s'écroulent sous ces balles, mais nous ne voyons quasiment pas la différence tant les renforts arrivent par flux constant.

Éloïse, même si elle risque à tout moment de vomir son repas, tente au maximum de toucher nos assaillants.

Heureusement qu'elles sont là pour mener la bataille parce qu'il ne me faut qu'un bref coup d'œil à Rosalie pour comprendre qu'elle n'utilisera son arme qu'en cas d'extrême urgence. Même si elle s'en sort plutôt pas mal pour les petites tâches quotidiennes telles que récupérer de l'argent ou échafauder un plan, elle n'a définitivement pas l'étoffe d'une meurtrière. La vie dans la pègre est trop immorale pour elle, je l'ai bien compris.

La porte du hangar s'ouvre dans un grand fracas et en jaillit le reste de la bande. Drake est un vrai psychopathe ; je ne sais pas par quel moyen, mais il a réussi à se procurer une arme de guerre et, tout en courant vers nous, il fait tomber un par un nos ennemis. Mélissa le talonne de peu, elle aussi est armée d'une kalachnikov. Cette fille est une vraie machine à tuer, elle est dotée d'une hargne terrible qui la rend extrêmement dangereuse. Elle tire un peu à l'aveuglette, mais fait beaucoup de dégâts pour quelqu'un qui se concentre à peine. Nicolas les suit en essayant d'éviter les balles perdues.

— On les couvre, hurlé-je aux filles en espérant que ma voix perce le bruit des détonations continues.

Nous essayons au maximum de leur faciliter la traversée et, par je ne sais quel miracle, ils arrivent à nous rejoindre sains et saufs. Pourtant, même lorsqu'ils se retrouvent à l'abri, ils n'ont pas le temps de souffler. D'un coup d'œil, je vérifie immédiatement si Drake a réussi à dérober le disque dur. Je suis bien content de constater que même dans la précipitation, il a été d'une efficacité assourdissante. Il me montre l'objet, fier de lui, et le cache immédiatement dans sa poche qu'il ferme bien. Ce qu'il tient là, ce sont mes chances de défier Ronan et d'enfin pouvoir prendre sa place. Devenir shérif à la place du shérif et ne plus jamais être la marionnette de personne. Avoir ce précieux objet en ma possession va me permettre d'ouvrir les négociations avec les supérieurs de Ronan et de gagner leur respect, ainsi qu'une position bien plus avantageuse pour moi.

Nous commençons à être encerclés et dans notre dos, rien ne nous protège. S'ils y arrivent, nous n'aurons aucune échappatoire et nous serons fusillés comme des condamnés.

— Où sont tes putains de renfort ? me crie Nic.

Pas là.

Je ne comprends absolument pas. Ces gars n'ont qu'une parole et ils m'avaient promis de venir. Sans eux, nous n'avons aucune chance de nous en sortir vivants, nous ne sommes pas assez nombreux. Nous allons tous mourir.

De façon totalement inattendue, des dizaines de sirènes de police rugissent un peu plus loin dans le quartier créant un mouvement de panique. Nos adversaires se dispersent pour tenter d'échapper aux forces de l'ordre. Nous profitons de cet instant de confusion générale, pour rejoindre, non sans mal, nos véhicules. Arrivés à leur hauteur, j'ai l'infime espoir que nous nous en sortions tous vivants. Je fais un geste de la tête à Drake pour lui signifier que nous allons lever les voiles. Soudain, du coin de l'œil, je vois une balle toucher Nicolas dans son dos, pile au niveau du cœur. Son visage se ferme et il tombe lourdement au sol. Éloïse hurle et veut se précipiter vers lui, mais je la maintiens fermement contre moi à l'aide de toute ma force. Une armée de policiers commence à barricader les lieux, nous devons nous enfuir maintenant, sinon il sera trop tard.

— Laisse-moi, crie-t-elle hystérique, en se débattant.

— Il est mort putain et nous allons mourir aussi si nous restons plantés là une minute de plus.

Par pur instinct de survie, je me détourne du corps inerte de Nicolas. Les flics sont déjà en train de mitrailler des hommes des Latin Kings. Je tire violemment ma sœur jusqu'au véhicule et la jette à l'intérieur. Les portières sont encore ouvertes et nous sommes toujours la cible de quelques balles lorsque je démarre la voiture en trombe.

Nous ne rentrerons pas tous vivants ce soir.

Nicolas est mort.

Ce n'était pas lui la taupe. Le traître est donc encore parmi nous.

Chapitre 29
Rosalie

Boum, boum.

Mon cœur bat tellement vite qu'il menace de s'enfuir de ma cage thoracique. Alexander conduit comme un fou, mais je n'arrive même pas à m'en inquiéter. Il brûle des feux lumineux et manque de renverser un piéton. Mes oreilles sifflent encore, agressées par cet assourdissant ballet de déflagrations. Elles bourdonnent terriblement et ma tête se fait douloureuse. Elle tourne et je crains de perdre connaissance, pour de vrai cette fois-ci.

Boum, boum.

Je me refais la scène mille fois : Nicolas se prend une balle dans le dos et tombe au sol comme une masse, raide mort. Je n'arrive pas à penser à autre chose et sa chute fatale tourne en boucle dans ma tête.

Boum, boum.

Nous arrivons à la colocation. En courant, tout le monde sort des voitures. Je vis tout cela de très loin, comme si rien n'était réel. J'ai l'impression d'avoir trop bu et j'ai la sensation de vivre le moment de façon complètement dépersonnalisée. Je ne ressens rien et le bruit blanc qui grésille dans ma caboche m'empêche même de penser.

Boum, boum.

Nous nous retrouvons dans le hall. Tout le monde est encore affolé, le moment a été terriblement dur à vivre. Cette mission a viré au cauchemar en une fraction de seconde.

— Comment c'est possible ? s'exclame Mélissa d'une voix étrange, comme si elle n'avait toujours pas réalisé ce qu'il venait de se passer.

— Mais merde, ils étaient où tes renforts ? hurle Drake au même instant en pointant Alexander du doigt.

Je vois à la tête de ce dernier que son cerveau tourne à vive allure. Puis son regard, plus noir que la nuit, se pose sur moi. Il fond sur moi, fou de rage, et me plaque d'un geste terriblement violent contre le mur, une de ses mains appuie lourdement sur mon torse pour m'empêcher de bouger. Éloïse hurle. Avec une rapidité que je ne lui connaissais pas, il dégaine son arme et l'appuie brutalement sur ma joue.

— C'est toi, c'est ça ? me crache-t-il au visage.

J'ai terriblement mal, mais je retiens mes larmes. La douleur est lancinante, mordante. Elle se diffuse dans tout mon visage sans en épargner aucune partie.

— Avoue ! hurle-t-il à un centimètre de moi.

La souffrance que je ressens m'empêche de parler, mais même si ce n'était pas le cas, je ne saurais pas quoi répondre.

Il a compris. Il sait tout. Cela se voit à la façon haineuse qu'il a de me regarder.

— Je pourrais te tuer là maintenant, aboie-t-il à quelques centimètres de ma figure.

Fou de rage, il enfonce le canon de son pistolet dans ma bouche. La violence dont il fait preuve est bestiale. L'arme claque contre mes dents, menace de les briser. Elle s'introduit si loin que cela me provoque une incontrôlable nausée. Tout tourne autour de moi. Mon monde s'écroule et je ne suis absolument pas certaine de survivre. J'ai eu une pensée émue pour ma petite sœur qui doit déjà dormir paisiblement. Je ne suis pas sûre de la revoir et cela me déchire le cœur.

Que lui diront-ils si je meurs ? Pensera-t-elle que je l'ai lâchement abandonnée ? Se souviendra-t-elle de moi quand elle aura grandi ? Elle n'aura probablement jamais conscience de toutes les atrocités que j'ai dû commettre dans l'espoir d'être un jour réunies.

— Qu'est-ce qui m'empêche de tirer ?

Il rugit ses paroles, possédé par une fureur innommable, que je ne pensais jamais voir un jour sur le visage de quelqu'un. Dans ses iris flamboyants, je le perçois enfin : ce monstre tapi dans l'obscurité de ses entrailles. Celui qu'il essayait tant bien que mal de cacher.

Derrière lui, le reste de la bande est spectatrice. Ils ne doivent certainement pas tout comprendre, mais à leurs mines blêmes, je vois qu'ils ont deviné que j'étais bel et bien le traître. Éloïse est choquée, elle cache sa bouche d'une main tremblante. Les visages des autres sont fermés et ils n'expriment aucune émotion.

Alexander se moque de moi lorsqu'il capte une larme solitaire que je n'arrive pas à retenir, immensément triste de voir le tournant qu'a pris ma vie. C'est le rire d'un fou qui jaillit de ses lèvres.

Quelle idiote ai-je été d'avoir cru à l'illusion qu'il me servait ! Celle d'un homme bon aux circonstances atténuantes. Mais comment pourrais-je me blâmer ? Quand le masque est si beau, personne ne pourrait se douter que le visage derrière n'est qu'un amas de putréfaction.

Il retire son arme de ma bouche et me donne un violent coup de crosse au niveau de l'arcade sourcilière. Je dois visiblement saigner beaucoup parce que l'œil concerné par la blessure commence à voir flou, inondé de mon propre sang. Le liquide rouge dégouline jusqu'au coin de ma bouche et je suis forcée d'y goûter, écœurée. Le flux se mélange à mes larmes salées qui ont émergé de façon totalement incontrôlable.

Alexander s'éloigne d'un pas de moi, son visage n'exprime que du profond dégoût à mon égard.

— Dégagez-la d'ici, beugle-t-il à l'intention des autres personnes présentes.

Il détourne les yeux, incapable de me regarder plus longtemps.

— Enfermez-la dans la cave, ordonne-t-il d'une voix glaciale.

Mélissa et Drake m'encerclent alors, obéissant ainsi aux ordres de leur chef. Ils me traînent avec une terrible poigne jusqu'au sous-sol. Je suis jetée comme un vieux sac encombrant sur le sol de la salle de réunion. J'entends la porte se verrouiller derrière moi, mais je ne me débats pas. Allongé sur le béton glacé, mon corps est secoué par d'incontrôlables tremblements. Je suis incapable de faire le moindre mouvement ou même de tenter de me redresser.

Seule, blessée, le visage recouvert de mon sang, je me trouve misérable. Les larmes coulent le long de mes joues et creusent ainsi des vallées de tristesse sur mon visage effondré. Je me retiens de vomir, dégoûtée par la personne que je suis devenue.

— Qu'ai-je donc fait ?

Je glapis misérablement pour moi-même d'une voix enrouée à cause des sanglots.

Pour la première fois depuis belle lurette, mon petit ange intérieur ne décide pas d'enfoncer le clou dans la plaie bien à vif. Il tente même de me faire redresser la tête en me rappelant que tout ce que j'ai fait, je l'ai fait pour ma petite sœur, que je ne suis toujours pas morte et que j'ai donc une chance de la revoir un jour.

Je n'ai pas amené au bûcher des enfants de chœur, mais de dangereux membres d'un gang qui terrifie la population de Boston.

Je suis peut-être un monstre à leurs yeux, mais je suis aussi une survivante.

Je me laverai les mains comme Ponce Pilate. Si même lui a pu vivre avec sa conscience, pourquoi pas moi ?

Chapitre 30
Rosalie

J'ai extrêmement froid, j'ai faim et je me sens faible. Mon visage me fait terriblement mal et j'ose à peine approcher mes doigts pour évaluer les dégâts.

Le destin a quand même un sens de l'humour assez particulier ; la dernière fois que je m'étais ouvert l'arcade sourcilière, c'était la nuit où j'ai été arrêtée, celle où mon père est mort et que mon quotidien a été complètement chamboulé. J'ai l'impression que cela fait un million d'années, mais en vérité, c'était il n'y a pas si longtemps. Je m'étais réveillée le lendemain dans un état semblable à celui dans lequel je suis actuellement, attachée à une chaise dans une pièce sombre qui m'était inconnue. Je ne savais pas alors ce que j'allais devenir et être contrainte de faire pour continuer à vivre. Je m'étais toujours pensée incapable de faire du mal aux autres, je haïssais tout ce que mon père représentait et je m'étais juré de ne jamais tomber aussi bas que lui. Maintenant, je sais que pour nous maintenir en vie, nous pouvons devenir la pire version de nous-mêmes. L'instinct de survie est bien plus fort que toutes nos belles valeurs et, pour protéger ma sœur, j'avais été prête à devenir un monstre d'un vice et d'une cruauté innommables.

Même aujourd'hui, je suis incapable de regretter quoi que ce soit : je n'avais tout simplement pas le choix. On pense toujours garder son libre arbitre en toute circonstance, mais la vérité est tout autre ; il y a des moments dans la vie où on se retrouve face à bien plus fort que soi et à ce moment-là, la seule solution est de s'incliner et d'obéir, quitte à devenir une personne que nous n'aurions jamais pensé être.

Je rampe sur le sol pour aller me réfugier en boule dans un coin. En scrutant la salle, un peu plus tôt, j'ai cru pleurer en découvrant une grosse écharpe en laine oubliée sur une chaise de réunion. Je suis presque certaine qu'elle est à Alice et je pourrais, en cet instant, la bénir et ériger un temple à son honneur pour son acte involontaire. Évidemment, dans une cave, les températures sont négatives, mais le manque de nourriture n'aide pas à me réchauffer. Drake et Mélissa ont laissé la lumière allumée en partant, mon cerveau est trompé par cette clarté artificielle et n'arrive plus à se repérer dans le temps. Même si j'ai perdu complètement la notion de celui-ci, il me paraît évident que je suis enfermée depuis plus de vingt-quatre heures. J'entends parfois quelques pas ou éclats de voix lorsque les habitants de la maison passent dans le couloir devant la porte qui mène à la cave. Cependant, ce ne sont que des bribes de conversation. Il m'est complètement impossible d'en suivre le fil ou même de savoir si on parle de moi.

Repliée sur moi-même, enroulée dans l'écharpe dérobée en essayant au maximum de couvrir toutes les parties de mon corps qui ont froid, la tête qui bourdonne de façon intempestive, je n'arrive pas à garder les yeux ouverts et plonge dans un sommeil comateux.

Je me réveille en sursaut lorsque la serrure est déverrouillée. Je regrette immédiatement mon réflexe qui intensifie mon mal de tête. Je papillonne des yeux quelques secondes pour les réhabituer à la lumière intense. La porte s'ouvre en grinçant et laisse apparaître Éloïse. Son visage n'exprime plus cet habituel air de poupon innocent, elle me lance un regard vide.

— Je t'ai apporté de quoi manger et un médicament.

Sa voix a perdu toutes ses différentes intonations qui la caractérisaient tant, ainsi que la moindre trace de chaleur. Un épais mur infranchissable s'est dressé entre nous. Nous ne sommes définitivement plus amies et faire marche arrière est désormais impossible.

Je n'avais jamais vraiment compris comment une personne aussi douce qu'Éloïse pouvait bien survivre dans un gang. Maintenant, je le sais. Elle aussi a à l'intérieur de son cœur une terrible noirceur. Je l'avais déjà en partie compris lorsque je l'ai vu tirer avec précision sur ses adversaires, sans se poser la moindre question ou avoir le moindre remords. À présent, c'est une évidence : cet air candide n'était qu'une façade.

Je n'arrive pas à murmurer quoi que ce soit, ma gorge est tellement sèche qu'elle en devient douloureuse.

De toute façon, elle n'attend aucun remerciement de ma part. Elle n'agit pas en souvenir de notre amitié, mais simplement parce que je suis une prisonnière qu'ils doivent garder en vie s'ils veulent pouvoir m'interroger. Ce qu'ils ne manqueront pas de faire brutalement s'ils estiment que les informations que je leur fournirai ne sont pas suffisantes. J'ai déjà subi un interrogatoire sous la torture, je sais à quoi m'en tenir. FBI ou membres d'un gang, leur façon de faire est la même. Ce sont tous des pourritures qui ont les mains baignées de sang.

Elle pose l'assiette sur la table de réunion et se détourne sans un regard de plus. Elle quitte la pièce en silence et n'oublie pas de refermer soigneusement la porte derrière elle. Il ne faudrait pas que je puisse m'enfuir après tout. L'idée m'a traversé l'esprit, mais dans l'état dans lequel je me trouve cela semble fort impossible. De plus, je n'ai absolument aucun moyen de me défendre et je suis plus que persuadée qu'ils n'hésiteraient pas un seul instant à me tirer dessus comme un pauvre lapin si je commençais à devenir un problème incontrôlable pour eux.

Je me lève difficilement, mes muscles sont endoloris par le froid et me bouger me demande un effort considérable, cependant, l'appel de la nourriture est plus fort que tout. Le sandwich est des plus rudimentaires néanmoins je me jette dessus comme si c'était un mets d'exception. Je n'en laisse pas une seule miette. Ce n'est pas dans mes habitudes de ne pas manger de la journée. De plus, la mission a été très sportive et m'a demandé beaucoup plus d'énergie que ce que j'aurais pensé.

Une fois mon sandwich gobé et mon médicament avalé, j'ai déjà les idées plus claires. Mon ventre ne gargouille plus et le grésillement ininterrompu qui me fracassait le crâne se calme également. Je prends mon courage à deux mains et tâte mon visage pour essayer d'évaluer les dégâts. Comme je l'avais pensé, mon arcade sourcilière a subi un sacré choc, je la frôle à peine qu'une vive douleur me foudroie. Le sang qui a baigné mon visage et une partie de mes cheveux est désormais sec ; ce qui signifie que, même si la plaie me fait encore souffrir, elle ne saigne plus. C'est déjà bon signe, mais je ne suis pas certaine qu'elle ne risque pas de s'infecter. L'arcade demande très souvent quelques points de suture et je ne suis pas en état d'en exiger.

Après avoir bu une grande gorgée d'eau, j'utilise donc le fond du liquide pour frotter mon visage. Je tapote également la plaie avec un mouchoir propre préalablement humidifié, en serrant fortement les dents pour retenir un gémissement de souffrance. Je me laisse ensuite tomber sur une chaise et m'emmitoufle de nouveau dans l'écharpe.

Le médicament que j'ai ingurgité agit presque comme un somnifère et je me rendors dans cette position qui est loin d'être agréable. J'aurais certainement des courbatures lorsque je me réveillerai, mais mes yeux sont tellement lourds que je n'arrive plus à résister et je plonge dans un sommeil de façon pitoyable.

Désormais, je n'ai absolument plus aucune notion du temps. Je me suis assoupie et réveillée plusieurs fois. Je n'ai plus reçu de visite et plus personne ne m'a apporté de quoi me nourrir ou même m'hydrater. Mon ventre hurle de famine depuis maintenant un bon bout de temps au point que j'ai fini par m'habituer à la sensation de faim.

J'ai terriblement froid, mes doigts ont viré au jaune tant ma circulation sanguine a du mal à se faire correctement. Je ne sens même plus mes orteils, complètement frigorifiés dans mes chaussures. Je suis en train de tomber malade et cela ne fait qu'accroître le supplice que me fait vivre ma tête, bien amochée.

Le froid me rend somnolente. Je n'ai absolument rien pour me distraire et ainsi tenter de me maintenir éveillée. Je commence à désespérer et à me demander s'ils ne comptent pas me laisser mourir de froid ou même de malnutrition.

Un long moment après, je suis sortie de ma torpeur par des hurlements bestiaux. J'entends des gens courir et je suis même effarée d'entendre des coups de feu. Coincée dans cette cave, je tourne en rond comme un animal. Je devine sans mal que le groupe vient d'être attaqué, je les vois tout de même assez mal finir par s'entretuer. Mon cœur qui avait ralenti pour se mettre en mode survie s'accélère subitement. J'ai peur de me faire acculer dans la cave sans avoir quoi que ce soit pour me défendre. Après avoir pris le temps de la réflexion, je me lève brusquement et entreprends de fouiller les lieux. Évidemment, aucune arme n'a été oubliée et les tiroirs contenant certainement des documents importants sont soigneusement fermés à clef. Visiblement, Alexander a retenu la leçon et ne me laissera pas une seconde fois une longueur d'avance.

Si cette année en tant qu'espion au compte du FBI a été un véritable enfer, j'ai néanmoins acquis de réelles connaissances et crocheter une serrure n'a plus rien de sorcier pour moi. Beaucoup d'objets du quotidien peuvent m'être d'une grande utilité.

Bingo, murmuré-je lorsque je mets la main sur un trombone tombé entre deux meubles.

Je le déplie et me précipite vers la porte. Elle se dresse fermement devant moi, verrouillée à double tour. Je me laisse tomber à genoux, heurte durement le sol et fouille la serrure avec mon arme de fortune. Je ferme les yeux, colle mon oreille contre le bois et me concentre pour écouter tous les petits bruits faits par le mécanisme. Heureusement pour moi, c'est loin d'être une porte blindée et la crocheter s'avère un jeu d'enfant. Je n'avais à l'origine aucune intention de m'enfuir, je n'y avais même pas songé, persuadée qu'il me serait impossible d'échapper à la vigilance de mes cinq anciens colocataires. Cependant, s'ils sont en train de se faire attaquer, ils ne penseront plus du tout à moi et j'aurai ainsi une chance de me faufiler jusqu'à la sortie. L'occasion est bien trop belle pour la laisser filer.

Lorsque j'entends le dernier clic qui signifie que je suis venue à bout de cette serrure, j'ouvre délicatement la porte en priant pour qu'elle ne grince pas, même si je ne suis pas persuadée que quelqu'un le remarque dans la cacophonie ambiante. Avant de quitter la cave, je m'arme de l'assiette en porcelaine abandonnée sur la table de réunion, celle dans laquelle se trouvait le sandwich apporté par Éloïse, toutefois consciente que cela consiste en une bien piètre arme de fortune.

J'avance à pas feutrés. Je retiens ma respiration, me concentre à chaque fois avant d'effectuer un quelconque mouvement. J'arrive à atteindre sans encombre les escaliers qui relient la cave au rez-de-chaussée, mais je sais que le plus dur est à venir. Je tends l'oreille. Bizarrement, les hurlements et les détonations se sont complètement calmés. Le silence est encore plus inquiétant que le vacarme qui a éclaté quelques minutes plus tôt.

Je sue à grosses gouttes tant j'ai peur de me faire prendre. J'ai beau être contre mon gré une espionne à la solde du FBI, je n'ai absolument pas l'âme d'une bagarreuse, encore moins avec de vrais hors-la-loi.

Lorsque je pénètre dans le couloir, quittant officiellement la cave, je sais que c'est le moment où je serai le plus à découvert, en grande position de faiblesse. Le corridor est assez long et s'ouvre à deux endroits : une première ouverture à ma droite donne sur la cuisine et, un peu plus loin, une seconde donne sur le salon. Lorsque j'aurai réussi à passer ces deux pièces-là, il ne me restera plus qu'à prendre mes jambes à mon cou et m'échapper le plus vite possible. Il y aura toujours le risque que quelqu'un me rattrape ou tente de me tirer dessus, mais je serai déjà bien plus en sécurité qu'à l'intérieur de la maison.

Puisque c'est bien trop dangereux de rester statique en plein milieu du couloir, je respire un grand coup avant de me lancer. Mes petits pas sont silencieux et pourtant j'ai toujours l'impression qu'ils font terriblement trop de bruit.

Je me fige tout d'un coup en captant une conversation. Elle doit provenir du salon puisque je ne l'entends pas assez bien pour que ça vienne de la cuisine. Ce sont des voix que je ne connais pas, ce qui confirme de plus en plus l'idée d'une attaque par un gang rival. Évidemment, les deux vols perpétrés par les Winter Hill ne pouvaient pas rester impunis. Cela m'a tout l'air d'être une vendetta pour sauver l'honneur de ce gang humilié.

— Toi, tu les surveilles ! s'énerve un premier homme. Il ne faut pas qu'ils s'enfuient avant que le boss arrive.

— Tu ne me cries pas dessus, s'emporte aussitôt un deuxième homme. Je sais ce que je fais.

Un troisième essaie de les calmer dans une autre langue, peut-être de l'espagnol ou de l'italien. Je n'ai pas l'impression qu'il y a d'autres personnes en plus de ces trois mécréants, mais je comprends qu'il va falloir que j'agisse vite avant l'arrivée de leur supérieur. Si le trio d'hommes de main n'a pas l'air doté d'une grande intelligence, mon petit doigt me dit que ça ne risque pas d'être la même chose avec leur patron. Pour rentrer dans la pègre, il suffit très souvent d'être bête et méchant, avoir de gros muscles est un bonus, cependant pour monter les échelons, il faut savoir faire preuve de stratégie et d'organisation, ce qui n'est pas à la portée de tous.

— Je vais fumer une clope, annonce un des inconnus. J'ai vu qu'ils avaient un jardin.

— Je viens avec toi ! répond un autre. Renato, tu surveilles ces idiots. On revient dans une minute.

— Ne soyez pas trop long, s'inquiète le pauvre Renato.

— Je ne risque pas de rater l'arrivée du boss. Il va les tirer comme du petit gibier, ça va être drôle à voir.

Je les entends se déplacer en ricanant et mon sang ne fait qu'un tour lorsque je comprends qu'ils vont débouler d'un instant à l'autre. Complètement paniquée, je cours donc, avec rapidité dans la cuisine. J'ai à peine le temps de me planquer derrière une armoire que déjà, ils se dirigent vers le jardin. Lorsque j'entends la porte de dehors s'ouvrir puis se refermer, je comprends que je n'ai pas beaucoup de temps.

Sur l'égouttoir juste à côté du lavabo, fraîchement lavé, encore un peu humide, je trouve un grand couteau de boucher. C'est presque mon jour de chance et, si ma vie n'était pas menacée, j'en pleurerais presque de joie. Je me munis alors de l'arme blanche même si, avec une telle panoplie, je ressemble plus à une cuisinière qu'à un dangereux membre de la mafia.

Tenant fermement l'assiette en porcelaine de ma main droite et dans l'autre mon nouvel objet tranchant, je sors de la cuisine. Au moment de passer devant l'entrée du salon, j'ose un discret coup d'œil par l'encadrement. Je suis alors choquée de découvrir mes colocataires à genoux au sol, les mains liées par de la grosse corde. Dos à moi, se tient un homme au crâne rasé, bâti comme une armoire à glace. Une longue cicatrice s'étire jusque derrière son oreille à laquelle pend un unique anneau en or. Il tient dans une de ses mains une arme à feu et dans l'autre son téléphone qui semble monopoliser toute son attention.

Mélissa et Éloïse m'aperçoivent au même instant et elles écarquillent les yeux, sous le choc. Elles ne s'attendaient certainement pas à ce que je réussisse à m'échapper, ils ont encore une fois sous-estimé mes capacités même si je dois avouer que le destin me donne de sacrés coups de pouce.

Je dépasse le salon et me précipite jusqu'à la porte d'entrée. Je pose ma main tenant le couteau sur la poignée de porte, mais au moment de m'enfuir cette putain de conscience me rattrape. La phrase prononcée quelques instants plus tôt tourne en boucle dans ma tête.

« *Il va les tirer comme du petit gibier* ».

Je ferme les yeux pour essayer de me convaincre que je n'en ai rien à faire, que ce n'est pas mon problème. Je les ai trahis, ils me détestent et ils m'ont laissé dépérir dans une cave gelée sans s'inquiéter de moi. Ils n'auraient pas hésité une seule infime seconde à me tuer. Je n'en ai rien à faire qu'ils meurent, ce sont des meurtriers et ils le méritent bien. Cette vendetta n'est que justice pour la guerre qu'ils ont eux-mêmes déclenchée.

Alors pourquoi est-ce que je n'arrive pas à ouvrir cette porte et prendre mes jambes à mon cou ?

Parce que, même si je me répète que je ne suis qu'un monstre, ce n'est pas vrai. J'ai un milliard de défauts, mais j'ai malgré tout une bonne âme. Je suis une bonne personne qui a été contrainte de faire de mauvaises choses. J'ai beau être terriblement persuadée que, si les rôles avaient été inversés, ils se seraient enfuis sans un regard pour moi : je vaux mieux qu'eux.

Je secoue la tête, dépitée, en lâchant la poignée avant de faire marche arrière. Arrivée dans le dos du membre du gang adverse qui surveille les cinq prisonniers, je prends de l'élan pour l'assommer avec l'assiette que je tiens toujours en main. Elle se brise en mille morceaux lorsqu'elle heurte violemment son crâne et ma victime titube, la tête ensanglantée et certainement les idées embrouillées à la suite du violent choc, avant de lourdement s'effondrer au sol, complètement sonnée. Mes colocataires sont choqués, leurs pupilles se sont dilatées de surprise et ils ne pipent mot, étonnés de me voir libre, mais également de me voir braver le danger pour les aider.

Oui les gars, nous pouvons nous accorder pour dire que je suis une grosse pigeonne, pensé-je.

Je n'ai pas beaucoup de temps avant que les deux comparses ne se ramènent, s'ils ne sont pas déjà en route, alertés par le bruit. Alors je me hâte de détacher Alexander en premier. Grâce au couteau bien affûté que j'ai dérobé, je cisaille la corde qui entrave ses poignets. Une fois qu'il est libre de ses mouvements, je passe à Drake qui se tient juste à côté de lui. Alexander court fouiller une armoire dans le fond de la pièce, je devine qu'il y a certainement planqué des armes. Effectivement, il en jette une à Drake qui la réceptionne sans peine. J'entreprends de couper la corde qui paralyse Mélissa lorsque les deux assaillants, partis quelques instants auparavant, reviennent au pas de course. Celui que j'ai assommé se réveille au même instant visiblement furieux de s'être fait prendre en traître. Je me dépêche de couper la corde, mais soudain j'entends une détonation. Je me retourne pour voir qui est touché, heureusement Alexander et Drake se tiennent fièrement debout et essaient de maîtriser les trois adversaires. Mélissa me regarde horrifiée alors que je termine prestement de la détacher. Brutalement, une douleur, pire que tout ce que j'ai déjà pu subir, me terrasse. Je regarde mes pieds baigner dans une immense flaque de sang. D'une main tremblante, je touche mon flanc droit et mes yeux s'écarquillent d'effroi.

La balle ne visait pas les deux garçons, elle m'était destinée et elle a bien touché sa cible. Le cri qui naît dans ma gorge n'a pas le temps de quitter ma bouche parce que ma perte de connaissance se fait instantanément.

Je me sens tomber au sol.

Je suis morte.

Chapitre 31
Rosalie

Je souffre terriblement. La douleur est continue et incommensurable, elle ne me laisse aucun répit. Je me trouve dans un état second : encore endormie, mais assez éveillée pour capter quelques bribes de conversation.

— … pas d'accord, murmure une voix lointaine.

J'essaie de me concentrer pour tout comprendre, mais mon cerveau ne coopère pas. Il est très certainement shooté aux médicaments, l'état brumeux dans lequel il est plongé n'est sûrement là que pour camoufler mon calvaire.

— … est venue nous sauver… on doit… indulgent… aider, continue une autre.

Je suis persuadée que je connais les gens qui parlent et pourtant je n'arrive pas à mettre un nom ou un visage sur les différentes voix. Je tente de monopoliser une force surhumaine pour ouvrir les yeux, mais c'est peine perdue. Je perds de nouveau connaissance. Impuissante, je suis terrassée par mon immense souffrance.

Chapitre 32
Rosalie

La brume qui m'obstruait le cerveau se dissipe petit à petit. Je sens d'abord une chaleur qui m'enveloppe, je ne suis visiblement plus dans la cave, mais je n'ai pas encore les idées assez claires pour comprendre où je me trouve, ni pour me rappeler tout ce qu'il s'est passé. J'arrive tout de même à comprendre que mon corps est en contact avec une surface moelleuse, certainement un matelas.

Certains souvenirs me reviennent par flash.

Le froid qui régnait dans la cave.

Moi qui réussis presque à m'enfuir. Je suis debout devant la porte.

Je me retrouve maintenant à défaire les liens de mes colocataires.

La détonation suivie de sang, beaucoup trop de sang.

J'essaie d'ouvrir les yeux non sans difficulté et, quand j'y parviens, je bouge légèrement, mais je gémis aussitôt.

— Doucement, me sermonne Alexander qui s'est précipité à mon chevet.

J'ai un mouvement de recul lorsque je le vois et ce geste me fait d'autant plus grincer des dents. Ça me revient alors : une balle m'a transpercé l'abdomen. Il me suffit de le réaliser et instantanément la douleur m'électrocute, comme si me le rappeler la rendait instantanément plus réelle. Je baisse les yeux pour évaluer les dégâts ; je remonte légèrement mon T-shirt et découvre l'énorme bandage qui m'entoure. Il semblerait que les Winter Hill aient décidé de ne pas me laisser mourir, ce qui est à première vue plutôt une bonne nouvelle même si cela n'indique en rien que ma vie n'est plus en danger.

Je relève la tête et observe en silence Alexander. Il a l'air fatigué, mais ce n'est pas ça qui me choque le plus ; je ne saurais dire pourquoi, les pressentiments ne s'expliquent pas, il n'a plus l'air vraiment le même. Là où avant la colère laissait parfois place à quelque chose de plus lumineux, j'ai désormais l'impression qu'il n'est que noirceur.

Quand il capte mon regard méfiant sur lui, il soupire et se lève :

— Pour le moment, repose-toi encore un peu, mais après il sera l'heure des explications. Ce n'est pas parce que tu as failli mourir et que je t'ai soignée que j'oublie ta trahison.

Il me tourne le dos quand il se dirige vers la porte, mais s'immobilise juste avant de sortir.

— Ni que tu m'as brisé le cœur, murmure-t-il avant de disparaître.

Je me laisse retomber contre le matelas en soufflant pour tenter d'expier toute la tension accumulée. Je passe une main livide sur mon visage blême, appréhendant à l'avance ce moment de grandes révélations.

Ma blessure me demande continuellement beaucoup d'énergie et cette brève interaction m'a déjà complètement épuisée alors, je ferme les yeux et me laisse bercer par un sommeil qui se veut réparateur.

Plus tard, lorsque j'émerge de nouveau, plusieurs heures sont passées et le soleil est en train de se coucher. J'ai perdu toute notion du temps, incapable d'estimer combien de jours sont passés depuis cette fameuse mission cauchemardesque. Mon ventre gronde pour signifier sa faim. J'essaie doucement de me redresser et de me sortir du lit. Tout le long de la manœuvre, je serre les dents et je dois m'arrêter plusieurs fois pour respirer profondément, ce qui est censé éloigner la douleur. J'arrive péniblement à me lever, mais je flanche presque aussitôt. Heureusement, je me rattrape de justesse à mon armoire et, grâce à toute ma détermination, me déplace doucement jusqu'à la porte.

Cette dernière n'est pas fermée à clef et je m'en offusquerais presque parce que cela signifie qu'ils n'ont à aucun moment pensé que j'étais en état de m'échapper.

Je tente de rejoindre le rez-de-chaussée. Cela s'annonce plus compliqué que prévu, mes douleurs se réveillent et je suis obligée de m'appuyer contre le mur pour ne pas m'écrouler. Mon bandage s'imbibe de sang, mais je persévère. Je suis déterminée à rejoindre les voix que j'entends pour ne plus retarder l'heure fatidique et les révélations. J'arrive avec la plus grande peine du monde à descendre les marches qui m'ont semblé interminables. J'ai l'air misérable, je me tiens comme un bossu tant la douleur est vive.

Me faire tirer dessus est une grande première et cela me conforte dans mon idée que ce monde de dangers ne me convient pas, ni du côté des méchants ni du côté des soi-disant gentils. Plus que jamais, je suis convaincue qu'il faut que je sorte ma sœur de tout ça pour nous échapper très loin, là où personne ne pourra jamais nous retrouver.

Je serre encore un peu les dents et persévère. Quand j'arrive par miracle à rejoindre tout le groupe au salon, je suis essoufflée et transpirante comme si je venais de courir un marathon. Les visages se tournent tous vers moi, méfiants. Entre nous, il n'y a plus de confiance, ils n'ont pas encore digéré ma trahison. Personne ne m'a jamais soupçonnée, alors la rancœur est d'autant plus forte. J'ai vécu avec eux, j'ai mangé à leur table et ri de bon cœur à leurs blagues et pourtant quand l'occasion s'est présentée, je leur ai planté un couteau dans le dos. S'ils me détestent autant, c'est parce que je ne suis que le reflet de leur incapacité à deviner le danger qui les menace. Mon visage leur rappelle que n'importe lequel d'entre eux aurait pu se trouver à la place de Nicolas, par ma faute.

Notre amitié est morte avec lui, ne laissant désormais place qu'à une profonde amertume. Ils ne pourront jamais me pardonner et je ne suis même pas sûre de le vouloir. Leur monde est trop différent du mien et, en d'autres circonstances, nous n'aurions jamais dû nous rencontrer.

— Les mauvaises herbes sont tenaces, m'attaque Drake sans même se cacher.

— Tu étais bien content de me voir quand tu étais ligoté au sol, grogné-je en réponse à cet idiot.

Il me lance le regard le plus noir dont il est capable, mais après avoir failli mourir d'hypothermie et avoir été transpercée d'une balle, cela me semble bien risible.

— Calme-toi, lui intime Alexander. Écoutons d'abord ce qu'elle a à nous dire, propose-t-il froidement.

Je m'adosse au dossier d'un des fauteuils pour tenter de soulager au maximum ma douleur. Je ne cherche pas longtemps mes mots avant de commencer.

— Je suis la conséquence d'un coup d'un soir non protégé. Je ne sais pas trop pourquoi ma mère a voulu me garder, mais en tout cas certainement pas par amour pour mon père. Elle a payé sa décision au prix fort puisqu'elle est morte en me mettant au monde.

Je passe une main distraite sur le tissu moelleux et gratte avec le bord de mon ongle une tache de sang fraîchement séchée, probablement le mien.

— Je n'ai aucune idée de ce qui a motivé mon père à me garder au lieu de me faire adopter. À l'époque déjà, c'était un drogué. Comment a-t-il pu penser une seule seconde qu'il avait les capacités pour éduquer un enfant ?

Je ricane, amère, sans trouver ça drôle. Beaucoup de souvenirs rejaillissent : ceux d'une enfance marginale, sous le seuil de pauvreté et plus tard dans un monde trop sombre pour une petite fille en quête de repères.

— Tout ce que je sais, c'est qu'un moment donné le petit consommateur s'est transformé en vendeur et s'est retrouvé très vite propulsé à la tête d'un véritable empire de la drogue. J'ai grandi au milieu de toute cette violence où il m'était plus facile de me procurer de la poudre blanche que des céréales.

Mon père, lui, vivait la belle vie ; il sautait tout ce qui bouge, se faisait un maximum d'argent et engageait des hommes de main pour faire le sale boulot à sa place.

Je n'ose pas lever les yeux pour tenter de deviner à l'expression de leurs figures et ce qu'ils en pensent. Je suis la victime de tout ça et pourtant j'ai toujours eu tellement honte du milieu où j'ai grandi. Tous ces agents du FBI ont presque fini par me convaincre que c'était moi la coupable et que j'avais amplement mérité tout ça.

— Et puis un jour, encore un accident. On a découvert un petit bébé sur le palier. Il n'arrêtait pas de pleurer et il était tout rose. Mon père l'a vécu comme un malheur, mais pour moi c'était le plus beau cadeau du monde, parce que je n'étais plus seule. J'avais quinze ans à l'époque, presque seize, et pourtant je me suis directement sentie capable d'élever cet enfant. J'ai tout fait pour la préserver de ce monde sombre et dangereux. Pour qu'elle n'ait jamais à sentir les mains baladeuses de ces drogués à moitié conscients ni être témoin de tout ce sang.

Je frissonne face à ces souvenirs désagréables que j'essaie depuis toujours d'enfouir au fond de moi.

— Mon père, rien pour lui n'était jamais assez suffisant. L'appât du gain l'a mené à sa perte. Lorsqu'il est entré dans le collimateur du FBI, c'était déjà trop tard : la machine était en marche.

J'ai beau tenter de toutes mes forces de décaper le fauteuil taché, le sang a trop imbibé le tissu. *Il est irrécupérable, comme mon âme.*

— Je dormais lorsque c'est arrivé. Il m'a fallu un long moment pour comprendre ce qu'il se passait, c'est pour ça que je n'ai pas su m'enfuir. Il y avait tous ces agents cagoulés, avec leurs gilets pare-balles et leurs armes de guerre. Ils étaient trop rapides, je n'ai rien pu faire.

Je reprends mon souffle pour me préparer au dénouement.

— Quand je me suis réveillée, j'étais attachée sur une chaise, ensanglantée et complètement désorientée. Il y avait ce mec du FBI qui s'est acharné sur moi de longues heures en espérant que je crache des informations que je n'avais pas. À un moment, ils se sont rendu compte que je pouvais peut-être leur être utile, puisque je connaissais déjà le milieu de la drogue. Je ne voulais pas leur obéir, mais ils l'ont menacée, elle, ma petite sœur. Je ne pouvais pas les laisser lui faire du mal alors, j'ai tout accepté. J'ai été leur parfait petit soldat, bien entraîné.

Je lève les yeux pour enfin les regarder.

— Vous n'êtes pas le premier gang que je berne. Il y en a eu un autre avant vous. Je les ai fait tomber en quelques jours seulement. C'était vraiment des idiots ceux-là, dis-je en ne pouvant retenir un rire sans joie. Ces agents surentraînés ont été si impressionnés par moi, alors j'ai pu commencer à la voir. Elle grandissait si vite, elle avait même commencé à croire que les personnes qui la gardaient étaient vraiment ses parents.

Ils me regardent tous attentivement. Évidemment, ils ne pouvaient pas se douter de tout cela, j'ai toujours été secrète.

— Il la garde dans un endroit secret et ils me font miroiter ma liberté, une vie paisible avec elle loin de tout ça. Mais ils ne sont jamais contents, ce n'est jamais assez suffisant. Il leur en faut toujours plus.

Je n'arrive pas à retenir mes larmes qui ruissellent sauvagement sur mon visage tuméfié. Ce sont les pleurs de la gamine que j'étais, celle qui a été forcée de grandir trop tôt et de façon beaucoup trop brutale. Cet enfant sanglote sur son propre sort et sur la tombe de ses immenses rêves, morts prématurément. Je souhaiterais consoler ma petite fille intérieure, lui dire que c'est une survivante et qu'elle ne méritait rien de ce qui lui est arrivé, qu'elle a fait de son mieux et que c'est déjà pas mal. Je voudrais lui promettre que le pire est derrière elle, qu'elle peut désormais se reposer et tenter d'oublier toute cette barbarie dont elle a été victime.

— Je suis désolée pour vous. Sincèrement. Mais c'est ma petite sœur et pour la sauver, je serais encore capable de faire mille fois pire.

Même si leurs visages restent sévèrement fermés, j'ai tout de même l'impression que mes révélations ont touché leurs cordes sensibles. Leurs yeux me fuient ; c'est souvent comme ça lorsqu'on fait face à quelqu'un qui a vécu des choses innommables, sa souffrance nous rend mal à l'aise. Incapable de trouver les mots justes pour tenter de panser les hideuses cicatrices que la vie m'a infligées, Alexander, en porte-parole du groupe, me répond simplement :

— Nous aussi, nous sommes désolés pour toi. Tu n'as qu'à aller te reposer un peu dans ta chambre, on va t'apporter quelque chose à manger. Nous avons besoin d'en parler ensemble.

C'est étrange : avec eux je suis perdue dans une relation d'amour et de haine, bien incapable de savoir si je les vois encore comme mes amis même si je ne les considère plus tout à fait comme mes ennemis. Pourtant, les entendre dire « ensemble » sans me compter dedans, en distinguant le groupe qu'ils forment sans moi, me fait tristement mal.

Je n'ai jamais eu l'opportunité de faire ma place ni dans ce groupe ni dans aucun autre et prendre conscience que je ne serai jamais la bienvenue nulle part me laisse un arrière-goût amer dans la bouche. Mélissa tient la main d'Éloïse comme pour la soutenir tandis qu'Alexander couve les siens dans un regard protecteur. Mais qui me soutiendra, moi ? Qui me protégera contre mes démons ?

Je serai ma propre famille.

Alors, je me détourne d'eux, au sens propre comme au figuré, et remonte me cloîtrer dans ma chambre pour tenter de m'abriter de la méchanceté des hommes.

Chapitre 33
Rosalie

Bien plus tard, après avoir englouti le repas, qui a été lâchement déposé devant ma chambre, je suis surprise d'entendre quelqu'un frapper à ma porte. J'avais cru comprendre que, même si on ne voulait plus ma peau, j'étais désormais considérée comme une pestiférée. J'étais encore tolérée en ces lieux simplement parce qu'ils ne s'étaient pas encore mis d'accord sur ce qu'ils allaient faire de moi. Comme cet énorme chien en peluche offert par mamie à Noël, je mettais les gens mal à l'aise et j'étais devenue terriblement encombrante.

— Entrez, murmuré-je d'une voix blasée.

Alice pénètre dans la pièce, une trousse de secours à la main, comme si tout cela était normal. C'était donc celle qui me détestait le plus dans cette maison qui aurait l'honneur de jouer mon infirmière tandis que ceux qui avaient toujours prétendu être mes amis m'évitaient comme la peste. Visiblement, certaines personnes n'étaient présentes que lorsque le soleil brillait et disparaissaient mystérieusement quand les nuages d'orage s'annonçaient.

— Tu n'es pas obligée de faire ça, je peux m'en charger toute seule.

Le regard qu'elle me lance me laisse sans voix, il n'est pas agressif, simplement indéchiffrable.

Étrangement, je n'avais plus aucune rancune pour ce sale coup qu'elle m'avait fait. Lorsque la vie bascule, elle remet de l'ordre dans nos priorités : les querelles pour un garçon qui n'en valait pas vraiment la peine ne sont plus à l'ordre du jour en ce qui me concerne.

— Allonge-toi et remonte ton T-shirt, me dit-elle en ignorant ma remarque.

Je m'exécute sans plus rien ajouter. Ma fierté mise de côté, je lui suis tout de même largement reconnaissante de ne pas devoir changer moi-même mes bandages. Un peu plus tôt dans la journée, curieuse, j'avais décidé de jeter un œil à ma blessure ; elle avait été recousue avec précision par je ne sais qui et, même si elle ne semblait pas s'infecter, ma totale guérison sera longue. À en croire les différents points de suture, la balle m'avait traversé le corps aussi facilement qu'une pointe de couteau dans du beurre mou. Heureusement, si j'étais encore là pour m'en plaindre, c'est qu'elle n'avait touché aucun organe vital. Dans le cas contraire, les Winter

Hill auraient probablement dû choisir le bois de mon cercueil, quoiqu'ils auraient sans doute jeté mon cadavre dans un fossé en bord de route.

Assise sur le bord de mon lit, Alice retire méticuleusement mon bandage bien usé. Elle imbibe de désinfectant une compresse stérile et, lorsqu'elle commence à tapoter mes cicatrices avec, elle me raconte :

— J'avais une petite sœur moi aussi. Elle n'était pas aussi jeune que la tienne, mais nous nous entendions tout de même très bien. La vie était chouette, je la tenais toujours par la main lorsqu'on allait la chercher à l'école.

Je vois à l'éclat de ses yeux que son corps est ici, mais que son esprit est retenu ailleurs, dans un monde lointain fait de souvenirs.

— Et puis un jour, tout a changé. Elle est tombée malade, elle ne pouvait plus aller à l'école et je ne pouvais plus lui tenir la main. On n'avait pas l'argent pour payer son traitement. Ma mère n'a jamais travaillé et mon père avait le salaire d'un petit ouvrier. Tout le monde a beaucoup pleuré. Elle était de toute façon condamnée, mais sans traitement, elle partirait encore plus vite.

Une fois bien désinfectée, elle bande ma blessure avec un linge de pansement neuf. Elle a des gestes précis, ses doigts ne tremblent pas, et je me demande combien de fois elle a dû changer les pansements de sa petite sœur, les larmes aux yeux et le cœur gorgé de soucis.

— On avait besoin d'argent, vite. Alors, je suis rentrée dans le gang. C'était la seule solution pour payer les frais médicaux et qu'elle puisse avoir une fin de vie digne, sans souffrance.

Elle replace mon T-shirt par-dessus mon bandage fraîchement terminé. Elle lisse des plis imaginaires sur le tissu, cherchant certainement à s'occuper les mains pour ne pas se mettre à pleurer.

— Elle est morte quelques mois après. Je m'étais liée à vie avec les Winter Hill, pour moi il était déjà trop tard. À l'enterrement, c'est la dernière fois que j'ai vu mes parents. Je n'osais plus les regarder en face après tout ce que j'avais fait. Je suis partie, sans me retourner.

Les yeux qu'elle tourne vers moi sont remplis de larmes, elle n'essaie même pas de les retenir. Elle n'a toujours pas fait la paix avec ses souvenirs, il la hante. Les gens méchants sont très souvent malheureux, l'animosité qui émane d'eux est leur façon de demander de l'aide, mais personne ne les écoute.

— Ce que tu as fait pour ta sœur, je le comprends mieux que personne. J'ai vendu mon âme pour que la mienne puisse vivre quelques semaines de plus.

Elle se relève et essuie ses joues inondées avec la manche de son pull. Sans un mot, elle se dirige vers la porte.

— Je te pardonne. Et j'espère que tu me pardonneras aussi, prononce-t-elle faiblement. Je pensais que tu avais la vie dont je rêvais.

Elle part en silence, mais sa dernière phrase a fait trop de bruit.

Je te pardonne.

Chapitre 34
Rosalie

Pour pouvoir de nouveau remarcher sans douleur, il m'a fallu encore patienter cinq jours. Évidemment, ma plaie n'était pas complètement cicatrisée, cela prendrait plusieurs mois, mais je ne souffrais plus le martyre simplement en restant debout. Étrangement, Alice était venue deux fois par jour m'aider à refaire mes bandages. Plus étrange encore, je ne trouvais plus sa compagnie si dérangeante. Il faut dire que je ne voyais pas grand monde, voire personne. Cloîtrée dans ma chambre, je me nourrissais des plats qu'on abandonnait devant ma porte pour éviter de me croiser. Je commençais à trouver le temps long et je tournais en rond comme un félin en cage.

Un soir, alors que je lisais tranquillement un roman dans ma chambre pour tuer l'ennui, Alice fit irruption dans la pièce. À ce moment, je détourne mon attention de mon bouquin et l'interroge du regard. Elle semble mal interprétée ma réaction et perd tout d'un coup sa détermination.

— Désolé, minaude-t-elle. Tu es occupée, je ne voulais pas te déranger.

Elle est déjà prête à opérer un demi-tour mais je lui intime de rester. Je me décale pour lui faire de la place dans mon lit et tapote mon matelas de la main. Il n'en faut pas plus pour la convaincre de rester et elle me rejoint timidement, sans oser me regarder. J'ai directement remarqué ses yeux rougis, elle a sans doute dû pleurer à chaudes larmes, et, même si nous n'avons pas toujours été de grandes copines, mon cœur se serre pour elle. Je n'avais pas réalisé avant cela qu'Alice devait se sentir, elle aussi, terriblement seule ; je l'ai rarement vu traîner avec la bande et même lorsque c'était le cas, ils la tenaient toujours à l'écart. Si j'ai moi-même pu être témoin de regards moqueurs ou de remarques assassines à son égard, je commence à me dire qu'elle aussi a dû les remarquer.

— Tu veux en parler ? Je lui demande doucement.

Elle secoue la tête pour me signifier que non et je n'insiste pas, respectant son choix. Du coin de l'œil je l'observe. Elle fait peine à voir ; recroquevillée sur elle-même, avec ses yeux bouffis et cette moue malheureuse plaqué sur le visage. J'ai toujours vu Alice comme une femme forte, elle a un caractère bien trempé et je suis assez surprise de comprendre qu'elle utilise en réalité ses airs de peste que pour se protéger du monde. Devant moi, son armure se fendille. On dirait bien qu'elle n'est pas aussi insensible que ce qu'elle essaye de faire croire. C'est la rudesse de la vie dans un gang qui doit faire ressortir le pire d'elle. Épuisée de porter cette carapace, elle se laisse aller et la fille qu'elle me permet de voir à l'air d'une infini bonté.

Elle s'appuie contre mon épaule. Cet instant change irrémédiablement quelque chose entre nous ; d'ennemies nous devenons des confidentes. Pas besoin de paroles pour acter la naissance cette amitié atypique. Il nous suffit de nous tenir là, dans ce petit lit une personne, blotties l'une contre l'autre. C'est parfois dans les plus terribles passes de notre vie que nous forgeons les plus solides alliances.

Nous restons un long moment sans oser bouger, à l'abri dans notre bulle. Plus tard dans la soirée, elle me propose d'aller chercher son ordinateur pour regarder un film. Elle ne le précise pas mais je comprends qu'elle n'a pas envie d'être seul ce soir. Nous regardons une histoire d'amour qui nous fait honteusement lâcher quelques larmes et peu après nous nous endormons, serrées l'une contre l'autre.

À la fin de ma convalescence, dans la matinée, comme à son habitude, Alice frappe à la porte aux alentours de 10 heures. Je n'ai même plus besoin de l'inviter à entrer tant ses allées et venues sont devenues, en un court laps de temps, un vrai rituel.

Pourtant aujourd'hui, j'ai l'impression que quelque chose ne va pas ; sans réellement le vouloir, j'ai appris à connaître cette fille et je peux maintenant déceler si quelque chose ne tourne pas rond pour elle. Je la sonde de mon œil expert et remarque immédiatement la naissance d'un bleu sur sa clavicule. Elle a essayé de le cacher avec un peu de fond de teint et un pull à col montant, mais, à cause de larges gestes qu'elle doit faire pour me retirer mon bandage, son épaule s'est un peu dénudée.

— Qui t'a fait ça ? demandé-je d'une voix neutre.

Elle tente de jouer l'idiote, mais son sourcil tressaute subtilement et la trahit.

— Alice, réponds-moi.

Je lui attrape doucement le poignet pour capter son attention. Ses yeux qui étaient jusque-là fermement concentrés sur ma blessure se posent sur moi. Mes poumons se vident immédiatement de tout l'air qu'ils stockaient tant je suis choquée par la tristesse que véhicule son regard.

— J'avais raison, avoue-t-elle faiblement.

Je ne réponds rien, je ne veux pas la brusquer et mon silence l'invite à continuer d'elle-même lorsqu'elle en aura envie. Elle ne tarde pas à ajouter :

— Je me suis toujours demandé, lorsque je vous voyais ensemble, si tu avais droit à une meilleure facette de lui. Une facette que je ne méritais visiblement pas.

— Je ne comprends pas bien ce que tu es en train de me dire…

En silence, elle fixe le mur juste à côté d'elle, pensive.

— Je pense que c'est en partie pour ça que je te détestais. J'étais tellement jalouse de toi. Évidemment, il a toujours eu mauvais caractère, mais avec toi, il se calmait. Il n'osait jamais trop dépasser les bornes. Pourquoi est-ce que moi je n'avais pas droit à tout ça ? Le restaurant, la nuit ensemble.

Je me sens terriblement idiote de ne rien comprendre. Elle me balance un tas d'informations que je n'arrive pas à associer. Je me retrouve complètement perdue, la bouche légèrement ouverte, signe de mon incompréhension.

— Tu ne comprends vraiment rien, s'agace-t-elle légèrement en secouant la tête.

Devant mon visage hébété, elle me révèle alors :

— Il me frappe Rosalie. Alexander me frappe constamment. Il suffit qu'il soit un tout petit peu énervé et c'est sur moi qu'il passe sa colère.

Je cache ma bouche d'une main, ahurie. Je suis sonnée par ces révélations qui grondent comme un orage.

— Avant, au tout début, il montrait uniquement son bon côté, mais dès qu'il m'a considérée comme acquise, il s'est déchaîné. Je suis tellement idiote, s'énerve-t-elle contre elle-même. Je revenais constamment vers lui, je suis même passée pour la fille beaucoup trop collante.

Sa voix devient rauque de chagrin et elle renifle difficilement à travers ses larmes qui commencent à affluer.

— Je voulais juste qu'il m'aime. Qu'il me regarde comme il te regarde toi, comme il me regardait avant.

Je n'ai jamais été très tactile et pourtant là, j'ai un geste qui me surprend moi-même ; j'enroule son petit corps tremblotant de mes deux bras et elle se réfugie d'elle-même contre moi. Elle sanglote de très longues minutes, bercée par mon étreinte. Lorsqu'elle revient à elle, elle se détache de moi, un brin gênée de ne pas avoir réussi à garder le masque de la fille froide qu'elle brandit continuellement.

J'ai envie de lui dire qu'elle n'a pas à faire semblant, qu'il n'y a pas de honte à pleurer et surtout qu'elle doit se libérer de la culpabilité. Elle n'est pas idiote d'être revenue constamment vers lui malgré sa violence ; c'est le propre de la dépendance affective. Je la crois, je la soutiens et elle doit comprendre que ce n'est pas sa faute, qu'elle est simplement une victime.

Pourtant, les mots ne sortent pas, ils sont coincés dans ma gorge comme si je ne me sentais pas légitime de les prononcer. J'ai moi-même cru à cette étiquette qu'on lui avait collée, celle d'une folle beaucoup trop envahissante. Je suis complètement estomaquée de voir à quel point un bourreau peut se faire passer pour la victime.

Tendrement, j'essuie ses larmes de mon pouce avant d'oser lui demander :

— Qu'est-ce qui s'est passé ?

Elle essaie d'abord de reprendre le contrôle sur sa respiration. Cela s'avère compliqué tant les émotions qui viennent d'exploser ont été intenses.

— On n'était pas d'accord sur un sujet, je pense qu'il n'a pas aimé que je lui dise ma façon de penser.

Elle reste assez évasive, alors j'insiste :

— Quel sujet ?

Elle tortille ses doigts, elle doit sûrement se demander si c'est une bonne idée de tout me confier. Je suppose que ça doit être quelque chose qui est lié de près au gang et me révéler ce genre d'informations doit certainement avoir des conséquences.

Finalement, elle se décide et s'exprime très rapidement comme si elle avait peur de changer d'avis :

— Il est en colère parce que ça fait un moment qu'on se fait voler de la drogue dans un entrepôt de stockage. Ce ne sont jamais de grandes quantités, mais je crois que ce qui l'énerve surtout, c'est simplement le fait de se faire voler. Ce matin, il était tellement fier parce qu'il avait enfin réussi à pincer le voleur, mais moi j'étais tellement mal, sanglote-t-elle. Il ne pouvait tout de même pas le punir.

— Pourquoi ne pouvait-il pas le punir, Alice ?

Ses yeux sont vides de toute expression, Alice est véritablement une de ces âmes épuisées, malmenées par la vie. Elle n'a plus la force de se battre, trop affaiblie par le vent et les marées.

— C'était juste un enfant, un jeune ado qui veut sûrement jouer au rebelle ou se faire un peu d'argent. Mais Alexander était tellement furieux. J'ai essayé de le retenir, j'ai même tenté de lui arracher son arme, mais il m'a frappée avec tellement de violence que je suis tombée et le temps que je me relève, il était déjà parti.

Les précédentes confidences étaient déjà difficiles à encaisser, mais là, c'est beaucoup trop pour moi. Je suis dans un premier temps incapable d'assimiler clairement ces révélations, mais lorsque l'information monte à mon cerveau, je reste interdite. Choquée, mon corps est comme pétrifié, incapable de bouger d'un seul millimètre. J'ai l'impression d'avoir été projetée tout droit dans un mauvais film.

Un court instant, tant j'ai du mal à croire qu'Alexander puisse traquer de sang-froid un enfant, je me demande si ce n'est pas une stratégie de sa part pour le décrédibiliser auprès de moi. Cependant, le doute a à peine le temps de s'insinuer en moi qu'il est déjà balayé par la conviction qu'elle ne me ment pas ; c'était peut-être fort bref, mais en l'espace de quelques jours, j'ai sincèrement appris à la connaître. L'exubérante Alice a mille et un défauts, mais ce n'est certainement pas une menteuse. De plus, j'ai déjà eu l'occasion d'entrevoir le côté sombre d'Alexander et je ne peux nier avoir eu l'impression qu'il était sans limites.

Au même instant, nous entendons une voiture se garer sur le parking et je me précipite en bas, bravant la douleur qui s'est vivement réveillée au niveau de mon flanc droit. Alice ne me suit pas, elle reste interdite, assise sur le lit.

Je dévale les escaliers et tombe immédiatement nez à nez avec Alexander, transpirant. Sur sa joue gauche, j'aperçois des éclaboussures de sang et mon monde s'écroule une seconde fois.

La vérité m'écrasait d'un coup : j'étais terriblement amoureuse de cet homme, mais il semblait en tout point indissociable de la bête. Pire encore, mes sentiments étaient certes un mur épais et solide, mais ce dernier était bâti sur des mensonges plus perfides les uns que les autres, sur de la poudre de perlimpinpin jetée aux yeux dans l'unique but de charmer les gens. Il n'avait jamais été un simple revendeur, c'était un chef de gang notoire. Ce n'était pas non plus un frère aimant, malmené par son passé, mais un homme violent. Et pire encore, ce n'était pas simplement un délinquant, c'était un sombre meurtrier qui n'hésitait pas à se servir de son arme pour régler la moindre contrariété. J'étais tombée amoureuse d'un homme que je ne connaissais finalement pas du tout et les mains qui m'avaient prodigué tant de caresses étaient couvertes de sang. J'ai soudain beaucoup de mal à retenir le haut-le-cœur qui me terrasse.

Fier comme un coq, il s'avance vers moi. Son regard est éteint, son âme complètement perdue. Il tend une main et me caresse tendrement la joue. Je le laisse faire, tremblante.

— Qu'as-tu fait à ce garçon ? l'interrogé-je d'une voix éteinte.

L'odeur de la folie est ancrée sur sa peau. Comment ai-je fait pour ne pas le voir alors que tout était sous mon nez depuis le début ? J'étais séduite par son air de rebelle et quelques sourires ravageurs, mais maintenant, je suis bien réveillée.

— Ça va. Pas besoin de faire la drama queen, rigole-t-il complètement dissocié de la réalité. Je ne l'ai pas tué, si c'est ce que tu veux savoir, je lui ai juste laissé un petit souvenir pour qu'il comprenne que moi on ne me vole pas.

L'infime soulagement de savoir ce garçon en vie n'arrive toutefois pas à atténuer le choc que je ressens. J'ai l'impression que son changement d'attitude est soudain alors qu'en réalité je n'avais simplement pas voulu voir les signes avant-coureurs.

Il dépose un baiser glacé sur mes lèvres et encore une fois je ne réagis pas, j'en suis tout bonnement incapable.

— Je vais aller prendre une douche pour me débarbouiller un peu, me dit-il en me dépassant.

Je l'entends s'éloigner et pourtant je reste statique, foudroyée sur place.

À cet instant-là, j'ai cru voir le fantôme de mon père. Alexander a, en lui, la même folie que ce dernier, celle qui l'a menée à sa perte. Me voilà de nouveau projetée cette nuit-là, dans notre appart bondé de policiers encagoulés. Je m'étais promis de ne plus jamais vivre ça, de ne plus jamais accepter de côtoyer la monstruosité de ces hommes rendus fous par le pouvoir.

De nombreuses personnes m'avaient trahie et de nombreuses personnes me trahiraient encore. Je ne deviendrai jamais aussi mauvaise qu'elles. Je serai mon propre filet de sécurité et je ne les laisserai pas me pervertir.

Je n'avais jamais eu beaucoup de chance dans la vie, je ne pouvais le nier. J'étais la définition même du fameux « mauvaise personne au mauvais endroit ». Mon père était un tueur et l'homme pour lequel j'avais des sentiments en était un également. J'avais beau essayer de voir le bon en eux, ce n'était pas des antihéros attachants comme Hollywood ou ces romans à l'eau de rose voulaient nous le faire croire. C'étaient des mécréants sans foi ni loi. Ils avaient tué et y avaient pris goût. Le pouvoir, ça enivre, ça rend complètement fou et qui a-t-il donc de plus puissant qu'un homme qui a la possibilité d'appuyer sur la gâchette ?

Je ne veux plus jamais vivre ça.

Je devais empêcher un nouveau bain de sang, protéger les futures victimes de leur folie des grandeurs.

On m'avait toujours collé l'étiquette de la mauvaise. Le FBI avait presque réussi à me faire croire que j'étais complice, mais je ne suis pas mon père. Je vaux mieux que le sang de vermine qui coulait dans mes veines.

Je ne voulais plus jamais être réveillée en pleine nuit par les fantômes des gens que je n'avais pas pu sauver ; toutes ces personnes retrouvées mortes, shootées dans un fossé, ces mecs découverts avec une balle dans le crâne parce qu'ils devaient de l'argent aux mauvaises personnes.

J'allais devoir vivre toute ma vie avec mon passé et avec toutes ces choses que j'avais été forcée de faire, mais je ne serai plus jamais la victime de ma propre vie et je ne subirai plus mon destin. *J'allais devenir la meilleure version de moi-même.*

Comme possédée, je remonte dans ma chambre et, devant une Alice abasourdie, j'attrape mon portable pour composer la main tremblante le numéro qui me hantait.

Je n'endosserai plus jamais le rôle de méchante, je serai l'héroïne de cette histoire.

Chapitre 35
Rosalie

Dans la voiture, Alice est aussi stressée que moi. Nous avons quitté discrètement la colocation et tout ce qu'il reste de nos vies tient, pour chacune, dans un sac à dos posé sur la banquette arrière. Moi, je n'avais de toute façon pas grand-chose, juste quelques vêtements que je pourrai racheter plus tard, mais Alice habitait là-bas depuis plusieurs années. Elle a dû laisser derrière elle beaucoup de ses effets personnels. En vérité, elle ne mérite pas cette étiquette de diva ; elle n'a absolument pas eu l'air un seul instant d'être triste d'abandonner tout son dressing.

Notre amitié est encore un peu fragile, mais j'ai le pressentiment que même si rien ne nous y prédestinait, nous allons devenir de grandes amies.

Ma blessure me lance encore, surtout à chaque fois que je change de vitesse, mais je suis la seule à connaître l'adresse d'Hector alors je suis bien forcée de conduire.

Un peu après avoir passé le coup de fil le plus important de ma vie, il m'était complètement impossible de rester une seconde de plus dans la colocation sans risquer ma peau. Alors, nous avons attendu la tombée de la nuit pour nous échapper. Nous avons dérobé plusieurs preuves incriminant chaque membre du groupe ainsi que le fameux disque dur qui nous a tant coûté. Lorsqu'il aura remarqué notre disparition ainsi que le vol de toutes ses affaires si précieuses à ses yeux, Alexander va encore un peu plus plonger dans sa folie. Il nous traquera sans relâche pour nous punir de ce que nous avons osé commettre, mais c'était notre unique solution. Ce disque dur représente notre seule porte de sortie ; une amnistie totale pour Alice et pour moi la liberté de pouvoir élever ma sœur sans aucune tutelle. Sans toutes ces preuves, j'aurais été indéfiniment le pantin de ces agents, mais la donne a changé et maintenant j'ai un moyen de pression, quelque chose qu'ils ne peuvent pas refuser ; pour obtenir ce que j'ai toujours voulu : ma pleine délivrance et cette vie tranquille, loin de toute cette violence, dont je rêve tant.

Hier, j'ai pris contact avec le FBI pour enfin me libérer de ce cercle vicieux dans lequel je me suis embourbée. En attendant qu'ils acceptent de nous voir, nous avions besoin d'un endroit où nous cacher alors, en dernier recours, j'ai appelé Hector. Étrangement, il n'a pas vraiment eu l'air de tomber des nues. Je le soupçonne de plus en plus d'avoir un passif en lien avec la pègre. N'importe qui de sensé ne voudrait pas héberger deux jeunes filles recherchées par un des gangs les plus connus de Boston, pourtant lui, n'a pas hésité une seule seconde.

Lorsque nous arrivons devant son appartement, je suis ses instructions et cache ma voiture dans son garage qu'il a ouvert quelques instants avant notre arrivée. Lui ne roule qu'en moto, cela colle bien au personnage, alors il y a encore assez de place pour y stationner mon véhicule. Cela permettra de ne pas éveiller les soupçons si Alexander et les autres devaient commencer à porter leur attention sur Hector. J'espère tout de même ne pas lui attirer des ennuis même si lui n'a pas l'air de s'en soucier plus que ça ; lorsque je lui ai parlé des dangers potentiels, il a simplement grogné en disant qu'il « en avait déjà vu des plus coriaces ».

Je n'ai même pas encore coupé le contact que déjà il referme la porte de son garage. Il se tient droit dans un côté de la pièce, habillé comme si tout était normal, comme si je ne l'avais pas réveillé en pleine nuit pour l'informer que j'étais en cavale. Quand j'arrive à sa hauteur, je veux l'embrasser, mais par surprise, il me serre fortement dans ses bras.

— Content de te voir en un seul morceau, murmure-t-il.

Lorsqu'il se reprend, il a l'air lui-même gêné de son geste et il toussote comme un vieux fumeur pour essayer de se redonner bonne contenance. Il salue Alice d'une tape dans le dos avant de nous guider jusque dans l'appartement. Prévenant, il nous a déjà préparé un lit d'appoint en dépliant son canapé.

— À quelle heure as-tu rendez-vous avec les poulets demain ? me demande-t-il d'une voix neutre.

— Je ne sais pas trop. D'habitude, ils me préviennent une demi-heure à l'avance. Je suppose que ça sera pareil cette fois-ci.

— Et que leur as-tu dit exactement ? s'inquiète-t-il.

— Que j'avais des informations susceptibles de les intéresser et que je voulais négocier ma liberté ainsi que celle de ma sœur.

Il hoche la tête, semblant être en accord avec ce que j'ai fait. Alice, quant à elle, ne quitte pas Hector des yeux. Elle l'observe, suspicieuse, depuis notre arrivée et elle me fait légèrement flipper.

— Très bien. Réveille-moi s'ils te contactent, dit-il en nous tournant le dos, prêt à quitter la pièce.

— Je sais qui vous êtes, parle enfin Alice.

Dos à nous, Hector se fige avant de se tourner très lentement pour lui faire face. Les deux se regardent en chiens de faïence, se jaugent du regard. Mes yeux vont de l'un à l'autre, complètement perdus. Aucun ne souhaite perdre ce duel.

— Qui est-ce que je suis ? grince Hector des dents.

— Vous êtes Odin, le président des Hells Angels.

Je me mets à rire tant je trouve cela stupide. Dans tous les États-Unis d'Amérique, les Hells Angels sont une vraie légende vivante. Tout le monde connaît, au moins de nom, ce groupe de motards qui sillonnent les routes nationales et sèment la bagarre dans tous les endroits où ils passent. Hector a certes le physique d'un vieux motard, c'est peut-être en partie dû à sa veste en cuir sans manches assez cliché, mais il ne fait certainement pas partie d'un gang de bikers, c'est certain. Il gagne sa vie honnêtement grâce au bar, il travaille tellement que d'interminables cernes ont élu domicile en dessous de ses yeux. Sous son air un peu rustre, c'est une des âmes les plus généreuses que je connaisse. Il serait bien incapable de déclencher la moindre baston.

— Qu'est-ce que c'est drôle ! m'exclamé-je d'une voix faussement enjouée. Enfin Alice, je te l'ai déjà dit, Hector tient un bar, celui dans lequel je travaillais avant.

Pourtant personne ne trouve ça drôle et Hector ne tente même pas de démentir. Alors je m'arrête instantanément de rire et mes yeux s'écarquillent lorsque je comprends *qu'Hector n'essaie même pas de démentir.*

— Ce n'est pas vrai, hein, Hector ? le questionné-je alors que j'ai déjà ma réponse.

— Bien sûr que si, je sais ce que je dis ! s'indigne Alice.

Mes bras tombent mollement le long de mon corps. Je n'ai même plus la force d'être choquée de tous ces rebondissements ; je reste étrangement apathique pour quelqu'un qui vient d'apprendre qu'elle a quitté la tanière d'un loup pour celle d'un autre.

Mon regard fatigué croise celui d'Hector. Ce dernier se sent certainement mal à l'aise parce qu'il se met à expliquer :

— J'ai bien été un des présidents de ce gang de bikers pendant de longues années, mais je suis à la retraite depuis quatre ans maintenant. Je ne veux pas d'ennuis, ajoute-t-il en me regardant.

Je hausse les épaules. Depuis quand me suis-je tant habituée au mensonge pour qu'un de plus ne me fasse ni chaud ni froid ?

Pourtant, en moi ce n'est pas que de l'habitude, mais également de la résignation ; ma couverture au sein des Winter Hill a sauté, on m'a tiré dessus, j'ai volé des données extrêmement importantes à un gang et je m'apprête à négocier avec le plus grand service fédéral de renseignements du pays.

Je pose mon regard fatigué sur lui ; il a toujours les mêmes rides rieuses au coin des yeux et le même visage légèrement joufflu. C'est définitivement la même personne que celle qui m'a fait rire quand j'étais triste et qui m'a tendu la main sans même me connaître lorsque j'en avais le plus besoin.

Alors, j'abandonne cette lutte intérieure et je décide de faire confiance à Hector qui a toujours été bon avec moi et en qui je n'ai jamais décelé une once de méchanceté. Je voudrais pouvoir encore croire en la bonté humaine malgré tout ce qu'on m'a fait. Je suis lassée d'être en permanence sur le qui-vive, à devoir me méfier de tout le monde et ne jamais pouvoir faire confiance à personne. Je voudrais simplement pouvoir me reposer sur quelqu'un, je suis tellement exténuée.

— Je suis épuisée et ma blessure me fait de nouveau mal, tenté-je de clôturer ainsi la conversation.

Alice est prête à s'insurger. Je ne lui en veux pas ; elle est semblable à un animal sauvage blessé, prêt à mordre pour se défendre. Après tout ce qu'elle a enduré, qui pourrait l'en blâmer ? Évidemment, elle ne connaît pas cet homme et elle ne voit en lui qu'une version plus âgée d'Alexander, l'homme qui a salement brisé une femme déjà effondrée. Je touche sa main en espérant l'apaiser. Mon geste a visiblement atteint le but escompté puisque ses mots de révolte meurent avant même d'avoir franchi ses lèvres teintées de rouge. En un regard, je comprends qu'elle accepte, à contre cœur, de me faire confiance. Elle aussi doit se rendre compte que nous n'avons pas vraiment d'autres solutions de toute façon.

Hector lui aussi semble épuisé, son corps est voûté et, en cet instant plus que tout autre, il fait plus que son âge. Peut-être a-t-il été quelqu'un de dangereusement important dans une autre vie, mais maintenant il ressemble juste à un homme d'âge mûr qui souhaite se reposer un peu.

Lasse de tous ces conflits, j'essaie de lui accorder un sourire même si la force n'y est pas vraiment. Il s'en contente néanmoins et me répond d'un signe de tête avant de s'éloigner pour rejoindre sa chambre.

Chapitre 36
Rosalie

La nuit a été fort courte, je n'ai presque pas fermé les yeux, incapable de contrôler mes pensées parasites qui se déchaînent plus que jamais. Je serais même probablement tombée de fatigue sans le café que j'ai ingurgité rapidement ce matin. Je n'ai pas pu le siroter tranquillement puisque Hector me l'avait à peine servi que mon téléphone sonnait déjà. J'ai immédiatement sauté sur l'appareil pour décrocher au bout de la première sonnerie.

La voix robotique de l'autre côté du combiné m'a annoncé sans fioritures, presque comme si cela lui faisait mal de le dire, que le FBI acceptait ma proposition d'échange. Elle m'a balancé une adresse sans même s'assurer que je la note bien et m'a ordonné d'y être dans trente minutes, à 10 heures pile. J'ai rapidement enfilé des habits propres, comme si j'avais besoin de faire bonne impression, avant de m'apprêter à partir.

Alice et Hector ne s'entendent toujours pas, ils sont comme chien et chat, incapables de se supporter. Pourtant, ils se sont tous les deux implicitement mis d'accord pour ne pas me laisser y aller seule.

Prostrés devant la porte que je suis obligée de franchir pour atteindre le garage, ils font barrage de leur corps.

— Nous venons avec toi, énonce simplement Hector.

Je suis prête à protester ne voulant pas les mettre encore plus en danger par ma faute, mais Alice me coupe avant même que je n'ouvre la bouche :

— C'est non négociable. Arrête d'essayer de jouer les martyrs, tu me fatigues déjà Mère Teresa. Allez en route, sinon on va être en retard.

Je retiens un sourire en coin, ne voulant pas lui accorder cela. Ça lui ferait trop plaisir. C'est donc tous les trois que nous nous précipitons dans la voiture. Je suis les indications du GPS pendant une dizaine de minutes avant d'arriver avec un peu d'avance au lieu de rendez-vous. Nous nous trouvons sur le parking complètement vide d'un magasin fermé pour cause de faillite ; l'endroit a certainement été choisi pour son côté désertique et pour le manque cruel de caméras de surveillance.

Ils ne laissent jamais de traces.

Alice est sortie de la voiture avec moi, elle se tient un peu en retrait, mais refuse catégoriquement de me laisser seule, tandis qu'Hector fait tourner le moteur pour, selon ses dires, pouvoir s'enfuir rapidement en cas de soucis.

Je n'avais pas l'impression d'être stressée, mais maintenant, lorsque je me retrouve à attendre complètement frigorifiée sur ce parking désert, l'appréhension me tord l'estomac. J'ai terriblement peur, mais je me force à garder la tête droite et à regarder loin devant moi jusqu'à apercevoir la voiture noire aux portières et vitres blindées trop familières. Elle se gare juste devant moi, comme pour m'impressionner, et le vent qu'elle crée sur son passage fait voleter mes cheveux indomptés.

Je respire un grand coup et expire doucement pour tenter de calmer les battements irréguliers de mon idiot de cœur. Comme dans les vieux westerns, j'ai l'impression que tout se passe au ralenti : la portière qui s'ouvre, ma sœur qui en sort en courant, son petit corps qui se laisse tomber dans mes bras. Elle est complètement apeurée, elle tremble de tout son être avec son petit sac à dos sur les épaules. Je me permets une brève caresse dans ses cheveux pour tenter de la calmer. Je suis tellement révoltée contre la vie en sachant qu'elle gardera des souvenirs traumatisants de tout cela.

À sa suite, un grand corps aux membres fins s'extirpe également du véhicule. L'homme a sorti pour l'occasion son costume le plus classe. Je ne vois pas Alice et pourtant je sais pertinemment qu'elle doit être complètement abasourdie par ce nouveau dénouement.

— Putain de merde, murmure-t-elle dans mon dos.

Je m'agenouille devant Livia et lui lève son petit menton tremblotant de mon index pour plonger mon regard dans le sien.

— Ma chérie, tout va bien se passer, tenté-je de la rassurer. La fille derrière moi est une amie, elle va te conduire en sécurité dans la voiture. D'accord ?

Elle retient ses chaudes larmes et hoche la tête sagement. Lorsque ma petite sœur est hors de portée, j'ose enfin m'adresser à lui, d'une voix légèrement sarcastique :

— Ça fait plaisir de te voir bien vivant, Nicolas.

Fini l'accoutrement du geek, à peine adulte, mal dans sa peau. Ses bouclettes sont domptées avec du gel et tirées fermement vers l'arrière. Les grosses lunettes rondes ont laissé place à de discrètes lentilles et je dois avouer que le costard lui va mieux que ses vieux sweat-shirts d'adolescent bariolés par de multiples dessins faisant référence à des films de science-fiction très célèbres.

Il a désormais pleinement laissé tomber le masque et a abandonné son air niais, beaucoup trop surjoué. Il me sourit, froid et calculateur, avant de me répondre :

— Ta sollicitude me fait chaud au cœur.

Nicolas est un sale type. Il se croit supérieur à Alexander et sa bande, mais en réalité, ils ont le même niveau de barbarie. Nicolas recouvre simplement ses mains pleines de sang avec des gants en soie. C'est un jeune agent assoiffé de pouvoir qui rêve de gravir les échelons, peu importe les moyens pas très catholiques utilisés.

Faire tomber les Winter Hill, ce serait son passe-droit vers l'augmentation dont il rêve. Au début, il s'est lui-même infiltré dans le gang, mais les membres ne lui faisaient pas assez confiance et il a très vite perdu patience. Alors, il m'a utilisée et l'élève a surpassé le maître.

Je voudrais bien le narguer pour le faire tomber de son piédestal, ça me ferait tellement plaisir, mais je dois m'incliner face à lui une toute dernière fois parce que ma liberté dépend de son bon vouloir.

— Nous sommes bien d'accord, si je te remets ce disque dur, je serai complètement libre et vous ne chercherez plus jamais à me retrouver ? demandé-je en grinçant des dents.

Je me déteste de ne pas avoir la force de me rebeller contre lui, je vois à l'ignoble sourire qui étire ses lèvres que ce connard apprécie un peu trop ma soumission. Je sais d'avance que, jusqu'à ma mort, les monstres qui hantent mes nuits prendront ses traits ou même le visage d'Alexander, couvert d'éclaboussures sanguinolentes.

Ce sont eux deux les vrais méchants de mon histoire et il m'est complètement impossible de les départager.

— Évidemment, s'amuse-t-il. Mais sache tout de même que ça me fait beaucoup de peine de te voir si pressée de t'enfuir. J'étais persuadé qu'on avait réussi à devenir amis, toi et moi.

Il m'offre une moue triste, mais je ne suis pas dupe. Nicolas est un grand joueur et ce qu'il préfère par-dessus tout c'est jouer avec les gens jusqu'à leur faire perdre la tête.

Malheureusement pour lui, j'ai décidé de ne plus jamais être sa marionnette. Je suis persuadée qu'il le comprend à la lueur de révolte qui brille dans mes yeux parce qu'il perd immédiatement son sourire.

Je mets ma main dans la poche de mon long manteau et ma peau rentre en contact avec le froid glacial du disque dur. Une fraction de seconde, j'ose regarder derrière moi pour vérifier que ma sœur est bel et bien en sécurité dans la voiture avec Alice et Hector. Je préfère m'en assurer avant de lui donner toutes les preuves pour éviter qu'il ne me tende un nouveau coup tordu. Quand je suis rassurée, je lui jette le précieux disque dur et il le rattrape au vol.

— Tout est dessus ? m'interroge-t-il, incapable de détourner les yeux de l'objet entre ses mains.

Je hoche la tête, mais il n'y fait même pas attention, trop absorbé par la mine d'or que représentent ces données. Si je dois bien retenir une chose de ma courte immersion dans le monde de la pègre, c'est que l'appât du gain mène les hommes à leur perte.

Nicolas n'est peut-être pas mort, mais ma dette envers lui, et envers le FBI tout entier, oui. Je suis persuadée que ce qu'il pense être un cadeau de Dieu s'avérera être sa pomme empoisonnée, mais lorsqu'il croquera dedans, je serai déjà bien loin.

Je me détourne de lui les épaules plus légères.

Je suis enfin libre.

Chapitre 37
Rosalie

— Vous avez tout ? s'inquiète Hector.

Alice et moi sommes occupées à rassembler chacune notre peu d'affaires personnelles. Puisque nous n'avons pas embarqué grand-chose avec nous lorsque nous avons fui la colocation, il est excessivement facile de ne rien oublier.

Hier, après l'entrevue avec Nicolas qui se faisait le machiavélique porte-parole du FBI, Alice était trop choquée pour prendre la route. Quant à moi, j'avais terriblement besoin de dormir. Sans que je doive formellement le lui dire, Hector a visiblement compris que tant que nous restions dans cette ville, je craindrais constamment pour ma sécurité, alors il a proposé de faire le guet à la fenêtre de l'appartement pour que je puisse dormir sereinement. Alice s'est même vautrée dans le fauteuil juste à côté de ma sœur et elles ont regardé ensemble des dessins animés toute l'après-midi.

J'ai toujours pensé que j'étais destinée à être seule et pourtant me voilà bien entourée.

Depuis que Livia est avec nous, Alice semble apaisée. Elle se transforme sous nos yeux en une nouvelle personne. Elle laisse derrière elle son rôle de pimbêche pour se créer un nouveau masque de douceur. Elle prend ma sœur sous son aile, comme si c'était la sienne.

Peut-être que, de cette façon, Dieu lui accorde une seconde chance en lui offrant la possibilité d'être de nouveau la grande sœur de quelqu'un. Tous ces mois séparés de Livia ont été atroces, alors je n'ose imaginer le chagrin qu'elle a dû ressentir en perdant sa petite sœur à elle.

Il est évident que la tristesse est encore là, je la vois dans son regard lorsqu'elle pose les yeux sur Livia. Pourtant, je suis intimement persuadée qu'elle est sur le chemin de la guérison. Il sera peut-être long et douloureux, mais je serai là pour lui tenir la main lorsque cela sera trop compliqué.

Perdue dans mes pensées, je n'ai pas encore eu l'occasion de répondre à Hector quand soudain un bruit nous alerte. Une voiture arrive en trombe et ses pneus hurlent sous le bitume. La tranquillité du quartier en est complètement perturbée. Précipitamment, Hector s'approche de la fenêtre en nous faisant signe de nous tenir à l'écart. J'agrippe avec force les épaules de ma sœur, prête à sortir les griffes pour la protéger contre tous les dangers.

— Rosalie ! hurle une voix que je reconnaîtrais entre toutes. Je sais que tu te caches ici, petite traînée.

À côté de moi, Alice se fige elle aussi. Nous avons toutes les deux reconnu la voix d'Alexander. Il semble déterminé à se venger de nous, ces deux nanas qui se sont associées pour le berner et tout lui voler. Pour l'instant, il pense que nous lui avons volé d'importantes données qui auraient pu lui faire gravir les échelons au sein des Winter Hill. Il ne sait pas encore que nous avons fait plus que ça. Nous l'avons dénoncé, lui et toute sa bande et je suis persuadée que le sadique Nicolas fera tout ce qui est en son pouvoir pour les faire enfermer à vie.

Je n'arrive même pas à ressentir de la pitié ou même à être honteuse de ce que j'ai fait. Désormais, je suis persuadée qu'ils le méritent bien, tous autant qu'ils sont.

De nouvelles injures, plus virulentes que les précédentes, sont aboyées à mon encontre. Je voudrais me précipiter à la fenêtre pour le voir de mes propres yeux et regarder ce qu'il en est, mais Hector me l'interdit d'un geste sec.

— Il est armé et il n'est pas venu seul, m'informe-t-il platement.

J'ai l'impression de replonger la tête la première dans un cauchemar auquel je pensais avoir enfin échappé.

N'ai-je donc pas assez souffert ? Est-ce que je ne mériterai jamais de vivre en paix ? Incapable de réagir, figée comme si j'avais vu un fantôme, c'est Alice qui prend les devants :

— Comment allons-nous faire ? demande-t-elle calmement à Hector.

— Vous, vous ne changez pas vos plans. Vous allez prendre la voiture et rouler aussi vite que possible. Moi, je me charge de les retenir pour qu'ils ne sachent jamais où vous allez.

Il se détourne de la fenêtre et se dirige vers un des placards de la cuisine.

— Hector, c'est trop dangereux, me réveillé-je enfin.

Il compte trop pour moi pour que je le mette en danger, s'il devait lui arriver quelque chose par ma faute je ne m'en remettrais jamais. Sans tenir compte de mes protestations, il extirpe de l'armoire une arme d'assaut. Contre moi, Livia sursaute, peu habituée à toute cette violence.

— Prie pour mes ennemis, Rosalie. Pas pour moi.

Il retire la sécurité de l'arme et ouvre légèrement la fenêtre.

— Fuyez, nous dit-il avant de déchaîner sa fureur.

Beaucoup plus lucide que moi, Alice attrape mon sac et me le jette. Elle récupère également le sien et celui de ma sœur. Heureusement, Alexander ne nous prend pas trop par surprise et nos affaires sont prêtes. La vitre éclate et les balles fusent, nous essayons de zigzaguer entre les douilles pour sauver notre peau. Par miracle, nous réussissons à nous éclipser, en courant, ma sœur dans mes bras, sous le bruit bien trop familier des détonations. Nous atteignons rapidement le garage et d'une main tremblante je compose le code pour ouvrir la porte tandis que ma complice fait déjà rugir le moteur. Je prie pour ne pas m'être trompée de chiffres, mais mon angoisse est de courte durée parce que le portail s'ouvre.

Heureusement pour nous, *il semblerait que nous ayons quand même droit à un peu de chance*, nous débouchons sur un pan de rue bien dégagé. Alexander et la bande se trouvent plus loin et ils ne nous voient même pas nous sauver, trop occupés à tirer comme des fous sur la devanture de l'immeuble résidentiel.

Le temps qu'ils comprennent ce qu'il se passe, il est trop tard ; nous sommes déjà bien loin, complètement hors de leur portée.

Un sanglot m'échappe quand je comprends que nous sommes sauvées, je tente de le camoufler sous ma main, mais je n'ai pas la force suffisante pour retenir mes larmes. Je sanglote sans m'arrêter, tout ce que j'ai enfoui en moi pendant ces longs mois de calvaire a terriblement besoin de sortir.

Lorsque je reprends enfin bonne contenance, ma tête est lourde d'avoir trop pleuré et mon stock de larmes est complètement épuisé. Alors, comme le plus éclatant de tous les arcs-en-ciel qui s'installe après le plus terrible des orages, un rayon de soleil perce difficilement les quelques nuages présents et me réchauffe le visage. Je ferme les yeux pour profiter de cet instant de grâce.

Nous sommes sauvées.

Épilogue

Cher Hector,

Comment vas-tu ? As-tu enfin trouvé quelqu'un pour me remplacer au bar ?

Voilà maintenant trois mois que nous nous sommes installées sur la côte californienne. Nous avons sillonné tant de villes avant d'enfin trouver notre véritable chez-nous. Chacune de ces escales m'a aidée à me pardonner et toutes ces villes resteront à jamais dans mon cœur parce qu'elles m'ont vu me reconstruire. Ça n'a pas été facile et le chemin est encore long et épineux, mais je suis prête à le parcourir, pleine de vie et de courage.

À l'heure actuelle, je suis très fière de pouvoir te dire que j'aime qui je suis, la femme que je suis devenue malgré la personne que j'ai été. Aujourd'hui, je suis bel et bien certaine d'avoir pris la bonne décision en les dénonçant. Cela fut un choix très difficile parce que je savais que j'allais ruiner leurs vies, mais si j'étais restée, j'aurais détruit la mienne : jour après jour, auprès d'eux, je sacrifiais ma lumière.

Je ne sais comment te remercier pour tout ce que tu as fait pour moi. Je n'en serais jamais là sans toi. Hector, tu as véritablement été mon ange gardien.

J'ai toujours pensé que je n'avais personne sur qui compter, que j'étais condamnée à être irrémédiablement seule. Et pourtant me voilà enfin libre. J'ai retrouvé ma sœur et la vie est belle lorsque nous sommes réunies, *nous deux*.

Enfin, plutôt nous trois en vérité. Alice aussi devient la meilleure version d'elle-même. Elle ne se cache plus derrière une personnalité qui n'est pas la sienne et je dois t'avouer que celle qu'elle devient n'est pas aussi agaçante que ce que j'aurais pu penser. Évidemment, parfois nous nous chamaillons, mais ça ne dure jamais très longtemps. On pardonne tout à sa meilleure amie.

Tu devrais la voir quand elle est avec Livia ! Ces deux-là sont tellement complices. Je ne pensais pas que c'était possible de s'amuser autant. Je voudrais qu'elles ne s'arrêtent jamais ; leurs rires résonnent comme la plus pure des musiques qu'il m'a été donné d'entendre.

Il faudrait que tu viennes nous rendre visite une fois pour les entendre ainsi plaisanter.

Je t'embrasse,

Rosalie.

P.-S. : Livia veut adopter un chiot, tu en penses quoi ?

FIN

Remerciements

En 2016, j'écrivais un peu honteuse dans ma chambre, dans la salle de bains en me brossant les dents ou même dans la voiture sur le trajet de l'école. Jamais je n'aurais pu imaginer une seule seconde ce à quoi ça allait me mener quelques années plus tard. Quelle belle surprise du destin !

Merci à ma maman et mon papa qui m'ont toujours laissé croire que rien n'était impossible pour moi et qui ont toujours tout sacrifié pour me voir sourire. Je vous aime plus que tout au monde.

Merci à ma famille qui a été d'un soutien inébranlable malgré les événements de la vie. Avoir pu faire germer de la fierté dans vos yeux est ma plus belle récompense.

Merci à Alexandre d'avoir été un véritable roc quand c'était difficile et que les nuits devenaient courtes à cause des *deadlines*.

Merci à mes amis qui ont été presque plus heureux que moi quand je leur ai annoncé la bonne nouvelle.

Et pour finir, merci à mon éditrice, Charlotte, mais aussi à toute l'équipe qui a travaillé sur ce roman de m'avoir laissé ma chance. Grâce à vous, je peux cocher une case de ma *bucket list* que je pensais jusque-là inatteignable.

Croyez en vous, faites les choses avec passion et soyez toujours infiniment reconnaissant. Ça ne peut que fonctionner !

@nishaEtcaetera est sur les réseaux sociaux :

RdV sur nos pages pour du fun, des cadeaux, des promos et pour découvrir tes auteures en off !

On a hâte de papoter avec toi :)

Vous avez un manuscrit de romance
à nous proposer ?

Foncez !

Envoyez-le-nous à cette adresse :

manuscrit@nishabooks.com

Imprimé en France par CPI Firmin-Didot
en mars 2024
N° d'impression : 179214
ISBN : 978-2-38015-918-9
Dépôt légal : avril 2024